私を忘れてください

みつき 怜

Illustrator
whimhalooo

この作品はフィクションです。
実際の人物・団体・事件などに一切関係ありません。

私を忘れてください

［プロローグ］

人が恋に落ちる瞬間を見たのは、二度目だ。

時が止まったみたいに、ユージン王太子殿下の眼差しはたったひとりの女性に注がれている。周りの音は何も耳に入らないのか、傍に控えている補佐官に何度か促されて、ようやく彼は一歩前に進み出た。

ためらいがちに差し出された手。熱のこもった瞳。いつものようで、いつものようではない。どこかぎこちない彼の振る舞い。

誰にでも分け隔てなく接する彼が見せた変化に気づいてしまったのは、私がいつもの癖でずっと彼を見ていたからに他ならない。

彼はこんな顔もするのか。

きっと百年隣にいたとしても、あの眼差しが私に向けられることはないだろう。

かつて私はそう思った。

……今、私は非常に困惑している。

ハイアシンス王国の王都、ボウドレッタイト城。〝騎士の間〟と呼ばれる大広間で開かれたこの日の夜会は、我が国に留学することになった、ロードナイト皇国のセラフィーヌ皇女殿下を歓迎するためのものだった。

ユージン王太子殿下とセラフィーヌ皇女殿下の挨拶が終わり、重なり合っていたふたりの手が離れた。でもそれはほんの一瞬だ。このあとすぐ王太子が皇女にダンスを申し込んで、ふたりは再び手を取り合うことになる。

……やはり、思ったとおりだわ。

王太子が何か告げると、頬を上気させた皇女は小さく頷いて、差し出された手に再び手を重ねた。そしてふたりは大広間の中央へと連れ立っていく。

宮廷楽団が奏でるのは、メヌエットだったはず。ダンスの途中、つまずいた皇女を王太子が支えたのを覚えている。

果たして、ドレスの裾を踏んでつまずいた皇女を王太子が腕の中に抱きとめ、恥じらう皇女を王太子が優しく宥める。しばらくして、ふたりは再び踊り始めた。

「……どうして」

私は震える手で口を覆った。

「どうしてなの?」

かつて見た光景が、今また私の目の前で鮮明に繰り広げられている。

忘れようもない。

あの時退くべきだったのに、愚かな私はそうしなかった。なぜ自分を選んでくれないのか醜態を晒して、不誠実だと彼を詰り、そして何もかも失った。

私がいなくなることが彼の望みならそうあるべきだから、すべてを差し出す覚悟でいたのに。

どうしてまた、あの日にいるの……?

「……悪い夢を見てるのかしら？」

「悪い夢とは？」

思わずこぼれてしまった戸惑いに返事が返ってきて、私は声がしたほうへとゆっくり視線を向けた。

「ミ……ミスト・ブラッドショット公爵様……？」

公爵家の当主であり、王太子の従兄弟（いとこ）であるミストが隣に立って私を見下ろしていた。

整いすぎた怜悧な容貌。澄んだ夜空のような黒髪。切れ長の目は左右で色合いが異なる。左が金色、右が菫色（すみれいろ）だ。その宝石めいた瞳が細められた。

ミストとは王太子を通して稀（まれ）に顔を合わせても、言葉を交わすどころか視線すら合わせることがなかった。嫌われていたのだと思う。最後に彼と会ったのは、私が幽閉されていた西の塔でだった。

「……お久しぶりです。あの、ごきげんよう」

私を嫌っている彼が声をかけてくるなんてめずらしいこともあるものだ。戸惑いながらぎこちなく挨拶すると、ミストは冷ややかに告げた。

「コゼット・アフィヨン侯爵令嬢、何かの冗談かい？　夢見心地の君は覚えていないのかもしれないが、夜会が始まる前に挨拶したはずだ。もしよからぬことを企んでいるのなら、君では上手（うま）くいくはずがないからやめておいたほうがいい」

私はぽかんとする。

……そういえば。夜会が始まる前に、王太子と一緒にいたミストにも挨拶をしただろうか。いつものように無視されたけれど。

ミストの指摘は間違ってはいない。私ときたら才媛とはほど遠く、絵に描いたような平凡そのものだから。ただそれをはっきりと言葉にしてしまうのは失礼だと思う。

　私は夜会前の意趣返しでミストを無視して、自分が置かれている状況把握に努めることにした。

「アフィヨン侯爵令嬢？」

　これで立ち去ると思っていたのに、あろうことかミストは距離を詰めて、私の顔をのぞき込んできた。

「君、顔色がよくないな。もしかして具合が悪いのか？」

「……え？」

　私はまじまじとミストを見つめる。

　まさか私の心配をしているのだろうか。この人が？

　惚(ほう)けたまま動かないでいる私の体調がよくないと本気で思ったのか、ミストが手を伸ばしてきた。

　しかし、その手が私に届くことはなかった。

「――何をしているんだ？」

　穏やかな声が耳をかすめ、胸が激しく波打ち始める。

　おそるおそる視線を向けた先に王太子が立っていた。

　聡明(そうめい)な面差し。煌(きら)めく蜂蜜色の髪と、王家の血筋に受け継がれる美しい金色の瞳。かつて私がそうしたいと願った王太子の腕には、ダンスを終えたばかりで頬を紅潮させた皇女が手を添えている。

　私はふたりから顔を背けた。

「ミスト、コゼットと何を話していた？」

「大したことじゃない」

「そうなのか？」

王太子の眼差しがミストからこちらへと向けられた瞬間、全身の血が冷えて私はびくりと肩を震わせた。

『君なのか？』

『ユージン様……。私は』

『失望したよ、コゼット』

いつも穏やかな彼が、怒りをけぶらせた瞳で私を見据えたあの瞬間を忘れることなんてできない。

「……許してください」

あなたたちの邪魔をしないと誓うから。

時間を戻ったのが何かの罰だというなら、喜んで受けるから。もう絶望と後悔だけの日々を繰り返したくない。

王太子、皇女、ミスト……。

彼らから私は一歩、また一歩後ずさりする。

視界がぐらりと揺れた。つまずいた私は冷たい大理石の床に仰向けに倒れて、そこで意識が途切れた。

◇

長い間、眠っていた気がする……。

目が覚めると見慣れた天蓋が目に映り、自室の寝台にいるのだと気づいた。

王城で倒れてしまった私は邸まで運ばれて、それから三日間眠り続けたらしい。天蓋のカーテンを閉め切った薄暗い寝台の上で、私は思いを巡らせる。

何かの因果で時間が戻ったというなら、なぜふたりが出会った日なのだろう……。叶うことなら私が王太子と出会う前がよかった。そうすれば彼の記憶の片隅にさえ残らずに済んだのに。

――一度目のあの時。夜会の翌日から、王城ではセラフィーヌ皇女殿下のために茶会や晩餐会が催された。私にとって悪夢のような三日間だった。私が話しかけても王太子は上の空で皇女の姿を探していた。時折視線を交わせて見つめ合うふたりに、私はずっと気づかぬふりをしなければならなかった。

眠り続けている間、王太子からは見舞いの言葉も花も一切なかったそうだ。誕生日だからとなけなしの勇気を振りしぼってねだったダンスも、『脚を痛めているから』とやんわり断られて手を取ってはくれなかった。

いつも穏やかに接してくれたけれど、それは別に特別なことではなく、誰に対しても同じ。容易に他人を寄せ付けない彼から一線を引かれていただけだと私はもう知っている。

王太子は運命の相手、セラフィーヌ皇女殿下と出会った。一度目も二度目も、彼が恋をして愛するのは私ではない。

ふたりには絶対に関わらない、近づかない。

そう心に誓った私は、天蓋のカーテンを開け侍女を呼んだ。

「まだ少し腫れていますね」

倒れた時にぶつけたところが未だに痛むけれど、鏡越しに髪を梳かしている侍女に向かって大丈夫だと微笑んでみせた。私の銀髪はほんの少しうねりがある。夜空を照らす月の光を集めたみたいに美しいと、亡くなった母は私の髪を褒めてくれた。

でも月は太陽には敵わない。きらきらと輝く金色の髪と、眩しいくらい華やかな美しさを持つセラフィーヌ皇女殿下の前では、月は霞んでしまう。

セラフィーヌ皇女殿下を害した罪で、私は王城の西にある塔に送られた。罪状は、階段から皇女を突き落とした殺害未遂。あの頃の社交界での私の評判といえば、軍事協定を結ぶ同盟国の皇女を虐げた悪女だなどと散々で、私を庇う者は家族以外に誰もいなかった。西の塔は、過去に数百人もの人々が囚人として投獄され命を落とした場所だ。与えられるわずかな量の食事と水、やがてそれさえ喉を通らなくなった頃、私は塔からどこかの修道院に移され祈りの日々を送った。はっきり覚えていないけれど、そこで私は死んだのだと思う。

「――できましたわ」

侍女の声に、はっと我に返った私は鏡を見つめる。

眦がわずかに下がった薄灰色の瞳。繊細な形の鼻。ほんのり色づいた唇。腰下まで伸ばされたやわらかな銀髪をそっと撫でて感触を確かめた。

身支度を整えた私は父の執務室を訪れた。

久しぶりの顔合わせに緊張してしまう。返事を待って扉を開くと、父が執務机から立ち上がって出迎えてくれた。感傷に浸る間もなく、大丈夫なのかと質問攻めにしてくる父を落ち着かせて、早々に私は本題を伝えることにした。

「婚約の打診を取り下げたい……?」

困惑の色を浮かべる父に私は頷いた。

「王家に打診してもう二年になります。あちら側に婚約するつもりはないと、愚かな私でもさすがに気づきますわ」

私が王太子に出会ったのは、父に連れられて初めて登城した十歳の時。王太子は十二歳だった。社交デビューした十六歳の夏、王太子に淡い恋心を抱いていた私は父にせがんで、婚約者候補として名乗りを上げた。

それから二年が過ぎた今も正式な婚約者に選ばれていない。王家が王太子と私の婚約を承諾するつもりがないのに断りもしなかったのは、アフィヨンが領地で生産している砂糖が目当てだったからだ。婚約の打診をした時から、アフィヨンはレアリティの高い砂糖を無償で王城に融通してきた。

利用されていただけなのに、私は現実から目を背けて、いつか選ばれると愚かにも思い上がっていたのだ。過去の自分を叱ってやりたい。

真意を推し量るように私をじっと見つめていた父が頷いた。

「私も同じことを考えていた。王家にお伺いを立てても、のらりくらりとはぐらかされて、さすがに腹に据えかねていたところだ。だがコゼット、お前は王太子殿下を好いているのだろう?」

好き……？

ユージン様のお隣に立ちたかった。彼に選ばれたかった。王国の未来のため、誰よりも努力していた彼を一番近くでお支えしたかった。でも、私の想いはいらないものだから過去に捨て去った。

「いいえ、お父様。凡庸な私は王太子殿下に相応しくありません」

きっぱり告げると、父が目頭を手で押さえた。

「王太子殿下はお前の何がご不満だったのだろう……」

私の愚行のせいで父は領地のほとんどを失った。かろうじて爵位が残されたのはこれまでの功績を慮った王家の温情にすぎない。領地と領民に深い思い入れがあった父には屈辱だったはずだ。

「もっと早くに辞退すべきだったのです。私のような至らない者が候補として名乗りを上げるなど、最初から大きな間違いでした」

深々と頭を下げると、父はまた目頭を押さえた。

「う……お前の気持ちはよくわかった。あとのことは私に任せなさい。即刻王城に行って話をつけてくるよ」

「何を騒いでいるんです？」

扉が開いて、端正な顔をのぞかせた弟を私は食い入るように見つめる。

「立ち聞きとは感心しないな、アイオライト」

「父上、ご冗談はやめてください。姉上が目を覚まされたと聞いたので、様子を伺いにきたのですよ」

私と同じやわらかな銀髪。曇り空みたいな私の瞳とは異なる澄んだ空色の瞳。背は小さな頃に抜かれてしまった。一歳違いの姉弟の仲はそれなりだったと思う。お互いに忙しいうえ、家族として近くにいるのが当たり前の存在だったからこそ無関心になっていた。

弟が私と距離を置くようになったのは、セラフィーヌ皇女殿下留学後。

夜会以来、王太子がなにかと皇女に心を配ることに不安を感じた私は、三日と置かず王城を訪れては王太子の政務を邪魔していた。アイオライトは繰り返し諫めたのに、私は聞かなかった。姉が罪人になったことで輝かしい弟の未来を翳らせてしまったのだ。

「っう……」

過去の愚かな振る舞いを省みた私は両手で顔を覆った。

そんな私のもとへ歩み寄ってきた弟が、訝しむように声をかけてくる。

「……姉上？」

「ごめん、なさい……」

「は？」

そろそろと顔を上げて謝罪を口にすると、弟は固まった。

それもそのはず。王国の最高峰グランディディエ山並みにプライドが高かった私が謝罪したのだ。

「ごめんなさい……っ」

硬直して立ち尽くしている弟へ、私は腕を伸ばして抱きついた。夢中だったから結構な勢いだったかもしれない。

「……うっ」

体当たりみたいになってしまい、私と似て細身の弟が仰け反ってうめき声を噛み殺した。そんな弟の胸元で、私は小さな子どもみたいに泣きじゃくりながら謝罪を繰り返す。

「ごめ、なさい……。お父様。イオ。本当に、ごめんなさいっ」

弟のシャツは私の涙で濡れてぐしゃぐしゃだ。私の顔もこのシャツと同じように酷いありさまだろう。でも涙が止まらない。

「……父上。泣かせるようなことを姉上になさったのですか？」

「断じてしていない！」

すぅっと目を鋭くしたアイオライトが低い声で問いかけると、父は頭を激しく左右に振って否定した。

「違うわ、イオ。私が悪かったの。ぐすっ……全部私のせいなの」

ぐすぐすと鼻をすする私の濡れた目元を、険しい顔をした弟が指先で拭う。

「何があろうと女性を泣かせるなんて最低です。姉上が許しても僕は許しません」

じわりと視界が滲んだ。

どんな咎を受けるかわからないのに、アイオライトが西の塔に幽閉されていた私に手を差し伸べようとしてくれたことを思い出してしまった。結局私が弟の手を取ることはなかったけれど。

父へのあらぬ誤解を解いた私は、アイオライトに促されるまま長椅子に腰かける。しばらくしてお茶が運ばれてきた。アイオライトからカップを手渡されて水分補給する。時間が戻ってから初めて口にするお茶だった。

厚かましくおかわりして二杯目を飲む私の隣に座る弟が、「それで」と父に声をかけた。

「外出する予定でしたか？」

「ああ、王城に行ってくるよ」

父が先ほど私とやり取りした内容を説明すると、アイオライトは大きく目を瞠（みは）った。

「……王太子殿下との婚約話を取り下げ、ですか？」

本当ですか？　と真意を問うように見つめてくるアイオライトを、私は申し訳ない気持ちで見つめ返す。

「王太子殿下は当家の申し出を喜んで受けてくださるでしょう。イオにには迷惑をかけてしまうけれど……」

「僕は迷惑など被りません。姉上のご意思を僕も支持しましょう」

心配だったけれど、アイオライトはあっさり同意してくれた。ほっと胸を撫で下ろしていると、急ぎ登城すると言って父が席を立った。けれども「大事なことを忘れていた」とすぐに足を止める。

「倒れたお前を邸まで送り届けてくれたのは、ブラッドショット公爵なんだ。礼状をしたためるかい？　それとも帰りに魔術師団に寄って私から彼に礼を伝えておこうか？」

危うく私は持っていたカップを落としかけた。

「……ブラッドショット公爵様が、私を？」

「はい。ブラッドショット公爵家の紋章を掲げた馬車が当家に入ってきたので何事かと驚いていたら、公爵ご本人が姉上を抱えて降りてきたのです」

弟の言葉に私は背筋が寒くなる。

ただそこにいるだけで注目される彼に大広間から抱きかかえられてきたなんて、想像するだけで目眩（めまい）がした。

「お父様、お礼は今度お会いした機会に私から述べることにします」

「ああ、それがいいだろう」

その機会は永遠にない。

ミストは王太子に近すぎる。アフィヨン侯爵家の未来のため、王太子と一切の関わりを断つのだからミストとも関わらないほうがいい。

空になったカップを見つめながら私は心に決めた。

婚約の打診取り下げはすぐに承諾された。王家側には難色を示したり再考を促すなどの素振りが微塵もなかったそうだ。

父から顛末を聞いた私は安堵すると同時に複雑な心境になった。ここで何か言えば、憤る父と弟の怒りをさらに燃え上がらせることになりかねない。私は気持ちを切り替えるように、努めて明るくふたりに微笑んでみせた。そして迷惑をかけたことを重ねて謝罪した。

もうあれこれ悩むのはやめよう。私が考えなければならないのは過去のことではなく、これからのことだから。

そんなわけで王城に行く必要がなくなった私は、父や弟に教えてもらいながら領地の仕事を手伝うことにした。慣れない作業に始めは四苦八苦したけれど、数日すると大体の流れが掴めるまでになった。そうすると日がな一日邸に引きこもっている私は時間を持て余すようになる。

あいにく窓の外ではぱらぱらと小雨が降っていて、日課にしている庭の散策はできそうにない。友人と呼べる人がいないから誰かに会う予定もない。一度目の幽閉生活のおかげで、ドレスや宝石にも興味がなくなってしまった。

そうだわ……。

窓から雨に濡れる庭を眺めていた私は父の執務室に向かった。王国地図を執務机の上に広げて、立ったまま王都を中心にぐるりと見渡す。

あれはどこだったのか……。

川に架かる橋。ひっそりと立つ修道院。聖堂の天蓋の窓から降り注ぐ光。親切な修道院長にそれとなく場所を尋ねても、あなたは何も心配しなくていいと教えてもらえなかった。

「――失礼。何度かノックをしましたが、お気づきにならないようでしたので」

もの思いにふけっていた私が顔を上げると、アイオライトが執務机の向こう側に立っていた。

「熱心にご覧になっていると思ったら。何か調べものですか?」

「ええ。青い屋根の鐘楼がある修道院を探しているの」

「青い屋根、ですか……。アフィヨン侯爵領にはありませんね。王国中となると探すのに手間がかかりそうです」

地図上に視線を置いたまま、弟が顎に手を当てて思案顔をする。

アイオライトの言うとおり、やはり見つけるのは難しいだろうか。一軒ずつ修道院を訪ねるのは現実的ではない。仮にも私は侯爵令嬢、自由に出歩くことは不可能だ。一度目の私が過ごした修道院に行ってみたかったのだけれど、この件はひとまず保留ということにしておこう。

「それで? イオは何か用事があったのではなくて?」

「そうでした。姉上にです」

アイオライトが差し出した一通の封書に、私は我が目を疑う。王家の紋章である赤い薔薇(ばら)が刻印されているからだ。

「……私に?」

「はい。つい先ほど邸に届けられたようです」

こわごわ受け取った私はアイオライトに促されるまま封を開け、そして固まった。

「……」

「何が書かれているのです？」

立ち尽くす私の手元をのぞき込んだアイオライトが端正な顔を険しくする。

「茶会の案内ですか。よりによってあなたに招待状を寄越すなど、先方は何を考えているんだ。非常識にも程がある。療養を理由に欠席なさったらよいでしょう、行く必要はありません」

アイオライトの言うとおり出席する義務はないだろう。では欠席でよいかというとそれも違う。私が悲嘆にくれているとか、アフィヨンに叛意(はんい)があるとか、ありもしないことを吹聴(ふいちょう)されては厄介だし。

「……そうね。あれこれ邪推されても困るから、今回は出席したほうがよいと思うわ」

苦笑いする私に、「決してご無理はなさらないでください」とアイオライトが念を押す。

溜(た)め息(いき)まじりに私は招待状を執務机へ置いた。来たるべき日のことを考えると憂鬱で仕方ない。


それからあっという間に茶会当日になってしまった。

久しぶりの外出に主人を飾り立てようと勢い込む侍女をなんとか宥(なだ)めて、装いは最低限に留(とど)めた。

今日私が王城に行くのは、王太子とは無関係だと周知するため。下手(へた)に着飾って未練があるなんて噂(うわさ)が立つと大変だもの。

アカデミーに行くアイオライトに見送られて、私は馬車に乗り込んだ。鬱々とした気分が晴れないまま、やがて馬車は見慣れた王城の門をくぐった。

「コゼット様、皆が心配しておりましたのよ。もうお元気になられたみたいですわね」

案内された会場で、私はライナード伯爵令嬢たち数名に囲まれた。

倒れた私の体調を心配しているふうに見せて、私を見る彼女の瞳にはまったく心がこもっておらず、むしろ完全にバカにしている。ライナード伯爵令嬢の言う「もうお元気になられたみたいですわね」はつまり、「永遠に引っ込んでなさいよ」という意味だ。

洗礼を受けた私は、無理やり社交用の笑顔をこしらえた。

「王太子殿下とのご婚約のお話がなくなってしまったとか？　本当に残念でしたわね」

「ええ、本当に」

傷口を広げるように、わかりきったことをわざわざ訊いてくるライナード伯爵令嬢に、私はにこりと微笑んでみせた。すると他の令嬢たちも騒ぎ出す。

「いいえ、正式に婚約する前でよかったのではないかしら。どうせいずれ捨てられていたでしょうし。……あら、ごめんなさい」

「こう言ってはなんだけど、もっと早くに辞退なさるべきだったのよ。身の程知らずもいいところだわ」

〝王太子に捨てられた可哀そうな女〟

嘲るように嗤う彼女たちの言い分は半分正解で、半分間違いだ。私が選ばれなかったことは事実だけれど、捨てられる前に自主的に申し出て候補から降りたのだから。

「身の程知らずには同意するわ。でも婚約が立ち消えるなんて、貴族にはよくある話ではなくて？」

淡々と告げると、私の反応が思っていたものと違ったのか、彼女たちは一様にあんぐりと口を開けたまま固まってしまった。おそらく彼女たちは私が悲しみに打ちひしがれる姿を見たかったのだろう。申し訳ないけれど、一度目の経験からこういった陰口には慣れている。もっと酷いことだって言われたもの。

私は彼女たちの顔を見回した。ライナード伯爵令嬢、オリアーヌ男爵令嬢、ブレウ子爵令嬢。アフィヨン侯爵家と同じ王家派に属する家門の子女たちだけれど、特に親しくしていたわけではない。それどころか、自分こそと密かに王太子に憧れている彼女たちから私は蛇蝎のごとく嫌われている。今後もお付き合いは控えることにしよう。

「ではごきげんよう」

私は踵を返してその場をあとにした。

ほどなくして王太子が皇女を伴い会場に姿を見せた。

一度目とは違って邪魔者の私はいない。ふたりはきっと順調に距離を縮めていることだろう。私は席を立ち会場を抜け出した。

人を避け回廊に向かうと、綻び始めた一面の白い薔薇が私の視界を満たす。王城ではたくさんの種類の薔薇が栽培されていて、とりわけ王家が紋章に使う赤い薔薇が人々に慈しまれている。

ここだけの話、昔から私は赤い薔薇よりも、楚々として気高く、何にも染まらない白い薔薇が好き。そっと花びらに触れながら、ここで適当に時間を過ごして帰ろうと思案していた私は、回廊の向こうから誰かと連れ立って歩いてくる人物に目を瞠る。ミスト・ブラッドショット公爵だった。

私は迷わず回れ右して、薔薇の木陰に隠れるようにしゃがみ込んだ。

王城で倒れた日、つまり私の時間が戻ってから二週間になる。未（いま）だに私は邸まで連れ帰ってもらったお礼をミストに伝えていない。さすがに人としてどうなのかと思う。

「愉（たの）しそうなことをなさっているのね、アフィヨン侯爵令嬢様」

「……！」

不意に声をかけられた私は飛び上がるくらい驚いた。

豊かな金髪と印象的な緑色の瞳。女神と見紛（みまが）う美しさを湛えたマリゴールド・キルシュヒース公爵令嬢が私を見下ろしている。

「かくれんぼをなさっているの？　それとも、怖い狼（おおかみ）から逃げてきたのかしら？」

「え……？　それはどういう」

キルシュヒース公爵令嬢が人差し指を口元に当てたので、私は手で口を覆う。彼女は悪戯（いたずら）っぽく片目を瞑（つぶ）ってみせると行ってしまった。

やがて石畳を踏む硬質な足音が薔薇の向こう側、私のすぐ傍（そば）で立ち止まった。私はぎゅっと膝を抱いて身体をすくめる。

「こちらに誰か来なかっただろうか？」

低い声はミストのものだ。

「誰かとは、どなたのこと？　わたくしの知っている方かしら？」

ふふふ、とキルシュヒース公爵令嬢が艶（あで）やかに笑う声が聞こえる。

「こう見えて俺は急いでいるんだ」

「奇遇ね、わたくしもよ」

穏やかとはとても言いがたいふたりのやり取りに私は息をひそめる。

しばらくして、ミストの足音が遠ざかっていった。

「行ってしまったわ」

座り込んだままでいる私へキルシュヒース公爵令嬢が白いレースの手袋をはめた手を差し伸べてきた。ためらいがちにその手を取ると、彼女は私を立たせてくれた。

「あなたとお茶をご一緒したいのだけど、騒がしい場所はお嫌かしら？」

「いいえ、大丈夫ですわ」

「決まりね」

クスッと笑い、キルシュヒース公爵令嬢が腕を組んできた。警戒心をなくしてしまう晴れやかな笑みに思わず目を奪われる。さりげなくミストから庇ってくれたところとか、他の令嬢たちのように王太子のことに触れてこない気遣いとか、彼女が社交界で慕われている理由がわかる気がした。

彼女の実家キルシュヒース公爵家は筆頭公爵家のブラッドショットに次ぐ権勢を誇る。代々国の中枢を担う人物を数多く輩出してきた名家であり、現公爵は王国議会の議長を務めている。そして、彼女自身も圧倒的な美貌で社交界に大きな影響力を持っているのだ。

アフィヨン侯爵家が属する王家派とは一線を画す議会派であることから、私とキルシュヒース公爵令嬢はこれまで親しくお付き合いをしてきたわけではない。けれど、彼女の気さくな人柄のおかげで、会場に戻りテーブル席に着く頃には、お互いを名前で呼び合うようになっていた。

「少しお会いしない間に、雰囲気が変わったのね」

私はぱちぱちとまじろいだ。

そんな私を見て、マリゴールドがクスッと笑う。

「以前のあなたはただひたむきで。でも、今の思わず手を差し伸べたくなる風情のあなたも、わたくしは好ましく思うわ」

ひたむき……。

ものは言いようだ。かつての私はただひとりの人を愛し愛されたいと夢見ていた。だから同じ想いを返してほしいと分不相応にも願っていた。私に恋情の欠片（かけら）もない王太子からすれば、煩わしい女だったと思う。それなのにマリゴールドは好意的に捉えてくれるのだろうか。

「あら、まただわ」

私たちが座っているのは木陰に設けられたテーブル席で人目に触れにくい。王太子と皇女がいるテーブルからは最も離れた静かな場所だ。時折遠まきにこちらを窺（うかが）っている令息たちに気づいたマリゴールドが朗らかな声で言った。

「あなたとお話ししたいみたいよ、コゼット」

「それはないと思うわ、マリゴールド」

「まぁ……！　彼らがずっと熱心な視線を送っていることに、まさか本人が気づいてないの？」

「だって捨てられた侯爵令嬢ですもの。怖いもの見たさだわ」

〝捨てられた侯爵令嬢〟

今日王城を訪れてからライナード伯爵令嬢たちにも言われたし、コソコソと囁（ささや）かれているのを何度も耳にした。マリゴールドが知らないはずはない。

素っ気なく返すと、堪らずといった感でマリゴールドが吹き出した。

「ちょっと……。それ、自分で言ってしまうの？」

「まるで有名人にでもなった気分だわ。笑いすぎよ」

じとりと見据えると、マリゴールドは目の縁の涙を拭った。

「はぁ……ごめんなさい？　そうね、あなたの好きな男性のタイプを教えてちょうだい。わたくし、これでも顔が広いの。どなたかよい方を紹介できるかもしれないわ」

「そんなのわからないわ」

「あら、難しく考えないで。こういう顔が好きだとか、こんなふうにされたらうれしいとか、単純なことよ。何かあるでしょう？」

マリゴールドに促され、私は思案する……。何も浮かんでこない。

困った私はマリゴールドをチラリと一瞥した。目をきらきらさせ、私の返事を心待ちにしている彼女に向かって何もないとは言えない空気だ。

「もう王子様は懲り懲り。派閥とか権力には無関係な子爵家か男爵家のご次男でお優しい方がいいわ」

「――それは興味深いな」

突然割り込んできた低い声のほうへ、私はゆっくりと顔を向ける。

優しさの欠片も感じられないミストが冷ややかな瞳で私を見下ろしていた。言葉を失い固まる私の隣の席に、ミストが腰をかけ長い脚を組む。

「調子はどう、アフィヨン侯爵令嬢」

「……おかげさまで。ブラッドショット公爵様」

「君の心配をしていたんだよ」

「そう、なんですか……」

ミストが私の心配ですって……？

にわかには信じがたいし、彼の言葉を額面どおりに受け取ってはいけない気がする。

〝邸まで送り届けたのに礼も言わないのか〟

うっすらと微笑んでいる彼の表情が雄弁に語っている。

「アフィヨン侯爵令嬢？」

黙り込んだ私を訝しんだミストが首を傾げた。少し長めの前髪がさらりと揺れ、ゆっくりと顔が近づいてくる。

「ひっ」

我に返った私は仰け反って彼から距離を取った。

おそらく他のご令嬢たちにこんな反応をされたことがないのだと思う。私を見つめるミストの瞳がますます冷ややかなものになる。

「君は、俺が何かすると思っているのかい？」

「べ、別に思っておりません。私はあなたと関わりたくないだけで……あっ、いえ」

「なるほどね」

すっと目を細めたミストが笑みを深める。

……不味いわ。失言してしまった。

国王陛下の姉を母に持ち、若くして公爵位を継いだミストは、その血統と多彩な才能から超然とした存在だ。一度目の私もプライドが高かったけれど、ミストの場合はグランディディエ山より遥(はる)かに高い。もちろん彼は完璧を絵に描いたような男だから、無駄にプライドだけが高くて長所も何もない私と比べるのは失礼になる。

遅ればせながらここはお礼を伝えて、早くお引き取り願おう。

私はよそいきの笑みをこしらえて、ミストに向き合った。

「先日はありがとうございました」

「どういたしまして。こんなに心のこもらない礼は生まれて初めてだよ」

「……っ」

頬を強(こわ)ばらせた私に、向かいの席から成り行きを見守っていたマリゴールドが救いの手を差し伸べてくれた。瀕死(ひんし)の私には彼女が女神に見える。

「あなたがこういった場に顔を出すなんてめずらしいこともあるものね。急いでいるのではなかったかしら？　ともかくあなたがここにいたら、ようやく面倒なしがらみがなくなって、自由を謳歌(おうか)しているコゼットが他の男性と話す大切な機会を失ってしまうわ」

マリゴールドの言うようにミストの社交嫌いは有名だ。彼は公の行事にもあまり顔を出さない。王太子より一歳年上。堅苦しいしきたりに囚(とら)われる王家に嫁ぐよりはと、現実的な令嬢たちからの人気はミストのほうが高い。でも彼に関する浮いた話をこれまで一度だって聞いたことがない。

それにしても、マリゴールドはなんのためらいもなく王太子を〝面倒〟と言ってのけた。しかも早くどこかに行けと遠回しにミストに言い放ったのだ。さすがにこれは失礼かもと、不安を覚えた私はミストを見遣(みや)った。

しかしミストは別のことに注意を引かれたようだ。

「他の男性とは？」

胡乱(うろん)な目をマリゴールドに向けたミストが彼女の視線をたどり、それから静かに言った。

「残念。彼は伯爵家の嫡男だから、君の対象外だよ」

私はどこの家門の方か見ようとした。けれども背中へ流していた髪の先を摘(つま)まれて、すぐにミストのほうへ顔を向ける。

「何か……？」

訝しんだ私が問うと、髪を摘んでいたミストの指先が離れた。

「……倒れた時に頭をぶつけていただろう。あれから気になっていたんだ。何事もないようでよかったよ」

そして彼は席を立った。

遠ざかっていくミストの背中を見送りながら私は首を傾げる。まさかと思うけれど、ミストは本気で私の心配をしたのだろうか。

「コゼット。あなた、ブラッドショット公爵と親しかった？」

「いいえ、まさか。私は嫌われているのよ」

会場を早々にあとにして馬車へと向かう途中、マリゴールドに問われた私はすぐさま否定した。

親しいどころか面識があるだけで、ミストと会話らしい会話をしたのは私が西の塔に幽閉されてからのことになる。これは一度目のことだからマリゴールドには内緒だ。

「嫌われてる……。そうかしら？」

「ええ」

過去に気を取られていた私は、マリゴールドの問いかけに曖昧に頷いた。

「またいらしたのですか？」

私の苦言を無視して、彼は扉近くの椅子に腰かけた。しばらくして呼吸を整えた彼が口を開く。

「変わりないか？」

「ええ、このとおりです。あなたは？」

「ああ、このとおりだよ」

窓から外を眺めていた私は振り向いて彼を見遣った。

塔の最上階にあるこの部屋まで、負傷した脚を引きずって階段を上がってくるのは大変なはずだ。

「もう来ないで」と私が言っても、彼は聞き入れようとしない。そして今日みたいにふらりと訪ねてくる。

「伝言を預かってきた。弟君が会いたがっている」

「会わないとお伝えください」

弟は私の減刑を王家に嘆願しているそうだ。早く私のことなんて忘れてしまえばいいのに。

「あなたも、もうここへは来ないほうがよいでしょう」

今日は特に顔色がよくないもの。

心配だと声をかけられなくて、素っ気ないもの言いになってしまったことを後悔していると、彼は気にする様子もなく立ち上がった。

「また来るよ」

扉の外へ出ていく彼の背中に向かって、私は声を上げた。

「待って、ブラッドショット公爵様……!」


「待って……」

自分の寝言で目が覚めるなんて。夢にミストが出てきたのは、昨日王城で彼の後ろ姿を見たからだろうか。

あれは、夢ではなく一度目の私の記憶だ。

王城の北に広がる森は〝黒い森〟と呼ばれている。季節を問わず王族や貴族たちが狩猟を愉しみ、時に騎士団や魔術師団の軍事訓練が行われる広大な森には、野兎(のうさぎ)や狼だけではなく魔物が棲(す)みついている。

ミストは狩猟中、蝙蝠(こうもり)のような大きな翼と鋭い牙を持つリンドヴルムと遭遇して負傷した。魔物による傷は癒えにくい。王城勤めの魔術師たちがあらゆる措置を講じても、ミストの脚が癒えることはなかった。彼の場合は骨まで砕けていたため元通りにはならなかったのだ。

どんな魔術も、一度失われてしまった機能を完全に再生することはできない。補佐官を務めていたミストは王国魔術師団を退団した。

寝台に横になったまま記憶をたどっていた私は勢いよく起き上がった。狩猟が行われたのは、収穫祭があった月の最後の日だ。

私が一度目とは違う運命を選んだみたいに、ミストの運命も変えられるかもしれない。

例えば、その日黒い森に立ち入らなければ。ミストは一生を変えてしまうような傷を負わなくていい。

でも彼には関わらないと決めたのに。

……無理だわ。何を迷っているの。

ためらったことに後ろめたさを覚えた私は、自室の扉を開けて早足で邸の調理場へ向かった。


私は昨日に引き続き王城を訪れた。

魔術師団の庁舎は騎士団と隣り合わせになっている。ちょうど数名の令嬢たちが向こう側の訓練場を見学しているので、私も彼女たちに倣うことにした。

ここまで来てしまったけれど、このあとどうしようか……。

歩きながら考え事をしていた私の身体がぐらりと傾く。転ぶと思った瞬間、後ろから誰かの力強い腕に支えられた。

「コゼット・アフィヨン侯爵令嬢。君には転び癖があるのかい?」

私はゆっくりと後ろを仰ぎ見た。王国魔術師団の濃紺色のローブを着たミストだった。

「……ごきげんよう。ブラッドショット公爵様」

彼から離れて体勢を立て直しながら挨拶すると、ミストは深い溜め息をついた。

「魔術師や騎士たちがざわついていたのは君のせいか。仕事にならないから用件を聞こう」

「あなたにお話ししたいことがあります」

ミストが切れ長の瞳を見開いた。

「邸を訪ねようとも思ったのですが、断られる可能性もあるので。でも王城なら絶対に会えるでしょう？　つまり私の用件は、あなたに会うことなんです」

「……は？」

私を見つめているミストの眼差しが、凍りつきそうなくらい冷ややかなものになる。

……失敗、したかもしれない。

緊張しすぎて、事前に用意していた台詞（せりふ）がすべて頭から飛んでしまった。偶然を装うはずが、これでは彼に付きまとう不審な女だ。今すぐ帰ってしまいたい気持ちをぐっと堪（こら）えて、私はミストに用件を伝えることにした。

「あの、まだ先のことですが収穫祭の月の最後の日、当家の料理人たちが領地の砂糖を使って菓子作りをするんです。よろしければあなたをご招待したいのですが」

「悪いがその日は別の予定が入っている」

「よ、予定……」

ミストの言う予定とは、黒い森での狩猟のことだ。

夢で見た彼の後ろ姿が瞼（まぶた）の裏に浮かぶ。絶対に行かせてはいけない。

「もし甘い菓子がお嫌いでしたら、塩気やスパイスを利かせた菓子をご用意します」

「いや、そういう問題じゃない。それに菓子が食べたいなら、うちの料理人に頼めばいいことだ。わざわざ君の邸に行く必要があると思うかい？」

「ブラッドショット公爵家で使われる砂糖はアフィヨン産です。手間を省いて当家で召し上がればよいでしょう？」

一度開きかけた口を閉じて、それからミストはくしゃくしゃと黒髪をかき上げた。

「どういう理論なんだ……？　理解不能だ。そもそも俺は公爵位を持っているから、君の好みからは大きく外れているはずだよ」

「ええ、おっしゃるとおりです」

子爵家と男爵家のご次男とかいうあれは、マリゴールドとの他愛のないおしゃべりだったのだけど。どうやらミストは本気にしているらしい。

訂正する時間を惜しんで私が頷くと、ミストは眉をひそめた。

「なるほどね。それなのに、君は好みではない俺を邸に招きたい？」

「そういうことになります」

ミストの眉間のしわが深く刻まれる。

「コゼット・アフィヨン侯爵令嬢。君と話していると頭が痛くなりそうだ」

「……帰ります。ごきげんよう、ミスト・ブラッドショット公爵様」

私は踵を返した。

これ以上ミストと話しても心証を損なうだけだ。しばらく歩いたところで大切なことを思い出した私は、付き添いの侍女から手かごを受け取りミストのもとへと駆け寄った。

「忘れておりました。当家の料理人が作った焼き菓子です。魔術師様たちに差し上げてください。見ず知らずの者からの差し入れですから、不安でしたらお調べください」

大きく目を見開いたミストに手かごを押しつけ、私は今度こそ庁舎をあとにした。

完全に失敗した。ミストが黒い森に行くのは二ヵ月先だ。時間はたくさんあるから、きっと大丈夫。

……と思っていたけれど、現実はそう甘くはなかった。


『その日は予定があると言ったはずだ』

心が折れそう。

来る日も来る日も、どうして私は自分の利益にならないことをしているのだろう。困難な未来から救いたいのに、その対象から嫌われるという意味がわからないことに私は力を注いでいるのだ。

ミストには嫌われているから今さらとはいえ、冷たい視線に晒されるのは悲しい。さすが〝氷の公爵〟と一部のご令嬢たちに騒がれているだけある。

何者にもおもねらない彼に、どうにかしてお近づきになりたいとか言っていたかしら。うっかり触れたら怪我しそうなので、私は遠くから見ているだけでいい。とはいえ、彼のことを放っておくことができないから困るのだ。


この日も私は魔術師団の庁舎を訪れた。

「アフィヨン侯爵令嬢。いつもありがとうございます」

「こちらこそ、王国の安寧を守ってくださり、ありがとうございます」

持ってきた手かごを魔術師のひとりに渡した。ミストの好みがわからないので、二度目の差し入れからは甘い菓子とそうでない菓子を用意している。

彼らと談笑していると、カツンカツンと冷たい靴音を響かせながらミストが通りかかった。恐ろしいくらい整いすぎた怜悧な美貌は凄みがあり、近寄ってはいけない空気をひしひしと感じる。でも私は彼に会うため王城に来たのだ。

「ごきげんよう」

いつものように挨拶すると、ミストが冷ややかな一瞥をくれて足早に私の横を通り過ぎた。慌てて私はあとに続く。脚が長い彼を追いかけるのは大変だ。

「あの、ブラッドショット公爵様。収穫祭の月の最後の日に王立劇場で歌劇があるのです。とても人気なのだそうですよ。チケットが取れたので、よろしければご一緒に行きませんか？」

「見てのとおり、俺は職務中だ」

「……ブラッドショット補佐官様」

「いや、そういうことではない」

ミストが立ち止まり振り向いた。

「教えてくれないか。君はなぜそうまでして俺を誘うんだい？」

「え……？」

じっと見下ろしてくる長身のミストから逃れるように視線をさまよわせる。

魔物に遭遇して怪我をする、なんて言えば正気を疑われてしまうに違いない。ではどうすればいいいか。黒い森に近づけないため、別の用事でミストを誘えばいい。やっとの思いで紡ぎ出した私なりの最善策だった。でも、誘うための理由までは用意できていない。

「……あ、あなたといたいから、です」

胸の前で両手をそわそわと合わせながら、なんとか答える。恥ずかしくてどうにかなってしまいそうだわ。

こんなこと、一度目だって誰にも言ったことがない。本当に夢見がちでバカみたいだけれど、大切な時のために取っておきたかった。いいえ、そんな機会は永遠にないのだったわ。恋とか愛とか、もう懲り懲りだもの。

「俺とは関わりたくないと言っていたはずだよ」

「……っ」

返事に窮した私はミストからさっと顔を背けた。

「否定しないのか」

諦めたようにミストが大きな溜め息をつく。

「アフィヨン侯爵令嬢。君がここに来ることは魔術師たちの職務の妨げになっている。彼らの中には継ぐ爵位を持たず、生計を立てるため王城に勤める者もいるんだ。君の目的に適うかもしれないが、そういうことはよそでやってくれないか」

「……そういうこと？」

ミストの言う意味がわからず私は首を傾げる。

私の目的って……。

かっと頬が熱くなる。酷い誤解だ。私は新しい婚約者探しのためにここを訪れているわけではない。誰かに色目を使ったことだってない。

でも言い返せない。私ときたら自分のことばかりで、一度目から何も変わっていない。ミストや魔術師たちの立場まで考えられなかった。

「……わかりました。皆様にご迷惑をおかけしたことをお詫び申し上げます」

私はあなたを救いたいだけ。

それだけなのに、上手くできない。


「──コゼット」

ぼんやりしていた私ははっとする。マリゴールドが差し出していたグラスを受け取り口に運んだ。上質な葡萄酒だ。

この日、私はキルシュヒース公爵家が主催する夜会に招かれていた。王太子と皇女に近づかないとなると、社交界からは遠ざかることになる。そんな私をマリゴールドは何かと誘い出してくれるのだ。

「ようやくお出ましになったのに、あなたときたら上の空なんだから」

「そんなことないわよ。おかげさまで愉しんでるわ」

「大きな溜め息をついていたわよ。そして明日から、また邸に閉じこもってしまうつもりね？」

マリゴールドが不満げに美しい顔をしかめた。

「……閉じこもっているつもりはないもの。家の仕事を手伝ったりして忙しくて」

「あなた、人が好すぎるわよ。花も恥じらう乙女の大切な二年を反故にされたのだから、慰謝料を請求したっていいくらいだわ。いいこと、コゼット。あなたにはその権利があるのよ」

「もう終わったことよ」

私は苦笑いしながらグラスを傾ける。

「あなたがそれで良いなら構わないけど……」

どこか釈然としない様子のマリゴールドが「ところで」と話をがらりと変えてきた。

「あなた、あのブラッドショット公爵をデートに誘っているのでしょう？　むさ苦しい魔術師団の庁舎に美しい月の妖精が現れると噂になっているわよ」

「……う、ごほっ」

盛大に咽せた私の口元を、侍女からハンカチを受け取ったマリゴールドが拭う。

「お相手はともかく、あなたが外の世界に目を向けるようになって、わたくしはうれしいの」

「……マリ、誤解だわ。理由があって魔術師団の庁舎には何度か行ったけれど、デートとかそういったことではないの」

あれから私は王城には行っていない。

実は家族で訪れた大聖堂で思いがけずミストを見かけた。彼の周りには人だかりがしていたので、気づかれる前に私はその場から立ち去ったのだった。

時間があればミストのことばかり考えているけれど、マリゴールドが期待しているような甘い要素はどこにも存在しない。

私の悩みを知らないマリゴールドが首を傾げた。

「ねぇコゼット、理由って？」

「……それは、ブラッドショット公爵様にお話があって」

「話……。話、ねぇ」

きらきらと目を輝かせるマリゴールドを私は見据えた。

「いいこと？　あなたが想像しているようなことは何もないの」

でも彼女はどこ吹く風だ。

「可愛い顔で睨まれても全然怖くないわ。あら、ドレスが葡萄酒で汚れてしまったから着替えたほうがいいわね」

「これくらい気にしないわ。それに替えのドレスは持ってきてないし」

「わたくしのを着たらいいわよ」

マリゴールドの私室に連れていかれた私はキルシュヒース公爵家の侍女たちの手によって、あっという間に着替えを終えた。貸してもらった半袖のドレスは、レースがあしらわれた清楚なものだ。

「とてもすてきなドレスをありがとう。少し背中が心許ないのだけど」

ただし、後ろから見ると背中がOの字に大きく開いている。

「これが今夏の流行りなのよ」

マリゴールドが鏡越しに微笑んできた。

ここまで肌を出すドレスは初めてだから、私は不安で仕方ない。

「どこもおかしくない？」

「あなたのためにあつらえたみたいだわ。次は一緒にドレスを選びましょうよ」

「ええ。ありがとう」

会場に戻った私はマリゴールドの親しい友人たちを紹介された。彼女の友人というだけあって気持ちのよい人ばかりだ。談笑していると、ひとりの令息にダンスに誘われた。私は意識的に口角を持ち上げて微笑み返した。美しいとか光栄だとか、そのような社交辞令を言われて曖昧に頷く。

差し出された手を取ろうとした私の前に影が差した。

「失礼。こちらが先約なんだ」

ミストだった。彼は唖然としている私の手を掬い上げ一同に挨拶すると、そのまま私の手を引いて歩き出した。

連れていかれたのは会場の片隅。

先日迷惑をかけたことをどう謝ろうか思案していると、ミストが口を開いた。

「君は、誰にでも微笑みかけるのか？」

「……はい？」

よく聞こえなくて首を傾げると、ミストはバツが悪そうな顔をした。

「いや、今のは忘れてくれ。君に謝罪を」

「謝罪って……。あの、なんのことですか？」

「魔術師団での俺の発言を謝罪させてほしい。君への礼を著しく欠いていたと、自分の行いを深く反省している」

困惑している私に、片手を胸に当てミストが真摯な表情をする。黒髪がさらりと揺れ、長い睫毛が伏せられた。

「申し訳なかった」

ミストが頭を下げている……。

私は衝撃を受けた。それはもう驚きすぎて、束の間呼吸を忘れてしまったほどだ。

「……お、お待ちください。しつこく付きまとった私が悪かったのです。ブラッドショット公爵様は正しいことをなさっただけでしょう。あなたは嫌な役目を負って、私が皆様に迷惑をかけていることを教えてくださったのですから」

ミストの対応は何も間違っていなかった。

一度目の私は王太子のもとへ押しかけては政務の邪魔をしていたのに、王太子は何も言わなかった。周囲の人々に私がどう思われようと無関心だったからだろう。落ち着いて考えてみればミストは親切だと思う。

「俺は君が思っているような高尚な人間じゃないよ。身勝手な嫉妬はするし、かなり狭量な男だ。いや、つまらない話をしてすまない」

彼はこんな人だっただろうか……。

ブラッドショット公爵家は王家の剣であり忠誠の象徴だ。血統、財力、軍事力。受け継いだものへの誇りと溢れ出る才知はミストを傲慢にしていた。でもそれは彼のほんの一面で、私はよく知らなかったのかもしれない。

惚けている私に、ミストは内緒話をするみたいに身を屈めてきた。

「アフィヨン侯爵令嬢、件の歌劇は三日間公演しているそうだ。君が誘ってくれた前日はどうだろうか？」

急なお誘いにまじろぐ私に、ミストが言葉を重ねる。

「深く考えず俺からの謝罪として受け取ってほしい」

「謝罪……？　あなたは悪くないのですから必要ありません。謝らないといけないのは私のほうだわ」

「では君も謝らないで」

頭を下げようとするとミストがやんわりと止めたので、私は戸惑いながらも頷いた。

「それで――。話を進めても構わないだろうか」

「あの、せっかくのお誘いなのですが」

配慮してもらっておいて大変申し訳ないのだけど、別の日では意味がない。それに私は歌劇に行きたいわけではないのだ。

まさか私が断るとは思いも寄らなかったのか、ミストが言い募ってくる。

「劇場を貸し切りにしよう」

「どなたか他の方を誘って差し上げてください。きっとお喜びになります」

「他の……？　いや、これは俺から君への謝罪で」

「お互いに謝らないと決めたでしょう？」

「あ、ああ。そうだったな……」

王立劇場を貸し切りって、一体ブラッドショット公爵家の財力はどうなっているのだろうか。いらぬ心配をしていると、ミストが額に手を当て、悩ましげな表情を浮かべた。

「君と話していたら調子が狂う。まったく思うようにいかない。こんなことは生まれて初めてだ」

「お言葉ですが、思うようにいかないのは私のほうです」

ミストを黒い森に近づけないためにはどうすればいいか、私はずっと考えている。眠っている時でさえミストの夢を見る。関わらないつもりでいたのになんて不本意なのかしら。

「どうしてあなたのことばかり考えなければならないの？　夢にまで出てこないで」

「なんだって……？　君、頬が赤いな。もしかして酔っているのかい？　……そうか、だからあんなことを言ったのか」

「葡萄酒三杯で酔うわけがありません」

私はふいとミストから顔を背けてマリゴールドを探そうと歩き出す。

すぐにミストが追いついてきた。

「飲みすぎだ。水をもらってくるから君は、ここで……」

「……？」

私は振り返って、急に黙り込んだミストを仰ぎ見た。大きく見開かれた彼の目元が赤く色づいている。

「どうかなさったのですか？」

「どうか、だって……？」

信じられないものを見たような眼差しで私を凝視していたミストが叫んだ。

「君……。君は、なんて不埒(ふらち)なドレスを着ているんだ。これでは裸じゃないか……！」

どうやらミストは私と同じ感性を持ち合わせているらしい。なんだか複雑な気分だ。

「今夏の流行りだそうですよ」

「無防備すぎる。頼むからこれを羽織ってくれ」

ミストが上着を脱いで、私の肩に掛けようとする。もっと刺激的なドレスを着ている令嬢たちがいるのに、そちらは気にならないのだろうか。

「汚しては大変ですから」

「遠慮しないで。これでは落ち着いて話ができない」

丁重にお断りしてもミストは引き下がろうとはしない。

そこへマリゴールドが姿を見せた。

「愉しそうね。申し訳ないけれど、そろそろコゼットを返してくださいませんか、ブラッドショット公爵」

「見てのとおり取り込んでいる」

「せっかくですけど、ダンスしたい方々の名前でコゼットのリストは埋まっているの。礼節を弁えて順番を守ってくださる？」

ようやくミストは振り返り、マリゴールドと向き合った。

「では俺の名前を一番上に。それで今日は終わりだ、彼女は他の誰とも踊らない」

「ご冗談でしょう？　残念だけど、あなたの名前は一番下だわ」

にっこり笑うマリゴールドは女神のごとき美しさだ。それなのにミストは硬い表情を崩そうとしない。

給仕係を呼び止め、マリゴールドが葡萄酒の注がれたグラスを私とミストへ差し出してきた。

「私だけいただくわ。ブラッドショット公爵様はアルコールの類いを嗜まないの」

――あれは新年を祝う日のこと。その日王城では、祝い酒として上質な葡萄酒が振る舞われるのが慣習だった。西の塔を訪れたミストに私は早く戻るべきだと諭した。大切な日に罪人に会っている場かった。

合ではないと。彼はアルコールの類いは一切口にしないから自分には関係ないことだと言って帰らなかった。

マリゴールドが持つグラスへ手を伸ばしかけた私の肩に、ミストが上着を羽織らせた。

「……君も控えたほうがいい」

「自慢ではありませんが、私は酔ったことがありません」

上着を脱ごうとした私の手をミストが止める。

「酔っている人間は自分が酔っているとは言わないんだ。いい子だから聞き分けてくれ」

小さな子どもに言い聞かせるような口調に、私はむっとしてミストを見据えた。

「大人の女性に向かって〝いい子〟は失礼かと」

「そうだね。俺が知る〝大人の女性〟は、君みたいに頬を真っ赤にして捲し立てたりしないよ」

私たちのやり取りを見守っていたマリゴールドが間に入る。

「たとえ酔ったとしても、コゼットはわたくしの邸に泊まるので何も問題ありませんわ。弟のカミーユも喜ぶでしょうし」

カミーユ様はキルシュヒース公爵家のご嫡男で御年十四歳。マリゴールドによく似た目が覚めるような美少年で、金色の髪はくるくると癖がある。私とカミーユ様には、雨の日は髪がまとまらないという共通の悩みがあり、それがきっかけで親しくさせてもらっているのだ。

もしかしたらキルシュヒース公爵邸に泊まるかもしれないと、前もって父には外泊許可をもらっている。しかしここで、ミストが生真面目ぶりを発揮してきた。

「こんな人の出入りが多い夜に泊まるだって？　問題しかない。悪いが了承しかねる」

「ではあなたがコゼットを邸まで送るとおっしゃるの？」

いくらミストが実直だとはいえ冷静に考えれば、彼にはまったく関係ないことだろう。なのにミストはマリゴールドの問いかけに即答した。

「そのつもりだ。アフィヨン侯爵令嬢、俺が邸まで送ろう。一度君を邸に送り届けているのだから遠慮はいらないよ」

「お忙しいあなたのお手を煩わせるわけにはまいりません。ひとりで帰れますのでお気遣いなく」

「いいだろう。君はあの日のように抱きかかえてほしいんだな」

「是非送ってください……！」

尊大な口ぶりで両腕を広げてみせたミストに危うさを覚えた私は、自分から懇願していた。

馬車を待つ間、マリゴールドに今日招待してくれたお礼を言う。つもりがほとんど愚痴になってしまった。

「彼とお話がしたかったのでしょう？」

「……そうだけど」

曖昧に返事をした私は、少し離れた場所で待っているミストを横目で見た。

白いシャツにクラバット、シンプルな佇(たたず)まいだというのに美々しさが際立っている。会場中のご令嬢たちから注がれる熱い眼差しも、彼にとっては日常的なものなのかまったく意に介さぬ様子だ。

私はすぐにミストから目を逸(そ)らした。

「私には無理だと思うわ」

弱音をこぼすと、マリゴールドが困ったように微笑んだ。

「余計なお節介だとわかっているの。でもコゼット、あなたはもっと自分を知るべきだわ。相手があの男というのが気に入らないけれど、よいきっかけになると思うの。このドレスはあなたに差し上げるわ。悔しいけど、わたくしよりあなたにずっと似合っているもの」

悔しいなんて言うマリゴールドの私を見る目はとても優しくて、心から私を心配してくれているのがわかる。

私が社交界から距離を置いているのは、一度目の失敗のせい。ミストに近づいたのは彼を救うため。お茶会や夜会のお誘いをことごとく避けている私が、ミストに会うために何度も王城を訪れていたからマリゴールドは誤解している。自分でも、自分の行動がちぐはぐだと思う。すべてを友人に打ち明けられないことがもどかしい。

次の約束をしてマリゴールドと別れたあと、ブラッドショット公爵家の紋章に見入っていた私はミストに促されて馬車に乗り込んだ。


馬車が走り出してほどなくして、向かいの席に座るミストが苦笑いを浮かべた。

「そんなに緊張しなくても」

「家族以外の男性と馬車に乗るのは初めてなんですもの。緊張しないわけがありません」

「そうか」

顎に手を当てて思案していたミストが、私のほうへと前屈みになり声をひそめた。

「俺と経験済みだよ。膝の上で気を失っていたから君は覚えていないだろうが。そうか、俺が初めてだったのか」

　かっと頬が熱くなる。

　私の隣には侯爵家から連れてきた付き添いの侍女が控えている。誤解を招くような言い回しはやめてほしい。頬に手を添えてほてりを冷ましていると、ミストと視線が絡んだ。

「君の差し入れを魔術師たちが心待ちにしていた」

「それは本当に……？」

　迷惑だったとばかり思っていたので、そう言われるとなんだかうれしい。

「本当だ。ずっと顔を見せていた君がばったり来なくなって。気になって仕事が手につかなかった。俺が全面的に悪いんだが……」

「あの？　お話がまったく見えないのですが」

　わけがわからず首を傾げると、ミストが決まり悪そうな顔をした。

「ああ、うん……。こんなことを言う資格は俺にないんだが。君がもし嫌でなければ、また来るといい」

「婚約者探しはよそでやれとおっしゃったわ」

「あれは、君が他のヤツらに無邪気に微笑みかけているから……。いや、不快な発言を重ねて謝罪させてほしい」

　私は不思議な面持ちでミストを見つめる。何か言いかけてやめたり、なんだかいつも冷静な彼らしくない。

「そもそも私の言動が軽率だったのですもの。あなたが気にする必要はどこにもないでしょう。このお話はもう終わりということに」

よろしいですか？　と微笑むと、なぜかミストが目を見開いて凝視してくる。

「ブラッドショット公爵様……？」

「あ、ああ。そうだ、近々王城で宴会があるだろう？」

この時期、王城では様々な会が催され収穫祭の月が終わるまで続く。大きな舞踏会や新年会は参加義務があるけれど、収穫祭に合わせて領地に帰る貴族たちも多いため、参加するかしないかは自由だ。

「私は出席いたしません。……するかもしれません」

つい先ほど別れたマリゴールドの心配顔が浮かんできて、私は言い直した。

けれども、王太子と皇女を思い出してまた言い直す。

「しないかも」

「……ふ」

私はこぼれんばかりに目を見開いた。いかなる時も冷徹なミストが頬を緩ませ笑っている……。

「どっちなんだ……？　君といると、どうも調子が狂う。まいったな」

「……お互いさまです。私も困っているもの」

「君には敵わないよ」

それはどういう意味なのか。胡乱な目で考えていると、ミストが先ほどとは一転して不遜な笑みを浮かべた。

「褒めているんだ。君の話は突拍子もなくて、だが気づくといつも君のペースに引き込まれている。稀有な才能だと思う」

「……」

まったく褒められている気がしない。女性への褒め言葉って、もっとこう別にあると思うのだけど。

例えば今日キルシュヒース公爵家でたくさん聞いた社交辞令みたいな。でも生真面目な彼が浮いた言葉を口にする姿を想像できない。少なくともなんのメリットもない私には言わないだろう。

黙り込んだ私に、ミストは何か言いたげな眼差しを向けてきた。

「君が出席を迷うのは婚約の件を気にしてか？」

「ユージン様は関係ありません」

ミストがわずかに眉をひそめるのを見て、私は失敗したことに気づいた。従兄弟（いとこ）である王太子を名前で呼んだりして不味かったかもしれない。私はすぐに「王太子殿下は」と訂正して、自分の問題だと言い添えた。

「君の問題？」

「ええ。華やかな場所が苦手なものですから」

「そうかな。さっきは随分愉しんでいたように見えた。ダンスを申し込まれていただろう。あの男は知り合いかい？」

「……いいえ。たくさんの方を紹介していただいたのでよく覚えていませんが」

「知らない男とダンスしようとしていたのか。不用心だな」

どこか険がある声が酷く耳にざらつく。彼らはマリゴールドの友人なのだから、身元がしっかりしている人たちばかりだと思うのだけど。

「アフィヨン侯爵令嬢」

私は伏せていた視線を上げた。

「今度王城で開かれる宴会には俺と行こうか」

話の展開についていけない私の思考は停止しかけた。

「…………い、行きません。揶揄(からか)わないでください」

「揶揄ってない。華やかな場所が苦手だというなら、そういうことにしておこう。俺も同じだ。だから俺と行こう」

「お、同じではありません」

「なぜ行かないのか本当の理由を訊いても？」

「え……？」

本当の理由って……。

王太子に近づきたくないからだとは、さすがに言えない。

「ど、どうして私を誘ったりするのですか？　あなたでしたら、喜んでご一緒する方がたくさんいるはずです」

「他は知らない。それに君だって俺を誘っただろう？　ご丁寧にいつも同じ日だけね」

ドクンと心臓が嫌な音を立て始める。

指摘されて気づいたけれど、彼を黒い森から遠ざけることに必死で私の言動はかなり露骨だったかもしれない。幼い頃から王城に出入りして、権謀術策を知り尽くした彼を相手にするには細心の注意を払わなければならなかったのに、私はうかつだったのだ。

「なぜ君がその日にこだわるのか考えてみたんだ」

「考えたとは……？」

「色々とだよ。だが君の思考は俺の予想を遥かに凌ぐ」

ミストの双眸が私を捉えた。胸の奥に秘めているものすべてを見透かされてしまいそうな気がする。

「だから、なぜその日なのか君が教えてくれないか？」

私は緊張からこくっと息を呑んだ。口の中が酷く乾いている。

「……何をおっしゃっているのかしら。私が何か企んだとしても上手くいかないとバカになさっていたでしょう？」

「バカにしたつもりはないが、その件について俺は君に謝らないといけない」

「買い被りすぎですわ」

ふふふ、と微笑んでみたけれど完全に失敗したと思う。ミストは怜悧な表情一つ変えないで私を見つめている。

「あ、あなたと一緒にいたいからだと申したでしょう」

内心ひやひやしながらこの前と同じ台詞を口にすると、ミストはわずかに片眉を上げた。

「一緒にいたいと言うが、君は俺の誘いに頷こうとしない」

「……」

鋭い指摘をされ私は言葉を失う。

「君はまだユージンを想っている？」

まさか王太子によからぬことをするつもりだと疑われているのだろうか。

私とミストは、時間が止まってしまったみたいに見つめ合っていた。先に目を逸らしたのは私のほう。

「あなたには関係ないことです」

「どうだろう」

ミストの声には不機嫌さが滲んでいる。

関係ないという言い方は失礼だったかもしれない。王太子は、ミストにとって大切な従兄弟なのだ。

私は努めて落ち着いているふりをしながら、内心は緊張と動揺で限界を迎えようとしていた。

「……い、痛っ」

恥ずかしいけれど仕方ない。額に手を当て、私は捨て身でミストの追及を逃れることにした。

「倒れた時にぶつけたところが未だに痛むんです」

「それは大変だ。これでも俺はちょっとした治癒魔術が使える。見てあげよう」

「……っ」

ミストが私のほうへ手を伸ばす。私は馬車の壁に背中をつけて彼の手から逃れた。

「遠慮しないで」

「お、お構いなく」

ふるふるとかぶりを振ってお断りしても、生真面目なミストは手を引っ込めようとしない。疑っている私のことなんて放っておけばいいのに。

「どこにも異常はなかったはずだ。例えば原形を留めないほど損傷が激しければ、優秀な魔術師でも完全に治療することは難しい。ああ、すまない。深窓のご令嬢に話すことではなかったな。ともかく君の場合はたんこぶができた程度だったから、少し治療してあとは自然の回復に任せるのがいいと思ったんだが……」

口を閉ざしたミストが不可解そうな面持ちで私を見た。

「俺は君にこの話をしたか？」

「いいえ？」

どこか釈然としない様子のミストに見つめられるまま、私も見つめ返す。

「君は――」

ミストが何か言おうとしたその時、馬車が止まった。扉を開けたのはアイオライトだ。

先に侍女が降り、ミストに向かって軽く頭を下げたアイオライトが私に手を差し出す。立ち上がった私は弟の手を取ろうとして、横からミストに手首を掴まれた。急なことで私は反応できない。

「アフィヨン侯爵……」

「なんですか、公爵」

間を置かずアイオライトが返事をしたけれど、ミストが呼んだのは私なのではないかしら。

そろそろと見遣ると、座席に腰かけたまま見上げてくるミストと視線が絡んだ。何か言いかけた彼を、馬車の扉口に立つアイオライトが遮る。綺麗な笑みをたたえたアイオライトのミストに向けられた目はまったく笑っていない。

「手を離してください。無事送り届けていただき感謝申し上げます。だが、今後は姉に近づかないでいただきたい。使いの者を寄越されては迷惑です」

「使いの者って？」

わけがわからずふたりの顔を交互に見遣ると、ミストが憮然とした表情を浮かべた。

「君と連絡を取ろうとしたが、こちらの弟君にまったく取り合ってもらえなくてね」

ブラッドショット公爵家の当主を無視……。

本当に？　と目で真偽を問うと、アイオライトは肩をすくめた。

「そちら側を警戒するのは、当然のことだとご理解いただきたい」

「適切な判断だと思う。今日のところは退くよ」

あっけなく手首を掴んでいたミストの手が解けた。

「おやすみ。いい夢を、アフィヨン侯爵令嬢」

「……おやすみなさい、ブラッドショット公爵様」

送ってもらったお礼を矢継ぎ早に伝えて、馬車を降りようとした私はよろめいた。ミストが前のめりになった私の身体を抱き寄せて事なきを得る。

あ、危なかったわ……。

後ろから私を支えているミストが頭上で溜め息をつく。

「頼むから、何もないところで転ぶのはやめてくれ。君は目が離せないな」

「す、すみません……」

恥ずかしくて顔が熱くなる。ほんの一瞬、私の腰に回されたミストの腕に力が入った気がした。すぐに私は逃げるようにアイオライトが待つ外へと降り立つ。

走り出した馬車を見送っていて、私は大事なことを思い出した。

「姉上、どうなさったのですか？」

「ブラッドショット公爵様に上着をお返しするのを忘れていたわ」

肩に羽織った上着を目にしたアイオライトが心配そうに眉をひそめた。

「キルシュヒース公爵令嬢の邸へお出掛けになったものだと思っていましたが、それがなぜブラッドショット公爵と？」

「ええと……。偶然お会いして、親切に送ってくださることになったの」

曖昧に言葉を濁すと、アイオライトはますます眉間にしわを寄せた。せっかくの綺麗な顔が台無しだ。

「姉上……。あの非情なくらい理性的で無駄を嫌う冷徹な男が、ただの親切心からあなたを邸まで送るなんて面倒なことをすると思いますか？　しかも二度目です」

「どうかしら」

「よろしいですか、くれぐれも用心なさってください」

実は、不審な行動を疑われて目をつけられているのだとはさすがに打ち明けられない。結局私はアイオライトの言葉に頷くだけに留めた。


それから二週間は平穏に過ぎた。

一度だけアイオライトに連れられて、王都にある修道院を訪ねる機会があった。前に相談した青い屋根の鐘楼があったけれど、残念ながら私の記憶にある場所ではなかった。

そして今日。

『明日開園する植物園のお披露目会に、急用で行けなくなってしまったから、わたくしの代わりにカミーユの付き添いをお願いできないかしら？　デートの練習になるかもしれないし』というマリゴールドの伝言を携えた従魔が訪れてきた。

私は記憶を手繰り寄せる。

研究所を兼ねた植物園の見どころは三つのコンサバトリーで、そこではハイアシンス王国のものだけでなく、外国から収集しためずらしい植物も栽培されている。一度目は訪れたことがない場所だ。王太子をそれとなく誘ったけれど、予定がつかないとかでやんわりと断られたのだった。それでも皇女とは出掛けていたから、私と行きたくなかったのだと思う。

私は、一見すると白猫の姿形をしたキルシュヒース公爵家の従魔の頭をひと撫でした。きっと急用というのは建前で、マリゴールドは私を外に連れ出そうとしているのだろう。

「あなたのご主人様に、私でよければと伝えてくれる？」

従魔は億劫そうに片目を開くとこっくりと頷き、手に頭をすり寄せてきた。しばらく撫でていると満足したのか、私の膝の上から姿を消した。


翌日、待ち合わせの時間にキルシュヒース公爵家の馬車がやって来た。

やわらかなミントグリーンの上着に身を包んだカミーユ様は、出迎えた私を見てにっこりと微笑んだ。事前に決めたとおり、私も揃いの色のリボンで髪を結い上げている。

「コゼット様、急な申し出を受けてくださりありがとうございます。姉からしっかりエスコート役を務めろと厳命されました」

「マリがそんなことを？」

「ええ。厳しく指導されて育ちましたからね。昔から姉の命令は絶対なのです」

いつも朗らかな彼女の厳しい姿が想像できない。首を傾げる私の意を汲んだカミーユ様が「ああ」と頷いた。

「姉が愉しそうに笑っているのはあなたといるからですよ。いつもはとてもシビアな人なんです。あ、余計なことを言いました。では参りましょう」

カミーユ様に手を引かれ、私は馬車に乗り込んだ。

ほどなくして馬車が王立植物園に到着した。王家の離宮跡地に建てられたというだけあって、広大な園内を一日ですべて回るのは難しい。カミーユ様の案内でコンサバトリー二つを見学したところで、普段運動不足の私の身体は悲鳴を上げてしまい、カフェで休憩することになった。

「かなり歩いたのでお疲れでしょう。コゼット様を退屈させないよう心がけたつもりが、私も愉しくてつい時間を忘れてしまいました」

「私もとても愉しいですわ」

さすが次期公爵様。まだお若いのに立ち居振る舞いがすばらしいだけでなく、気遣いまでできるなんて完璧だ。付き添いよろしくと、マリゴールドからお願いされているけれど、カミーユ様にお世話されているのは私のような気がする。彼がいなければ私は広い園内で迷子になっていただろう。

案内してくれた熱帯スイレンが育つコンサバトリーの中では、魔術によって雨が降っていた。カミーユ様は仕掛けについて、それは丁寧に説明してくれたけれど、私には難しくて半分くらいしか理解できなかった。

私は濡れてほわほわしている自分の銀髪を摘んだ。隣に座るカミーユ様と目が合った瞬間、お互い頬を緩ませる。

「ははっ」

「ふふっ」

同じ癖っ毛の悩みを持つカミーユ様がくるくるの金髪をかき上げた。

「アカデミーの研究室で試作中の魔法薬をお持ちしましょう。入浴のあとにつけるとまとまりがよくなります。香りは何がよいか、コゼット様がお好きなものを教えてください」

「まぁ、カミーユ様！　お礼を申し上げます」

うれしくて目を輝かせると、カミーユ様はちょっと面映(おもは)ゆそうな顔をした。

「お礼なんてとんでもない。この前お会いした時に聞かせていただいたコゼット様のアイデアなんですから」

「いいえ。私の取るに足らない話を実現してくださるなんて、さすがカミーユ様ですわ。お返しに、私にできることがあればなんなりとおっしゃってください」

私は両手でカミーユ様の手をぎゅっと包み込んだ。カミーユ様の頬がうっすらと赤く染まった気がする。

「こほんっ……。コゼット様、そういうことをよそでおっしゃってはいけませんよ。善意につけ込まれてしまいますからね」

「はい？」

「いえ、こちらのことです」

困ったように笑うカミーユ様が徐(おもむろ)に席を立った。

「ミスト殿」

その呼びかけで初めて、テーブルの横にミストが立っていることに気づいた私は、握ったままだったカミーユ様の手を慌てて放す。

「カミーユ様、申し訳ありません」

「よいのですよ、コゼット様」

カミーユ様と話しているのに、時折ミストの眼差しは私に向けられる。思い当たることがありすぎて、非常に居心地が悪い。

実はミストに送ってもらった翌日、ブラッドショット公爵家の紋章が刻印された招待状が届けられた。何かの間違いだろうと知らん顔したら次の日も、またその次の日にも届いた。意図がわからなすぎて怖かった私は、それらすべてを無視することにした。

お前ふぜいが調子に乗るなと、ミストは怒っているのかもしれない。

「……ユージン王太子殿下が？」

ふと聞こえたふたりの会話に、王太子の名前が出てきて、私は背筋が凍る感覚を覚えた。

「私が挨拶をしてきますので、コゼット様はこちらでお待ちください」

王太子に会わなくてよいよう慮(おもんぱか)ってくださったのだろう。私はカミーユ様のお言葉に甘えることにして、カフェから出ていく彼を見送った。

一度目も王太子はここを訪れていたけれど、あれは確か明日だったと記憶している。だから大丈夫だと思っていたのに……。

しばらくぼうっとしていた私はテーブルへ視線を戻す。そして、カミーユ様が座っていた席で頬杖を突いてこちらを見ているミストを二度見した。

「あ……何を、してらっしゃるの？　あなたもカミーユ様と行ったものだと……」

「君をひとりにしないほうがいいとカミーユ殿に話した。わかってはいたが、君は俺にまったく興味がないんだな」

黙っているとミストが端正な顔を曇らせた。

「否定しないのか……。ここの整備はブラッドショット公爵家が請け負ったんだ。君は花が好きかと、招待状を送ったんだが。この一週間存在しないかのように扱われて、さすがに深く傷ついたよ」

「……あ、あれは。何かの間違いかなと、思って」

しどろもどろになりながら答えると、ミストはしゅんと悲しげな顔をしてみせた。いつも近寄りがたい彼のこんな顔、初めて目にした。金色と菫色(すみれいろ)の瞳にじっと見つめられて、罪悪感に苛(さいな)まれそうになる。

ダ、ダメダメ……！　ミストが私の振る舞いで傷ついたりするわけないんだから。

すぐに我に返った私は、彼が視界に入らないよう、ふいっと顔を背けた。

「俺の誘いは断るのに、他の男とは出掛けるとはね」

他の男って、まさかカミーユ様のことだろうか。

「カミーユ様は私より四つ年下なのですよ。大切な友人の弟で、私にとっても弟のような方だわ」

「君に一つ教えてあげよう」

まるで内緒話をするみたいにミストが声をひそめた。

興味を惹かれた私はミストのほうへと顔を向ける。ミストが小さく笑ったような気がした。

「俺の父は十三歳の頃、四つ年上の母に恋をしたそうだ。父は持ち得る権力のすべてを行使し、反対する周囲を黙らせ、二年後に婚約した。貴族にしてはめずらしい恋愛結婚だ。彼らは今でも仲良くやっているよ」

公爵令息と王女が恋をして、ふたりは結婚した。ご令嬢たちが好む恋模様を描いた物語みたいだ。

「とてもすてきなお話ですね」

ただし、恋とか愛とか私には関係ないことだ。

まったく気持ちがこもっていない返事をすると、ミストは「そう思うか？」と尋ねてきた。

「俺が言いたいのは、欲しいものがわかっている男には、年齢その他の問題なんてどうということはないということだよ」

「あの……？」

話についていけず、きょとんとしているとミストが溜め息をついた。

「君は、十三歳の俺でも簡単に騙せそうだな」

「確かに私は聡明なほうとは、とても言えませんが……。招待状の件は申し訳なく思っています。でも、私がどなたと何をしようと、あなたには関係ないことです」

「そうは言っていないよ。だが関係ない、か」

不意に手を伸ばしたミストが、私の髪を結っているリボンを弄り始める。カミーユ様の上着と同じ色のものだ。

「君の弟君が庁舎に菓子と上着を届けてくれた」

「そ、その節はどうも……」

「俺は君にまたおいでと言ったが、差し入れしてほしいという意味じゃない」

ミストに借りた上着をどうしようか悩んでいたら、ちょうど王城に用事があるアイオライトが返しておくと預かってくれたのだ。

しかし、ミストのこの様子では、よろしくない選択だったらしい。

「君は俺と一緒にいたいと言う。そうかと思えば、魔術師たちと親しげにしているし、カミーユ殿の手を握ってなんでもすると微笑んでいる。もしかして、君は男を弄ぶ妖精かい？」

ミストの長い指がするりとリボンを解いた。言葉を失う私のほわほわしてまとまらない銀髪を摘んで、「結ばないほうがいいな」と勝手なことを言う。

長い指に銀髪を絡ませるミストを見ていて、私はふと冷静になった。この距離感はおかしいと思う。

「……もしかして、揶揄ってますか？」

「仮にそうだとしたら、この俺が追いすがると思うかい？」

「それはどういう意味でしょう」

「教えてあげない」

はぐらかすばかりで何も答えてくれないミストの瞳の中に、困惑顔した私が映っている。

「あの」

「ミスト様ではないですか！」

そろそろ手を離してと言いかけた私の声は、突如として割り込んできた華やいだ声にかき消された。

ライナード伯爵令嬢と取り巻きのご令嬢たちだ。ライナード伯爵令嬢は私とミストを見て、可憐な顔を一瞬しかめた。「なぜミスト様があのアフィヨン侯爵令嬢といるのかしら?」と後ろにいる取り巻きたちが囁き合っている。

これは困った。筆頭公爵家の若き当主で王城勤めのエリート魔術師。その上整った容貌をしたミストは王太子と並んでご令嬢たちに人気がある。王太子が皇女との愛を深めている今、私の後任を狙ってこれまで婚約を控えていた令嬢たちは、王太子を諦め婚約者探しに忙しくしていることだろう。ミストと一緒にいるところを見られるのは私にとってよいことではない。

「まさか、王太子殿下の次はミスト様に付きまとっているのかしら!」

ライナード伯爵令嬢が聞こえよがしに言うと、取り巻きたちも同調する。

私は髪をくるくると弄っていたミストの手をやんわりと払った。席を立とうとして、椅子の背もたれに腕を置いたミストに阻まれる。何を考えているのかわからないけれど、今はやめてほしい。

「ブラッドショット公爵様」

非難の気持ちを込めて、私はミストを軽く見据えた。

背もたれに置かれていた腕が解かれ、ほっとして席を立とうとした私の目の前になぜか手が差し出される。

「ここは騒がしいから出よう」

……そうではなくて、放っておいてほしいのだけど。

ミストを見ると、彼の目元が仄(ほの)かに赤い。何事かしらと私は目を瞠る。

すると、ライナード伯爵令嬢たちがどよめいた。

「きゃあ! ミスト様が頬を赤くしてらっしゃるわ。思わせぶりな色目を使ってどういうおつもりなのかしら」

「ユージン王太子殿下に相手にされなかったからミスト様に近づくなんて、おふたりに失礼よ」

私を非難する彼女たちの声音には妬みが入り交じっている。お願いだから冷静になってほしい。私の色目などこの男相手に通用するはずもなく、はしたない真似はやめろとお説教されて終わりだろう。ミストはカミーユ様が戻ってくるまで私といなければいけないと、いつもの生真面目ぶりを発揮しているだけなのだ。

「ご令嬢方」

ようやく存在に気づいたように、ミストが私からライナード伯爵令嬢たちのほうへ顔を向けた。抑揚のない冷えた声音に彼女たちはびくりと身を固くして、騒がしかったカフェの中が一瞬で静まり返る。

「アフィヨン侯爵令嬢の人格や尊厳を賤しめる発言をするのは慎んでほしい。彼女に用があり付いて回っているのは俺だ。非難するなら俺にしてくれ」

つい先ほど私と話していた時とは一転して、すべての感情をどこかに落としてきてしまったような冷淡な眼差しに、令嬢たちはこくこくと何度も頷く。

「理解してもらえたならいい」

それきりミストはライナード伯爵令嬢たちへの興味を失って、再び私のほうへ顔を向けた。

「……あ、あのミスト様。アフィヨン侯爵令嬢にご用とは、どのような？」

「それは察してくれ」

ひとりの令嬢が果敢に声をかけると、そちらは見ないままミストが端的に答えた。冷たかった表情がわずかに和らぐと、令嬢たちはほうっと溜め息をこぼす。

ミストと彼女たちのやり取りを見守っていた私は、一刻も早くこの面倒な場から離れようと決めた。

「だいぶ気分がよくなってきたみたいです。ご親切に付き添ってくださってありがとうございました、ブラッドショット公爵様」

私は咄嗟（とっさ）に気分が悪くなった私を通りがかりのミストが介抱した、という体を装うことにした。彼女たちから庇ってくれたのはうれしい。これなら誤解されず、彼にも迷惑がかからないはずだ。

「君は何を……」

「お邪魔をしてはいけないので私はこれで失礼します」

すばやく立ち上がった私はミストの言葉を遮って、ライナード伯爵令嬢たちの横をすり抜けた。

カフェを出た私は来た道を戻っていく。

王太子が訪れているなら、急ぐに越したことはない。馬車でカミーユ様を待とう。

「ここ、どこ……」

そのつもりが、広い園内で迷ってしまった。


まさかの迷子なんて、何をしてるんだろう……。

見渡しても木々に囲まれた同じ風景が続いていて、どの方向に向かえばいいかわからず私は途方に暮れてしまう。

「お困りですか？」

聞き覚えのある声に、私は振り向かずやり過ごすことにした。

「いいえ、お構いなく」

「道に迷って困っているように見えたが？」

「庭園に咲いている花があまりに綺麗でしたので、見惚れていただけです」

はい困ってますとは言い出せず強がると、ミストは目を見開いて、そして相好を崩した。

「そうか。いや、褒めてもらえて光栄だ。ひとりで歩き回ってまた迷子になってはいけないから送ろう」

「またって……。別にあなたを褒めたわけではないし、送っていただく必要もありません」

「ここを管理しているのはブラッドショット公爵家だと話しただろう？　君が綺麗だと褒めた花も木々も、迷子を保護する責任もすべて俺のもの。というわけでお手をどうぞ」

ミストが慇懃に差し伸べた手を無視して、私は再び歩き出す——が、すぐに追いつかれた。

「カフェで他人のように振る舞われて傷ついたよ」

返事に困った私は歩みを速めることにした。木立の間を通る緩やかな小道をひたすら歩く私の隣には涼しい顔をしたミストがいる。ついて来ないでと言っても彼は聞き入れない気がした。

「向こうに見える白い建物、あれが研究棟だ。君が興味を持ちそうな魔法植物があるよ。いつでも見学に来るといい。案内しよう」

無言のまま歩き続ける私の隣で、園内の建物や植物についてミストがガイドする。それがとても興味深く、しかもわかりやすい。

だから、つい声をかけてしまった。

「スイレンのコンサバトリーを拝見しました。雨が降る仕掛けはあなたが？」

「俺に興味を持ってくれた？」

「はい」

魔術によるあの雨は、やはりミストが考えたものだった。

とてもすばらしかったと伝えるため隣を歩くミストを見上げると、どういうわけか彼の顔は真っ赤になっている。

「君には困るよ。いや、君のことだから深い意味はないんだろうな。わかっているんだが……。そうだ、仕掛けが気になっているんだね？」

ひとりで問答していたミストは長い溜め息をつくと、魔術をどう応用したかを話し出した。私が理解に詰まっていると、さりげなく補足してくれる。ミストの説明は理路整然としていて無駄がない。

彼は本当に頭が良いのだと、私はひとり感心する。

「どうした？」

「ブラッドショット公爵様の懇切丁寧なご指導のおかげで、私にもできるような気がしてきました」

「そうか、役に立てたならうれしいよ」

「そのお顔は信じていませんね？」

とはいえ、優秀な魔術師である彼の足元にも及ばないことは私にもわかっている。

すると、ミストは困ったような表情を浮かべた。

「そうじゃない。君の言葉をそのまま受け入れたら思い上がってしまいそうだから、自分を律しているところだ」

「とてもすばらしかったのですもの、自慢するのは当然かと。そうだわ、アカデミーで先生をなさってはいかがでしょう」

「それは褒め言葉として受け取っても？」

「やはり無理だわ。教え方はとても上手ですが、子どもたちには怖がられてしまいそうだもの」

前言を撤回すると、ミストが不満をこぼす。

「心外だな。俺のどこが怖いと言うんだ？」

「そうですね……。あなたはすべてを兼ね備えた完璧な方なので、子どもたちは気後れしてしまうわ。声をかけられなくて質問できないし、勉強にならないと思います。だから先生は無理ではないかしら」

話の途中でピタリと歩を止めたミストが口元を手で覆う。

私ははっと立ち止まった。

ペラペラとしゃべりすぎたかもしれない。いずれ王太子と共に王国を担うミストに、これ以上目をつけられたら大変なことになる。恐ろしいほど優秀な彼の手にかかったら、私なんて簡単に消されてしまう。

「あの……」

「どんな悪口を言われるか覚悟していたのに、本当にまいった」

てっきり咎（とが）められると思っていた私は毒気を抜かれてしまった。

「君みたいな生徒がいたら、目が離せなくて毎日忙しいだろうな」

「私だって、あなたが先生だなんてお断りです」

「では怖がられないように、君には特別優しくしよう」

二の句が継げない私を見てミストが笑みを深める。けれどすぐに真面目な面持ちになった。

「君なら彼女たちを黙らせるなど簡単なはずだ。なぜ非礼を許したままでいる。君らしくもない」

「あれくらいのこと、慣れています。私は選ばれなかった、そして王太子殿下とのことはこれからも永遠に私に付いてまわる。いちいち気にしてはいられません」

王太子への想いは欠片も残っていない。それでも私が彼に選ばれなかった事実は永遠に私の中に残るのだ。どんなに消してしまいたいと思っても。

距離を置くため、私はミストから半歩退いた。

「あなただって彼女たちと似たようなものではないですか？　殿下に近づく私を面白くなさそうな目で見ていたもの」

ミストが表情を強ばらせた。彼に言うべきことではなかったと、私は後悔する。

ざっと風が吹いて、結んでいない髪がふわふわと揺れる。距離を詰めてきたミストの手がそっと私の髪を押さえた。

「……なんですか？」

「君が泣いているのかと思った」

「泣いたりなどしません」

私はミストの手をやんわりと避けた。

何か言いかけて止めたミストが口早に告げる。

「先に断っておくが、俺はここへユージンと来たわけじゃない」

はっとミストの視線をたどった先に、こちらに向かって歩いてくる王太子と皇女を見つけた。

時間が戻ってから王太子と顔を合わせたのは、私が倒れた日の一度だけ。そのあとは関わらない、近づかないを徹底してきた。なぜか招待された茶会では王太子の視界にさえ入らないように注意した。今だって、型通りの挨拶をしてすぐに立ち去ればいい。それなのに身体中の血が冷えて、震えないようにするだけで精一杯だった。

やがてすぐ近くまできた王太子はミストの傍にいる私に気づくと、訝しむように首を傾げた。

「コゼット、ここで何をしている?」

ここへはマリゴールドの口添えでカミーユ様と来たのだけど、彼らの名前を出したらキルシュヒース公爵家に迷惑をかけてしまう。黙っていると、再び王太子が尋ねてきた。

「君は、俺たちがここへ来ることを知っていたのか?」

その言葉に私は戦慄する。

もしかして、待ち伏せしたのではないかと疑われている? 何もしていないのに、なぜ?

あれだけ執心していた婚約者候補の立場をあっさり辞退したから、逆に怪しまれているのかもしれない。あなたたちの予定なんて知らないと早く返さないと。でも信じてもらえないかもしれない。

思いがけない王太子との出会いに、頭の中が真っ白になり固まった私を見かねたミストが間に入ってくれた。

「俺が招待した。彼女は邸で療養していたのだから、お前の予定を知るはずがないだろう」

「お前がコゼットを招待……?」

「ああ、そういうことだ」

ミストは嘘(うそ)をついている。なぜミストが王太子に対して嘘をつくのかわからない。

もしかして、私を庇ってくれたの……？

カフェでもミストはライナード伯爵令嬢たちから私を庇ってくれた。そして今度は王太子から。私は半ば呆然とミストを見上げる。

「どうした？」

王太子と話していたミストは私の視線に気づくと、身を屈めて目線を合わせてきた。そして何も言わず私の腰へと腕を回す。どうやら私は酷い顔をしているらしい。ぎこちなく寄りかかると、ミストが身体を強ばらせたので私はすぐに彼から離れようとした。

「いいんだ。疲れたんだろう？　好きなだけこうしているといい」

今だけミストの言葉に甘えさせてもらうことにして、私は彼に身体を預けた。

「先ほど話したとおり、研究棟の立ち入りは身分に関係なく事前に申請が必要です。申し訳ないが見学をご希望なら手続きをしていただけますか、皇女殿下」

「急に押しかけたわたくしが悪いのです。ブラッドショット公爵、また次回案内をお願いします」

皇女は私を一瞥すると踵を返した。遠ざかっていく王太子と皇女の後ろ姿を見送っていて、私の中で何かが引っかかる。

「申請がいるって……」

「ああ。研究棟に立ち入る者は厳密な審査をするんだ。だが俺は君を知っている」

それに、とミストがやわらかく目を細めた。

「君は考えていることが顔に出すぎているからな。もちろん君が機密情報を盗もうとするスパイだというなら、しっかり調べないといけないが」

「揶揄わないでください」

顔に出すぎているですって？

そんなことないはずだと頬を触っていたら、不意にこちらを振り向いた王太子と視線が絡んだ。私は慌てて目を伏せて気づかぬふりをした。


王太子と皇女が去ってから、私はミストに向き合った。

「……あなたが嘘をつく必要はなかったのに」

「俺は君を招待する予定でいたのだから嘘ではないよ。これからも必要であれば、俺はそうするだろうな」

これからもって……。

ではミストは、今日みたいに私を守るつもりでいるのだろうか。それはミストの言葉を都合よく解釈しすぎだろう。甘えた考えを断ち切るように、私は頭を振った。

「あなたに嘘は似合わない。でもあなたでしたら、きっと上手に騙すのでしょうね」

「君は下手そうだな」

目を見開いた私に、ミストが釈明するように言葉を重ねてきた。

「気を悪くしないでくれ。立場上、交友関係は限られているし、仕事でも周りは男ばかりで、俺はご令嬢たちが喜びそうな言葉を知らない。これでも君を褒めているんだ」

「別に気にしていませんから」

硬派なミストが誰かのご機嫌伺いをする姿を想像できないし、彼らしくない。

西の塔にいた私に向かってミストは明言した。

『君はバカだ――』


「君は本当に……」

「あの、なんとおっしゃったのです？」

「いや。少し休んだほうがいいんじゃないか？」

何か言いかけて止めたミストが木陰にあるベンチを示したけれど、私はお断りした。

「カミーユ様が私を探しているかもしれません。今日は色々とありがとうございました。ここで失礼――」

「本当に俺に感謝してる？」

挨拶の途中で至近距離からのぞき込まれ、私は目を白黒させる。

「あ……ええ。とても、感謝しています。あなたが助けてくださらなければ、困ったことになっていました」

「そうか。では俺のお願いを聞いてくれるね？」

そう言うと、ミストは唇の端を吊り上げた。

どこか尊大さを感じる笑みに私の胸はざわつく。これは絶対に断れないやつだ。

「お願い、ですか……？」

「ああ。来週王城で夜会がある。俺と行ってくれないか？」

「無理です」

王城と聞いた瞬間、私は酷く動揺して胸の前で両手をそわそわと合わせる。

「魔術の実験を手伝えとか、そういうことなら応じます。でも私は魔術名を覚えるのも魔術文を詠むのも苦手なんです。ここはどうしてこんなふうにしたんだろうとか、こうしたほうがいいんじゃないかとか、気になるとまったく集中できなくて。ですから、あなたのお役には立てないと思います。……何を話しているのかしら。そう、つまり王城には行けません！」

静寂のあと、ミストはめずらしくぽかんとした顔をして、それから宝石めいた綺麗な瞳を瞬かせると、次の瞬間堪らずといった感で吹き出した。

「いいから落ち着いて。……いや、落ち着かないといけないのは俺のほうか」

ひとしきり笑ったあと、ミストは未だ混乱している私に提案してきた。

「ではこうしよう。明後日俺の邸においで。とても簡単なことだろう？」

王太子、皇女……。人が大勢集まる王城の夜会と比べれば、ブラッドショット公爵家に赴いてミストの用向きを聞くほうが、彼の言うようにずっと簡単なことに思えた。

「わかりました」

「決まりだな」

ミストが小さく笑った。

「君が話したようなことは頼まないから安心しておいで」

そう言われても、ちっとも安心できない。私は頷いたことを早くも後悔していた。

「……やはり私ではあなたのご期待に添えないかと」

「ご謙遜を。君はただ来てくれるだけでいいんだよ」

ブラッドショット公爵家訪問を回避しようとした私の目論見は、ミストに一蹴されてしまった。

「馬車を迎えにやろう」

「ご配慮はとてもうれしいのですが、そこまでしていただくわけにはまいりません」

「当日の朝、頭が痛くなって外出を中止するからかい？」

なんてことかしら。

仮病を理由に断ろうと考えていることさえミストに読まれている。逃げ道を完全に塞がれてしまった私は腹をくくることにした。

「ご心配には及びません。お約束したとおり伺います」

「まったく気が進まないといった感じだ」

「……そんな、ことは。急なお誘いに緊張してしまって。ブラッドショット公爵家にご招待いただくなんて、とても名誉なことですもの」

にこりと笑顔をこしらえて言い訳をすると、ミストが表情を曇らせた。

「自惚(うぬぼ)れていると思わないでくれ。昔からブラッドショットとつながりを持ちたがる者は多い。そして、俺はそういった対処には慣れている。だが君は近づいてきたかと思えば、何を求めるでもなく俺から離れていく。アフィヨン侯爵令嬢、俺は君をどうすべきなんだろうな」

ど、どうすべきって……。

ミストにじっと見つめられ、目を逸らすに逸らせない。未だに私は彼に支えられたままでいる。まず彼から離れたほうがよいかもしれない。そろそろとミストから離れようとした刹那、私はぎゅっと彼の腕の中に抱きしめられた。

細身だと思っていたのに、私を包み込むミストは意外なことにがっしりしていて――。

「ブラッドショット公爵様……！」

何をするのかと、私は抗議も込めてミストを仰ぎ見た。ミストは静かに前方を見据えている。

音もなく風のように、キルシュヒース公爵家の従魔である白猫が私たちの目の前に現れた。ミストが片手を掲げ魔術名を詠み上げる。慌てた私はミストの上着の袖を引いて、彼が魔術を行使するのをギリギリで止めた。

「待ってください！　この子、私の知っている従魔です」

「君の？　だが君とは魔力がまったく異なっている」

「ええ、キルシュヒース公爵家の従魔ですもの。マルセル、いらっしゃい」

私は危うく消されるかもしれなかった従魔を呼んだ。

「あなたのご主人様はどこ？」

危機感がまるでない従魔は億劫そうに私の傍まで歩いてくると、ある方向にツンと顔を上げた。見れば、カミーユ様がこちらへと駆けてくる。懸命な様相のカミーユ様は私の前に立つと、安堵の表情を浮かべた。

「コゼット様……！　あなたがご無事でなによりです」

「カミーユ様。勝手に出歩いて申し訳ありませんでした」

カフェで待っているはずの私がいなくなっていたのに、カミーユ様は文句一つおっしゃらない。私はミストの腕を解くとドレスのポケットからハンカチを取り出し、カミーユ様の頬を伝う汗をそっと拭った。

大きく目を瞠ったカミーユ様は深く息を吐くと、ミストに向かって軽く頭を下げた。

「ミスト殿。我々はここで失礼させていただきます。行きましょう、コゼット様」

「馬車まで送ろう」

「カミーユ様がいらっしゃるので結構です」

「君がまた倒れたりしないか心配だから。それに俺も帰るところだ」

そう言ってミストは当然のように私の手を取ると、自分の腕へと添えて歩き出した。ミストと私、私の隣をカミーユ様が歩く。マルセルが私の肩に乗ってきた。

「よく懐いているんだな」

「そうでしょうか？　気まぐれな子だとキルシュヒース公爵令嬢から聞いています。ふわふわしていて可愛いですよね。ブラッドショット公爵様の従魔はどのような？」

しばらく待っていてもミストからの返事がない。私は訝しげにミストを見遣った。

「ブラッドショット公爵様？」

「…………犬、のような形態をしている」

「えっ⁉」

なぜか私の隣を歩いているカミーユ様が驚いたような声を上げた。

「ミスト殿の従魔は確か、お……。いや、失礼しました」

お……とは何かしら？

けれど、カミーユ様はそれきり黙り込んでしまった。あとで機会があれば訊いてみよう。

「では明後日」

馬車停めに着くと、ミストは馬車には乗らず来た道を戻っていった。

走り出した馬車の窓外を眺めていた私はふと思う。

もしかしてミストは、私が王太子に会わないように馬車まで送ってくれたのではないかしら。いいえ、まさか。

私は浮かんできた考えをすぐに頭の片隅へと追いやって、向かいの席でマルセルを撫でているカミーユ様に迷惑をかけたことを重ねて謝罪する。

「私のことはお気になさらず。ミスト殿には嫌われてしまったかもしれませんが」

「え……？」

「こちらのことです。コゼット様、これに懲りずにまたご一緒に出掛けてくださいますか？」

「もちろんですわ」

再び私は窓の外へと目を向けた。

帰ったらマリゴールドに相談して、明後日のためのドレスを見立ててもらわないといけない。流行りのものではなく、相応(ふさわ)しいものを。どんな用向きでミストに招かれたのかわからない。きっと明後日が来るまでずっと考えてしまう。

窓から吹き込む生温(なまぬる)い風が雨を告げていた。

植物園を訪れた翌日はしとしとと雨が降り続いていた。

そしてミストとの約束の日。昨日の雨が嘘（うそ）のように、空には雲一つなく澄み切っている。マリゴールドと一緒に選んだドレスを身にまとった私は階下へと降りて執務室へ向かった。この時間ならまだアイオライトがいるはずだ。

扉を開けながら、私は弟に用事を伝える。

「ねえ、イオ。頼まれていた書類でわからないところがあって訊（き）きたいのだけど？」

「俺でよければ教えてあげよう」

問いかけにいつもより低い声で返されて、私は扉を開けたまま立ち止まった。

アイオライトと向かい合って長椅子に座っていたミストが立ち上がり、私の目の前へやって来た。

私はぽかんとミストを見つめる。

「何をしてらっしゃるの？」

「何って。迎えに行くと言ったろ？」

確かにそう言われたけれど、使いの者が来るとばかり。公爵であるミスト本人が来るなんて思いも寄らなかった。

ああ、と顎に手を当てミストが頷（うなず）く。

「君は馬車だけ寄越すと思っていたのかい？　招待したのは俺なのだから、失礼なことはできないだろう」

「……いつも、あなたは招待した方を自らお迎えに行くのですか？」

「いや、そういった非生産的なことはしないな。それに誘いたいと思ったのは君が初めてだよ」

「そ、うですか……」

涼しい顔で特別感を出してこないでほしい。どう反応したらいいのか困るではないか。しどろもどろになっていると、ごほんとアイオライトが咳払(せきばら)いを一つした。

「先ほどの件については父が領地から戻り次第、お返事をさせていただきます」

「ああ。お父君によろしくお伝えしてくれ。よい返事を待っている」

首肯したアイオライトは私を見ると、再びミストに向き合った。

「正直姉があなたと出掛けることにまったく気が進みませんが。あまり遅くならないようお願いします」

「もちろんだ」

私はアイオライトに見送られ、ミストと共に馬車へと乗り込んだ。

ブラッドショット公爵邸は王城からほど近い距離にある。

馬車は堂々たる正門をくぐり、広大な敷地内をしばらく走り続けた。ミストの手を借りて外へと降り立った私は立派な邸(やしき)を見上げる。

さすが王家に次ぐ絶大な権力を持つ筆頭公爵家。アフィヨンは侯爵家とはいえ領地は王都から遠く、言ってしまえばハズレの土地だった。そこを今のようにするまでには先代たちの涙ぐましい努力があったわけだけれども、王都にあるタウンハウスの大きさはこことは比べようがない。今さらだけれど、格の違いというものに私は圧倒されていた。

「こちらだ」

ミストに案内されるまま、邸の中へと足を踏み入れる。長く続く廊下の窓から庭園に咲く白薔薇（しろばら）を眺めていた私はある部屋へと導かれた。華美な装飾品の類いはなく、趣味の良い家具でまとめられた心地よい一室には暖炉もある。ミストは大きな掃き出し窓近くに置かれた長椅子に腰かけると、ぽんぽんと横を叩（たた）いて私に隣に来るよう促した。

隣に座ると、ミストがなんとも微妙な色を浮かべながら、「目を瞑（つぶ）って」と言った。

疑問を感じながら、私はゆっくりと瞼（まぶた）を閉じる。

「……頼むから、もう少し警戒するというか、危機感を持ってくれないか？」

「あなたが目を瞑れとおっしゃったのに？」

私は目を開けて抗議した。

「そうなんだが……」

がっくりと肩を落として項垂（うなだ）れていたミストが顔を上げる。

「まったく男として意識されていないみたいだ。いや、信用されていると前向きに受け取ることにするよ。前に倒れた際ぶつけたところをもう一度見よう」

「……そのために私を邸に招いたのですか？」

「ああ。痛むと話していただろう。あれから気になっていたんだ」

馬車の中でのあれは、その場しのぎの言い逃れだったのに。ミストが気にかけていたなんて。

「その、もう目は開けたままでいいよ」

言葉を失う私の頭に、ミストがそっと触れた。じんわりと身体が温かくなる。なんらかの魔術を使っているのだろう。しばらくすると、ミストの手が離れていった。

「うん。大丈夫みたいだ。アフィヨン侯爵令嬢……？」

「……最初あなたが治療してくださった時から、何も問題はありません」

「そうか」

ミストは事もなげに言うと、やわらかく笑ってみせた。私はなぜか胸がぎゅっと締めつけられる。

「怒らないのですか？」

「いいや？　君、ぶつけたのは後頭部なのに、痛いと言って額を押さえていたからな。なんにせよ一度ゆっくり見ようと思っていたんだ。どこにも不調がないとわかってよかったよ」

お詫びすべきか、お礼を言うべきか。たじろぐ私の頬にミストが手の甲を当ててきた。

「君、顔が赤いな。熱があるのか？」

「な……何を」

口をぱくぱくさせながら、私は彼の袖口を掴んだ。またミストが魔術を使っているのかと思うくらい頬が熱い。

なんともないのだとミストに告げようとしたその時、扉を叩く音がした。入ってきた使用人がミストに耳打ちすると、彼は顔をしかめた。

「どこで聞きつけたかわからないが、母が君をお茶に招待したいと。断ろうか」

さすがにお邪魔しておきながら、邸の女主人である前公爵夫人のご招待を断れない。私は「ご挨拶します」と返した。


案内されたのは庭園のガゼボだった。近づくにつれミストが不安げな眼差しを寄越してくる。

「粗相のないようにしますから、ご心配なさらないで」

「そういった心配はしていないよ。俺が適当に相手をして終わらせるから」

ガゼボの階段にさしかかると、ミストは私の手を取った。テーブル席に来ても手はつないだままだ。

「ようやくお出ましね、ミスト」

テーブルで優雅にお茶を飲んでいた前公爵夫人が明るい声を上げた。結い上げた金色の髪と同じ色の双眸(そうぼう)。知的な美貌を引き立てる品のよいドレス。不躾(ぶしつけ)にならない程度に見つめていたら目が合って、にこりと微笑(ほほえ)みかけられた。私はつないでいない方の手でドレスのスカートを摘(つま)んで、前公爵夫人にご挨拶する。

「可愛らしいお客様ですこと」

「ええ。庭園を案内したいので、これで失礼します」

「ほほほ！　そう言わないでお茶を飲んでからになさい。よいでしょう、コゼット？」

ミストへと視線をさまよわせると、この上なく不機嫌な顔をしている。私は曖昧に頷いた。前公爵夫人とは社交の場で何度かお会いしたことはあるけれど、向かい合ってお茶するのは初めてのことだ。今さらだけれど緊張してきた。ガチガチになりながら、ミストが引いた椅子に落ち着くと、すぐ隣にミストが座った。

すると、私たちを眺めていた前公爵夫人が感嘆の声を上げた。

「ミスト。あなたときたらどんな縁談も断るから、もしかしたら男色かもしれないとお父様と話していたのよ。それがどうかしら。早くお父様に教えて差し上げなくちゃ」

「彼女の前で下品な話はよしてください」

じっとミストを見ていたら、「違うから」と強めに否定されてしまった。

「あなたは最近どう過ごしていらっしゃるの？」

「療養で邸にいることがほとんどです」

「ミスト。わたくしはあなたとではなくコゼットとお話がしたいのよ」

「彼女は人見知りなので」

前公爵夫人が若干呆(あき)れたような眼差しを向けても、ミストは涼しい顔をしている。私を庇(かば)ってくれているのだろうけれど、療養中で人見知りだなんて一体どこの深窓のお姫様だ。

不意に目が合った前公爵夫人に、仕方ないわねというように微笑みかけられたので、私もぎこちなく微笑み返す。するとミストが眉を寄せた。

「彼女を怖がらせないでください」

「あなた、重症ね」

パサリ……パサリ……。

ふたりのやりとりを見守っていると、時々足元に何かが触れてくる。カップを手に持ったまま固まる私に、ミストがすぐに気づいた。

「どうしたんだ？」

「あ……テーブルの下に」

私がすべて言う前に、ミストはすばやい身のこなしでテーブルの下をのぞいた。

「あら、アドニスじゃない。コゼット、この子はブラッドショット公爵家の従魔よ」

教えてくれたのは前公爵夫人だ。

「何をしてるんだ」

「いらっしゃい、アドニス」

ミストと前公爵夫人の声を無視して、従魔は私の膝へ顎を乗せてきた。

お、大きい……。

首まわりやしっぽは太くて、がっしりしている。指先を飾る爪は鋭く強そう。金色の双眸と目が合うと、頭を下げてきた。こわごわ銀色の毛並みに触れてみると、思っていたよりやわらかい。ブラッシングのしがいがありそうだ。

「怖くないのか？」

「いいえ？　可愛いと言っては失礼ですが、さすがブラッドショット公爵家の従魔のワンちゃんですね」

「ワンちゃんですって……!?」

前公爵夫人が愉しそうに笑う。

私はわけがわからず確認するようにミストを見遣った。ミストは気まずそうに視線を逸らすと、私と同じように従魔の頭を撫で始めた。

「そうだわ。予定どおりカリクステに行ってくるから、来週ある王城の夜会のほうにはあなたが顔を出しておいてちょうだい」

「ええ。わかりました」

カリクステは湖のほとりにある人気の保養地で、山々に囲まれた美しい町だ。私は訪れたことがないけれど、貴族たちの間でよく話題になっていた。

一度目のあの時。前公爵夫人がおっしゃった夜会のあと、令嬢たちがずっと雨ばかりでせっかくの湖が台無しだったと話しているのを聞いた。なぜ鮮明に覚えているかというと、最悪の夜会だったからなのだけど。

「……あの。カリクステを訪問するのは、もう少しあとになさってはいかがでしょう。せめて再来週など」

久しぶりに夫婦揃ってての外出だと、うれしそうに話しているのを聞き流すことができなかった。

「まぁ、コゼット。それはなぜかしら?」

「あ、の……」

前公爵夫人が不思議そうな面持ちをして、ミストと同じ金色の瞳で私を見ている。

どう説明したらいいのかしら……。

長雨が続くからだと言ってしまえば、さらに〝なぜ?〟と訊かれるだろう。うっかり口を出してしまうところが私のよくないところだ。

重い沈黙が垂れ込めるなか、ミストが途方に暮れている私の代わりに口を開いた。

「彼女は心配症なんですよ。ちょうどこの時期王国中の貴族たちがカリクステを訪れる。少し時期をずらしたほうがゆっくりできるのではと、助言したかったのでしょう」

従魔を撫でている私の手に、ミストの手が重なった。話を合わせろということだ。私はミストに同意するよう、こくこくと頷いた。

「それもそうね。予定を変更して、夜会にも顔を出すことにしましょう。コゼット、あなたも来るわよね？」

……え？

急に話を振られた私は目を大きく瞠（みは）った。カリクステ行きを延期しろと偉そうに助言した私が前公爵夫人のお誘いを断れるはずがない。

「……も、もちろんですわ」

私は前公爵夫人ににこりと微笑み返した。

「では俺たちは失礼します」

先に席を立ったミストが私の手を引いた。いつの間にか従魔は前公爵夫人の傍（そば）にいる。

「また会いましょう、コゼット」

返事を返す前に、ミストが私の手を引いて歩き出す。


ガゼボの階段を下り、しばらく歩くと一面に白薔薇が咲いている場所に出た。圧巻の風景に見惚（みほ）れていると、ミストは一輪手折り、緩く編み込んだ私の髪に挿した。

「君には白がよく似合う」

「……ありがとうございます」

銀髪を満足そうに見ていたミストが挿した薔薇に触れながら訊いてきた。

「君はこの先どうするつもりでいる?」

「私、ですか?」

アイオライトは王城に勤めるはずだった予定を変更し、院生としてアカデミーで勉学を続けることを決めた。私が王太子の婚約者候補から外れてすぐあとのことだ。おそらく二年後に修了したあとも王城には勤めない。アフィヨンは少しずつ王家から距離を置き始めている。私はアイオライトが爵位を継ぐまで領地の仕事を手伝って支えたいと思っている。時々王都を訪れて父とアイオライト、マリゴールドに会えればそれでいい。

でもそれはミストには関係ない、と考えたところでなぜか胸が苦しくなる。もちろん領地に帰るのは、収穫祭の月の最後日をミストが無事に過ごすのを見届けてからだ。

「お聞かせするほど大したことでは。あなたが気になさることではありません」

「そうか」

ミストの指先が私の髪をやわらかく摘む。

「君が母に、カリクステ行きを延期するよう勧めた本当の理由を教えてくれないか?」

「え……?」

本当の理由……?

「収穫祭の中休みとして王国中の貴族たちが訪れるシーズンですもの」

なんとか一息に言い切った私は、こくっと唾を飲んだ。

「それは俺が言ったことだよ」

「そ、そうでしたかしら……? 前公爵夫人がとても愉しみにしていらしたので、雨が降ってはせっかくの旅行が台無しになるかと」

「雨が降るだって？」

片眉を器用に上げると、ミストは私の髪を白分の指に絡め始めた。

「い、いいえ。万全のお天気で、お出掛けしてほしいという意味で……」

泣きたくなる……。

せっかくやり直しの機会を得たというのに、そそっかしい性格のせいで話せば話すほど、私の立場が悪くなっていく気がする。

『まぁ、なんのことかしら』

こんな感じで、毅然と振る舞えばいいだけなのに。ついでにたおやかに微笑んでみせれば完璧かしら。マリゴールドならきっとそうするだろう。

私は乾いた唇を噛んだ。ちょっと落ち着こう、と考えたところで私ははっとする。

「もしかして、あなたのお母様に何かよからぬことをするのではと疑っていますか？」

「いや、まさか」

そう言われてもちっとも安心できない。身構える私の銀髪に、指を絡ませて弄んでいたミストが唇を寄せた。

「もう彼らの話はいいよ。俺たちふたりの話をしよう」

「お、俺たち……？」

「もちろん君と俺のことだ」

言葉を失う私とミストの視線が交わる。するとミストは目を細めて、悪戯っぽく笑った。生真面目な彼が見せた知らない表情に、私の心はざわついて落ち着かなくなる。

「話すことなんてありません」

私はふいっと顔を背けた。

「俺にはあるよ」

「では手短にお願いします」

失礼な私の言動を咎めるでもなく、ミストがふっと笑みを深めた。

「君のお願いを聞いてあげたいが、婚約の申し込みを手短にというのは難しいな」

こ、婚約ですって……？

庭園に咲く白薔薇を見るともなく眺めていた私は、まじまじとミストを見上げた。

「お待ちください……」

「そうしたいが俺も余裕がない」

いつも冷静なミストらしくない。急に彼はどうしたというのだろう。頭をどこかでぶつけて……それは私だ。

「婚約って……。あなたは私を嫌っているのに。先に断っておきますが、私と婚約してもブラッドショット公爵家にはなんの利益ももたらしません」

というか、王太子に捨てられたと噂されている私が傍にいたら不利益しかない。ミストだってよく知っているはずだ。

「俺は君を嫌ってはいないよ。なぜそう思うのかわからないな」

「……ご挨拶しても、いつも知らん顔されましたね」

顔を合わせても無視、挨拶しても無視。でもそれはまだマシなほうで、冷たい眼差しを向けられることもあった。過去のあれこれを思い返して胡乱（うろん）な目で見据えると、ミストにも覚えがあるのだろう。

「あれは……」

彼にしてはめずらしく言い淀（よど）んで口を閉ざした。

嫌ってはいないなら、では好きなのかと訊こうとして、やはりやめることにした。

「このお話は聞かなかったことにします」

「先ほどの君の話では、俺が嫌だということではなかった。では何がダメだというんだ？」

「で、ですから……」

「ユージンか」

私を見下ろしていたミストの綺麗（きれい）な顔が翳（かげ）りを帯びる。こんな顔、彼には似合わないのに。

「……私が悪いのです」

「君は何も悪くないだろう」

「いいえ、たくさんありすぎて……。私と婚約したら、あなたにも不名誉な噂が付きまとってしまうかもしれません」

これでこの話は終わり。だと思っていたらミストが食い下がってきた。

「君が俺を嫌っていないということはよくわかった」

「あなたは……。私の話を聞いていていますか？」

「聞いているよ」

真面目に返されて、私は混乱してきた。

「で、ですから、そういうことではなく、私はお断りしたのです。あなたでしたら、どんな方でも——」

「アフィヨン侯爵令嬢。以前も話したが、他は知らない。公爵家から正式に打診すれば君の実家である侯爵家は断ることができない。ゆっくり考えて……いや、そんなに待つつもりはないが。君に選んでほしい。だから、子爵家の次男とかいう話は諦めてくれ」

いつものようで、ミストはどこか緊張しているように見える。それは私もだ。邸に帰ってゆっくり考えることにしよう。

「わかりました」

その瞬間、ミストは硬い表情を綻ばせた。

「ありがとう。そうだ、邸に持って帰るといい」

ミストが白薔薇へと手を伸ばし、すぐに引っ込めた。彼の手元をのぞき込むと、棘（とげ）で傷ついた指先から血が出ている。私は急いでドレスのポケットからハンカチを取り、そこへそっと当てた。

呆然（ぼうぜん）といった体で立ち尽くしたままでいるミストが心配になってきた私は、おずおずと声をかけてみた。

「……ブラッドショット公爵様？」

ゆっくりと、左右で色合いが異なる双眸が私へ向けられた。

「アフィヨン侯爵令嬢」

「はい。あの、大丈夫ですか？」

「ああ……」

まだどこかぼうっとしているミストの腕を引いて、私は邸の中へと戻ることにした。

植物園に誘ってくれたお礼に始まり、ブラッドショット公爵家を訪ねたことをかいつまんで話し終えると、それまで興味深そうに聴いていたマリゴールドが尋ねてきた。

「それで、あなたはそのお話をお受けしたの？」

「いいえ。検討させていただきますということで落ち着いたわ」

「まぁ、本当に？」

ティーカップをテーブルに置いたマリゴールドが懐疑的に首を傾げる。

「……あの男はそんなしおらしいものではないと思うのだけど」

「なんですって、マリ？」

「あら、なんでもないわ」

マリゴールドに促され、私は一昨日のことを思い出しながら話を続ける。

正直なところ、唐突すぎてわけがわからなかった。しかもそのあと、ミストが薔薇の棘で怪我をして、上の空でいる彼を急いで邸へ連れ戻ったのだけど。途中何度も私を呼ぶものだから、そのたびに私は振り向いて返事をしなければならなかった。そして邸に戻ってからは、なぜか私が怪我した箇所を消毒することになり、もう本当に大変だったのだ。帰りの馬車には当然のようにミストが同乗してきて、『痛いと訴えていたのですからゆっくりなさってください』とお断りしても、彼は首を横に振るだけで結局邸まで送ってもらった。

「……私が選んだらいいと、ブラッドショット公爵様はおっしゃったわ」

マリゴールドがより深く首を傾げる。

「一つ確認したいのだけれど、それって本当にあなたが思っているとおりの意味なのかしら？」

疑わしげな視線を向けられた私は、テーブルに置かれた焼き菓子に伸ばしかけていた手を止めた。

「もちろんよ。ブラッドショット公爵様にどんなお考えがあって婚約の話をしたのかはわからないけれど」

「わからない、ね……」

私の言葉を繰り返すマリゴールドがぐるりと客間を見回した。

「さすが紋章にしているだけあって見事なものね。白い薔薇に全身包み込まれているみたい。そう思うでしょう、コゼット？」

「ええ」

客間の中は、昨日今日とミストから届けられた白薔薇で埋め尽くされている。もちろん私の自室にも溢(あふ)れるくらい飾られていて、香水を付けていないのに仄(ほの)かに甘い香りがするほどだ。

「……家族以外の男性から、お花を贈ってもらったのは初めてなの」

「ええ。だから？」

「とても、うれしいわ」

歯切れ悪く返事をすると、マリゴールドは満足したように微笑んだ。

「あなたが倒れた時のことをずっと気にかけていたのでしょう？」

「……そうね」

「どうするつもり？」

マリゴールドが笑みを深める。

「どうって……。別にどうもしないわ。私と婚約しても、ブラッドショット公爵様にはなんの恩恵もないのよ？　一つも良いことがないわ」

「あら、話が最初に戻ってしまったわね。余程ブラッドショット公爵のアプローチが酷(ひど)かったということかしら？　第三者であるわたくしが口出しすることではないけれど、ちょっと気の毒になってくるわね」

口元に手を当てて、何事か思案していたマリゴールドは顔を上げるとはっきりと言った。

「大切なのはあなたがどうしたいかでしょう、コゼット」

私はアイオライトにも同じようなことを言われたことを思い出した。

『無愛想を極めたあの公爵が、王城で姉上のことを訊いてきた時から、なんとなく予感はしていました。どこかのどなたかと違い、さすが審美眼がある。しかしあなたが嫌だとおっしゃるなら、公爵は恐ろしく有能な方ですが全力で受けて立ちます』

『イオ、ちょっと落ち着きましょう。それと、ブラッドショット公爵様のことを褒めているのか貶(けな)しているのかわかりづらいわ』

なぜ婚約の話が、全面抗争的な話になっているのだろう。私と同じ垂れ目を鋭くして、なにやら不穏な空気をまとうアイオライトに私は苦笑いした。

『取り乱してすみません。政治的な問題は置いておいて公爵の申し出を受け入れるか、断るか。姉上が望むようになさったらいいではないですか。もちろんずっと邸で暮らすという選択肢もあることを忘れないでください。僕はあなたのご意思を支持します』

領地にいる父には王都に戻ってから報告することにした。というのも、遠く離れた侯爵領でようやく一息ついている父を悩ませたくないからだ。

心配してくれるアイオライトとマリゴールドには申し訳ないけれど、私にはミストの申し出を受けるつもりはない。ただ収穫祭の月が終わるまで返事を待ってもらおう。

考え込む私をじっと見ていたマリゴールドがクスッと笑った。

「どうしたの、マリ？」

「さっきの話よ。あなたと婚約してもブラッドショット公爵に良いことは一つもない？　自分は後回しで相手のことを考えるなんて、あなたらしいなと思って」

「事実だもの」

マリゴールドが大仰に溜め息をついてみせた。

「コゼット、あなたはもっと自分を知るべきよ。自分がどう見られているかもね。というわけで、次の夜会であなたをとびきり美しく魅せるためのドレスを一緒に選びましょう」

「――失礼。話の邪魔をして申し訳ないが、ドレスを選ぶ必要はないよ」

え……？

ここ最近聞き慣れた声が割り込んできた。私は唖然と客間の入り口に立っているミストを見つめる。

そうしていると、私が座る長椅子までミストが歩いてきた。

「……ブラッドショット公爵様。今日お約束をしていましたか？」

「約束はしていないよ。急に訪ねたりしてすまない。仕事に行く前に立ち寄らせてもらった」

「そうでしたか……。すぐにお茶をご用意します」

「いや。長居はしないと家令に伝えているから」

立ち上がろうとした私をミストが留めた。今日の彼は王城勤めの魔術師が着るローブをまとっている。互いに見つめ合っていると、向かいから成り行きを見守っていたマリゴールドが間に入ってきた。

「ごきげんよう、わたくしもいるのだけど？　コゼットはまだお返事をしていないと聞いたわ。どんな申し込み方をしたかは知らないけれど、お返事がもらえるといいわね？」

ミストはマリゴールドを一瞥して、私のすぐ隣に腰を落ち着けた。

「君たちは随分と仲がいいんだな」

なんとなく苦々しいミストの口ぶりに私ははっとする。

「あの、初めてのことで不慣れで。マリ……キルシュヒース公爵令嬢に相談を」

「慣れてもらっては困るよ。俺が最初で最後にしてくれ」

「……以後気をつけます。それで、今日はどういったご用件でいらしたのですか？」

ミストが切れ長の目を見開いてじっと凝視してくる。そうされると私は落ち着かない気分になった。

「以後、か。君から初めて前向きな言葉を聞いた気がする」

「……え？」

「ああ、いや。夜会のためのドレスを家令に預けてあるから、あとで確認するといい」

「それは……」

私が断る隙をミストは与えなかった。

「俺が誘ったのだから当然のことだよ」

「ありがとうございます」

私はお礼を述べてドレスを贈ってもらうことにした。ミストのことだ。お断りしても、一度決めたら引かない気がする。ちらっと見上げた彼はうれしそうに微笑んでいて、といってもほんのわずかだけれど。いつもとは違う様子の彼から私は慌てて目を逸らした。

「明日なんだが、会えないだろうか？」

「明日はキルシュヒース公爵令嬢と会う約束をしています」

「そうか。では、明後日はどうだろう？」

「明後日はキルシュヒース公爵令嬢と出掛ける予定です」

明日はキルシュヒース公爵家のお茶会に。明後日はマリゴールドとアカデミーを訪れてカミーユ様の研究室にお邪魔する。アカデミーにはアイオライトもいるからランチを皆で食べる予定だ。

ミストが膝に肘をついてがっくりと項垂れた。

「いつなら君に会えるんだ……」

「すみません」

「謝らなくていいよ。君が俺にまったく興味がないことは知っている」

「そ、そんなことは」

「ないとは言い切れないだろう？」

少し顔を上げたミストに上目遣いで見つめられて、私は口をつぐんだ。

くしゃくしゃと黒髪をかき上げながらミストが席を立ったので、私も見送りのため立ち上がる。身を屈めたミストがドレスのスカートの形を整えてくれた。

「君が外の世界に出るようになったことを俺は喜ぶべきなんだろうな」

そう言うと、ミストはマリゴールドに軽く頭を下げた。

「キルシュヒース公爵令嬢、邪魔をしてすまなかった。彼女のことをよろしく頼む」

「もちろんですわ、ブラッドショット公爵」

それから私のほうへ向き直ると「では夜会の日に」と告げて、ミストは扉のほうへ歩き出す。

「待ってください」

思わず手を伸ばしてローブを後ろから掴んでしまった私を、ミストが面食らった顔で振り向いた。

「私ったら。すみません……」

「い、いや。どうかしたかい？」

「もしよろしければ、お見送りをさせてください」

「……そ、そうか」

互いにまごまごしていると、マリゴールドに「お仕事に遅れてしまうわよ」と促され、私とミストは客間をあとにした。

「怪我した指は大丈夫でしたか？」

「なんともないよ」

「あの、たくさんのお花をありがとうございました」

「気に入ってもらえたなら、なによりだ」

「ええ、本当に。白薔薇に全身包み込まれているような心地がすると、キルシュヒース公爵令嬢と話して……」

ぴたりとミストが立ち止まる。不審に思った私はミストを見上げた。彼の目元が赤く色づいている。

私は自分がとんでもないことを口走ったことに気づいた。

「ち、違います……。純粋に花がすばらしいと言いたかったの。あなたに抱きしめられているみたいだと想像したとか、そういった意味では……」

焦った私は釈明をするけれど、もっと最悪だ。

「だ、大丈夫だ。わかっている。わかっているから……」

ますます赤くなりながらミストは何度も頷いた。

エントランスに着き、私は侍女が用意してくれていた焼き菓子をミストに差し出した。

「じゃあ行くよ」

「はい」

馬車に乗るミストの後ろ姿が、繰り返し見る姿と重なる。引き留めなければいけないと思った。

「ブラッドショット公爵様……！」

どんなに呼んでも振り返ってくれない夢とは違って、目の前にいるミストは振り返った。

「あの、お気をつけて」

「ああ」

王城に行くのに気をつけても何もないだろう。ミストはゆるりと手を振ると、馬車へと乗り込んだ。

やがて馬車が見えなくなるまで、私はその場に佇（たたず）んでいた。

ああ、またこの夢だ……。

石造の薄暗い階段を上っていくと、彼女が閉じ込められている部屋が見えてきた。

重い扉を開けると、窓辺に佇んでいた彼女が振り返る。

「またいらしたのですか？」

「ああ」

困ったような表情を浮かべて、何も言わずに彼女は窓の外へと視線を向けた。

ここへ来るまでに疲弊した俺に気を遣ってのことだ。乱れた呼吸を整えながら、随分様変わりしてしまった彼女の横顔を眺める。それはお互い様か。

「この前の話の続きをしよう」

しばらく思案していた彼女は、やがてゆっくりと重い口を開いた。

「私はあの方が皇国に帰ればいいと、そう願いました」

誰でもつまらぬ嫉妬はするものだ。俺だって例外ではない。それなのに彼女はそんな自分が許せないと、してもいない罪を被り自らを罰しようとする。

「君はバカか……！　なぜ……。なぜ説明しなかったんだ」

なぜ。疑問ばかりが口を衝いて出てくる。

なぜ彼女がこんな寂しい場所にいなければならない。なぜ彼女は我慢する。なぜ俺を頼ろうとしない。

たった一言だけ言ってくれたら、俺は……。

「ユージンを愛してるのか」

やめてくれ。この先を聞きたくない。

彼女はただ静かに微笑むと、いつもの台詞（せりふ）を口にする。

「もうここには来ないほうがいいでしょう」

「……また来るよ」

こんな悲しそうな顔をさせたいわけじゃなかった。薄灰色の瞳で見つめられるたび、どうしようもなく胸が締めつけられる。まったく歓迎されていないことは知っている。彼女が待っているのは、俺ではないこともわかっている。

それでも、俺はまた彼女に会うために階段を一段ずつ上がっていく――……


最悪の目覚めだ。

あんなに鮮明だった夢の内容は、もう曖昧で思い出せない。ただ、どうしようもなく不安だった。

目が覚めてから、何をやってもまったく手に付かない。

「王城に行くのなら、用事を頼まれてくれるかしら。金貨三枚を陛下に貸したままなの。……冗談よ」

「ええ、わかりました」

「心ここにあらず。まったく聞いてないわね？　余計なことかもしれないけれど。お茶がこぼれてるわよ、ミスト」

「……そうですか。熱っ」

濡れてしまった膝を拭っていて、テーブルに置いたカップを倒した。

「朝から元気ですこと」

何食わぬ顔で母は自分のカップに砂糖を入れ、ティースプーンを回す。

「王城の砂糖が不足しているのですって。茶会で振る舞われる菓子が貧相になったと聞いたわ。難儀よね」

「それは大変だ」

「あら、手を回しているくせに知らん顔？　あなたったらお父様に似たのね」

「なんのことでしょうか。そろそろ時間なので失礼します」

あの父に似ている……？

外では冷徹で通っているが母の前では……、いや。それ以上考えるのはやめて、御者にアフィヨン侯爵家に向かうよう告げた。


ドレスを贈るのは口実だ。俺がコゼットに会うためには理由が必要だから。客間にいる彼女を見つけて安堵すると同時に、ひどく心が乱された。わけのわからない焦燥感はなくなってくれない。

〝会えてうれしい〟

おそらく、そういった類いの社交辞令は彼女から聞けそうにない。急に俺が訪ねてきて、困惑しているのが丸わかりじゃないか。俺を見るといつもそう。他のヤツらには無邪気に微笑みかけるくせに、俺にはいつまでもぎこちない笑顔しか見せない。

コゼットが初めて魔術師団の庁舎に来た時は、奇をてらったアプローチかと思った。そういった誘いは昔から数多く経験しているから対処には慣れている。だがすぐに気づいた。彼女の俺を映す瞳の中には、好意といったものがまったくない。

それなら彼女が俺に近づく目的は……？

気づけばいつも彼女に振り回されている。


コゼットのことは幼い頃から知っていた。母から亡くなった侯爵夫人の話をよく聞かされていたから、俺のほうがユージンより先だ。その彼女が登城することになり、王城の中を案内してあげなさいと告げられた。俺が十三歳の頃だ。母の様子から、これは顔合わせかもしれないと感じた。

『ミスト、コゼットに会ったらもう少し愛想よくなさい』

『ええ、そうします』

『言った傍から眉を寄せたりしないでちょうだい。心配だわ。第一印象が大事なの。ユージンがご令嬢たちにしているみたいに優しくするのよ』

『よく覚えておきます』

結局母の心配は杞憂に終わった。コゼットと会う日、俺は高熱のため王城には行けず、それから二日間病床に伏すことになった。

『もう起き上がって大丈夫なのか、ミスト』

『ユージン。心配をかけたな』

『そうだ、俺が代わりを務めておいたから。とても大人しい子だった』

ユージンは善意でしたことだ。屈託なく笑う従兄弟(いとこ)を見ていて、胸が酷くざわついた。そして、予感はそのまま現実化した。俺の婚約者になるはずだった女の子は、ユージンに恋をした。いや、そう思っていたのは俺だけだった。あとから母に聞いたが、アフィヨン侯爵にはそういった考えはなく、ただ母に押され慣例に従い娘を他の子女たちのように登城させただけだったそうだ。だが熱を出さなければ、コゼットが恋をしたのは俺だったかもしれない。


俺はなぜあの日王城にいなかった。なぜ、俺はいつも大事な時にいない。そこまで考えていて、ふと引っかかりを覚えた。

いつもとは、いつだ……？

「――ミスト」

顔を上げると、ユージンが訝(いぶか)しむように俺を見ていた。

「何度か呼んだんだが。お前がぼんやりするなんてめずらしいな」

やはり今日は何をしていても落ち着かない。そう思いながら、書きかけだった手元の書類に視線を戻した。

「片付けなければならない仕事が山積みなんだ。用件を聞こう」

「ああ」

椅子を動かして、執務机の前に腰を下ろしたユージンが脚を組む。どうやらすぐに立ち去る気はないらしい。

「ユージン。俺は忙しい」

「そのようだ。単刀直入に言う。アフィヨン侯爵と連絡が取れずに困っている」

「この時期はどの領主も忙しくしているからな。侯爵が王都に戻るまで待つしかないだろう」

乾いた笑いが返された。

俺はペンを走らせていた手を止める。視線がぶつかったユージンは、つい先ほどの皮肉めいた笑いが嘘かと思うような穏やかな笑みを浮かべている。

「王城からの使者が追い返されているんだ」

「そうか。まあ、侯爵のお気持ちは理解できる」

「手を回しているのはお前だろう、ミスト」

わかっているなら、わざわざ訊く必要などないだろう。ふと綺麗に包まれた菓子の包みが視界に入り、無意識に手を伸ばした。帰りにコゼットから渡されたものだ。

「甘い匂いがしてる。お前、好みが変わったのか?」

「いや、昔から変わらないよ」

ユージンが立ち上がり、俺も続いた。

「社交界でお前とコゼットのことが噂になっている。彼女、とても大人しいだろう?」

「俺とはよく話す。頬を赤く染めて言い返してきて可愛いよ」

「言い返す？　コゼットが……？」

これ以上は何も教えてやるつもりはない。彼女の何が可愛いか、俺だけが知っていればいいことだ。

扉を開けて、ユージンに手で退出を促した。

「ああ、コゼットがだ。彼女はもうお前の婚約者候補ではないんだ。今後は家名で呼ぶべきだろう」

「何を苛立っているんだ。コゼットと、呼んでほしいと言ってきたのは彼女なんだぞ。それにミスト、お前は思い違いをしている。俺は王国のために何が最善か考えている」

「そうか。俺には理解できないが、がんばってくれ」

ユージンが出ていき、後ろ手で思いきり扉を閉めた。決して苛立っているとかではない。


「公爵様が到着されました」

侍女に告げられ、鏡を見ていた私は階下へと向かう。

エントランスに続く廊下を歩いていた私は窓を鏡代わりに、もう一度くるりと回った。ウエストより少し高い位置で結んだリボンがひらひらと揺れる。ふんわりしたラインのスカートに散りばめられた白い薔薇の刺繍を指でなぞっていると、侍女が広がったスカートの形を整えてくれた。

「お気持ちはわかりますが、外ではお控えください」

「もちろんよ。ドレスを贈られたのは初めてだから浮かれてしまったわ」

「ではお礼をお伝えする際、公爵様にそのようにおっしゃってはいかがですか？　ずっとドレスを眺めていたとも」

「恥ずかしくて無理よ。それに、魅力がない女だと自分で告白することになるわ」

ドレスを贈ってもらったことがないということはつまり、魅力がなかったということだ。

「そんなことは……」

侍女は急に口を閉じると、すっと後ろへ下がった。何気なく後ろを振り向いた私はミストと目が合って目を瞠った。

「あ……、いつから?」

「準備ができたと聞いて待っていた。君が愉しそうに、その、ターンしたところからかな」

嘘……。全部見られていたなんて。

頬がかっと熱くなる。

ミストは私の前に立つと、不躾にならない程度に私のドレス姿に見入って、それから満足したように頷いた。

「よく似合っている」

そういうミストのほうこそ完璧な正装姿で、直視することがためらわれる美貌だ。私もなにか言うべきか考えている間に、彼は手袋をはめた私の手を掬(すく)い上げて、口づけを落とすしぐさをした。

「アフィヨン侯爵令嬢。多少強引だったが誘いを受けてくれてありがとう。君をエスコートできて光栄に思う」

ああ、彼のこういうところが真面目だわ。

例えば、誰かから〝美しい〟と最上級の賛辞を贈られても私はちっともうれしくないだろう。だってミストの言葉には偽りがない。

「私も光栄に思います、ブラッドショット公爵様」

私はミストに手を引かれ、ブラッドショット公爵家の馬車に乗り込んだ。

王城へ向かう馬車の中でミストと話していてふと思う。いつからか、私はミストといることにすっかり慣れてしまった。

「どうした?」

静かになった私を訝しむミストに向かって、なんでもないと微笑んでみせた。するとなぜかミストが表情を曇らせる。

「急に黙り込んで何もないはない。俺は君の気に障るようなことをしただろうか」

「いいえ。まさか」

「失敗を繰り返さないために君と会話する時、俺は万全の注意を払っている。だが君は遠慮しないでいいんだ」

「……お言葉ですが、私は自分から進んで話すほうではありません」

ミストが前屈みになり、向かいの席に座る私のほうへとわずかに身を寄せてきた。馬車の中なので、彼との距離はそれなりに縮まる。

「君を大人しいと決めつけた、あいつは君のことを何も知らない。俺は稀有(けう)な才能だと言ったはずだ。そのことを忘れないで」

「わけがわからないとかおっしゃったくせに」

私がじとりと見据えると、ミストは瞬きしたあと鮮やかに笑った。

「ああ、これはやられたな。見事な切り返しだ」

それからミストは声をひそめた。

「今みたいに我慢しないで、あいつになんでも言ってやればよかったんだ。君の美点に気づくのにそう時間はかからなかっただろう」

ミストの言うあいつとは、おそらく王太子のことだ。私は我慢をしていたのだろうか。

『君はとても静かなんだね』

緊張していたのだと思う。初めてお会いした時からそう。王太子の前では上手く話すことができなかった。つまらない女だと思われていたのだろうな、物足りないとも。失望されたくなかったからいつも気が張りつめていた。そうしたら、何も話せなくなった。でも王城を案内してくれた王太子は優しくて、あの日の思い出に私は縋ってしまった。

ミストが緩く編み込んだ私の髪の先をそっと摘んだ。

私の意識は彼へと向く。

「俺から話を振っておいてなんだが、あいつのことを考えるのはもうやめてほしい」

「……あなたは困った方ですね」

「俺が困ったヤツになっているのは、君のせいなんだが」

「え……？」

意味がわからず首を傾げると、「君の問題じゃないから」と言われて、ますます困惑させられる。

そうしていると王城に着いてしまった。一度目の今日という日には苦い思い出しかない。その上、馬車を降りた瞬間から好奇の目を向けられて、会場になっている騎士の間に着く頃には私はすっかり疲れていた。王都での暮らしは私には向いていないとつくづく思う。

シャンデリアの光が降り注ぐ大広間で痛いくらいの視線を感じるなか、ミストは立ち止まると、上

着の胸元を飾っていた白薔薇を手に取り私の髪に挿した。

「君には白が似合うな、アフィヨン侯爵令嬢」

そう言ってミストが表情をやわらげた瞬間、周囲からいくつもの息を呑む音がした。中には悲鳴も。

私は髪を彩る白薔薇にそっと触れてみる。

白い薔薇はブラッドショット公爵家の象徴だ。それを私に差し出す場面を周りにいる貴族たちにわざわざ見せつけたのは、この夜会の間は私がブラッドショット公爵家の庇護下にあると知らしめるためかもしれない。では彼の思惑に乗るべきだろう。

私は控えめに唇を綻ばせて、ミストを見つめた。

「美しい白薔薇の香りに心が浮き立つようです」

「……惚れ直したかい？」

「はい」

昔から薔薇は白が好きだった。今はもっと好きが増したように思う。ミストに問われて素直に頷くと、彼は目元を赤くした。思いもしなかった反応に、私までつられて頬が熱くなる。

「お願いですから、ご自分で訊いておいて照れないでくださいませんか」

「そう言われても。君が俺に微笑みかけるからだ。しかも無邪気に頷いたりして。いや、いいんだ
……」

結局のところ、なんなのだ。

私はミストにだけ聞こえるよう声をひそめた。

「夜会に誘った責任を負うとあなたがおっしゃるから、私はそのように振る舞ったのですが」

「俺が、なんだって……？」

私はつい先ほど勘案したことをミストに説明した。話の途中でミストは悩ましげな表情をする。

「どうしてそうなるんだ。君って人は、俺の理解を超えているな……」

「ではどういう意味だったのですか？」

「だから、あれは」

じっと見つめると、ミストが「うっ……」と言葉を詰まらせた。

「仲がよろしいのね。羨ましいこと」

私は友人の声に振り向いた。

「……菫色(すみれいろ)のドレスに白薔薇。ここまで独占欲を全開にされると逆に感心してしまうわね」

「マリ、なんておっしゃったの？」

ちょうど会場の一画で笑い声が上がって、マリゴールドの声がよく聞き取れなかった。

「ふふふ。とてもすてきなドレスだわと言ったのよ」

「ええ、すてきでしょう？　あなたもすてきだわ、マリ」

今日のマリゴールドも女神と見紛(みまが)う美しさだ。金色の髪は輝き、鮮やかな色合いのドレスは、彼女の女性らしい曲線を際立たせている。

マリゴールドは笑みを深めると、ミストに向き合った。

「ごきげんよう、ブラッドショット公爵」

形ばかりミストが頭を下げる。それから少し歓談すると、マリゴールドは挨拶回りに戻っていった。

「どうかした？」

「あの、あちらで前公爵夫人が手を振ってらっしゃいます」

少し離れてはいるけれど見間違えようがない。隣には前公爵もいる。私の視線をたどったミストが顔をしかめた。

「行こう」

「ですが。挨拶しなくてよろしいのですか？」

「君、騒がしいのは嫌いだろう。挨拶なら邸に来た時にしたらいいよ」

ミストに背中を押され人波を縫って歩いていると、見知った人物とすれ違った。

あれは……。

立ち止まった私をミストが訝しむように見下ろして、数人のグループと合流した彼女のほうを見遣った。

「知り合いかい？」

「……はい」

過去の苦い記憶が甦ってくる。


グラスが割れて悲鳴が上がった。

つい先ほど王太子殿下と見事なダンスを披露した際に、会場中を虜（とりこ）にした美しいドレスが真っ赤に染まっている。

『コゼット様……』

あんなに騒がしかった大広間に奇妙な静寂が落ちて、セラフィーヌ皇女殿下の声がよく響いた。蒼（そう）

白になった皇女が私を見つめる。すると、周りを囲んでいた観衆の眼差しが一斉に私に向けられた。

『何を騒いでいる？』

観衆の間を縫って近づいてきた王太子殿下が皇女を見つめ、それから私を見た。

疑われているのだと、すぐに気づいた私は小さく首を振って否定した。けれども、王太子の私を見る目から温度がなくなっていく。

失望した、と言われているような心地がした。

その後グラスを持っていたロロット伯爵令嬢が私に押されたと証言して、それが真実になった。なるほど、私なら嫉妬で葡萄酒をかけるくらいやりかねないと、王太子にも周囲の人たちにも思われていたのだろう。

〝私ではありません〟

あの時、たった一言が言い出せなかった。私の話に耳を傾けてくれる人は誰もいなかったから……。

嫌なことを思い出してしまったわ。ロロット伯爵令嬢に挨拶がてら、それとなく注意を促そうかしら。

でもグラスを落とさないでなんて、どう考えても余計なお世話だろう。マリゴールドに教えてもらったけれど、ロロット伯爵家は王家から距離を置いているアフィヨンの隙間を埋めようと動いているそうだ。近づかないのが正解だと思う。

結論が出て、伏せていた目を上げるとミストが私をじっと見つめていた。私がぼんやりしている間も、ミストはずっと待っていてくれたらしい。

「……すみません」

「いいんだ。これくらいなんともないよ、待つことには慣れている」

事もなげにそう言うと、「行こう」と私の背中にそっと手を添えて歩き出す。

中央ではダンスが始まっていた。次々に挨拶にやって来る貴族たちをかわしながら人が少ない場所へ移動する。ミストに差し出されたグラスを受け取り一口飲んだ。王国中の至るところで収穫が始まっている葡萄の果実水だった。侯爵領でも父は忙しくしていることだろう。

「どうした？」

「あなたらしいなと思いまして」

私にお酒を飲ませない生真面目ぶりに思わずクスッと笑みがこぼれると、ミストは目を見開いて固まってしまった。

「あ、ええと、知ったふうな口を利いたりしてすみません。ご不快な思いをさせてしまいました」

「不快どころか、この上なく浮かれているんだが」

そう話すミストは至極真面目な顔をしていて、とても浮かれているようには見えない。

「そう、ですか」

「ああ」

ミストが手を伸ばして、私の唇の端を親指で拭った。

「な、なんですか……？」

「ついていたから」

「ついているわけありません。子ども扱いはおやめください」

「そうだったらこんなに苦労しないよ」

苦労とは……？

意味がわからず眉を寄せると、ミストは小さく溜め息をついた。未だ添えたままだったミストの指先が、私の頬をするりと撫でる。

「んっ……」

だから子どもじゃないと言ったのに。

抗議しようとミストを見据えると、彼は目に見えて狼狽えた。

「す、すまない。調子に乗ってしまった」

両手を上げて目を泳がせるミストに私は詰め寄る。

「ブラッドショット公爵様」

「わかってる。謝るよ、君の気が晴れるまで謝る。だから今は離れてくれないか」

「……わかりました」

しばらく思案するふりして私が頷くと、ミストはあからさまに安堵の色を浮かべた。

「とは言いません。だってあなたがおっしゃるように、私は子どもですもの」

完全に緊張を解いていたミストに、私は一歩近づいて身を寄せる。

「そ、そんなに、近づかれると。不味いから」

見ればミストの顔は真っ赤だ。よくわからないけれど、今後子ども扱いされないため、ここはしっかり話をしておこう。

「知りません。私は傷ついたのですもの」

「すまない。コゼット、頼むから」

「えっ……？」

ミストと私は無言で見つめ合う。

「間違えた。いや、君はコゼットだから間違えてはいないんだが、つい習慣で……」

またコゼットと呼んだミストがはっと口元を手で覆って蒼白になった。

習慣で、とは……？

いつだって模範的な態度を崩すことなく家名で呼んでいた彼に〝コゼット〟と呼ばれたことはないと思うのだけれど。赤くなったり青くなったりするミストを見ていて、私は彼が心配になってきた。

「あなたのお好きなように呼んでくださって構いません」

「呼んでほしいとは言ってくれないのか」

「それより、習慣でとは？」

口を開きかけたミストがふい、と顔を背けた。

そうされると余計気になるではないか。私はつま先立ちになり背伸びして、頭一つ分背が高いミストの耳元に唇を寄せようとした。私を見ようとしないミストをびっくりさせてやろうという、ちょっとした悪戯心だった。

「……ブラッドショット公爵様」

驚いたミストが私を見下ろして、偶然彼の左頬を唇がかすめる。目と目が合った瞬間、慌てて私は彼から離れようと仰け反った。

「すみません……っ」

「いいからお互い落ち着こう」

ぐらりと後ろに倒れそうになった私の身体を、ミストが抱き寄せるように支えてくれた。

「本当に危なっかしいな、君って人は」

宥めるように背中を大きな手で撫でられて、落ち着いてくると自分の置かれている状況が冷静に見えてきた。早くミストから離れないと。

「もう大丈夫です。本当に失礼しました」

「ああ、わかった」

私を支えていた手が離れた。そろりと見遣ったミストの目元はうっすらと赤い。きっと私も彼と似たようなものだろう。

「――ミスト。今日の会にお前が顔を出すとは聞いていなかった」

後方からかけられた知った声に私とミストは同時に顔を向けた。そして息を呑む。関わってはいけないと決めている王太子だった。

「ユージン。急遽予定が変わったんだ、偶には悪くない」

「もっと顔を出すべきだといつも言ってるだろう」

ミストと話している王太子はひとりだ。私は皇女の姿を探した。そして、離れた場所で出席者たちと歓談している皇女を見つけた。

私の記憶では、このあとふたりはダンスをするはずなのに。どうして一緒にいないのかしら？　もしかして、ふたりは順調にいってはいないのかと、私は不思議だった。

もの思いに沈んでいる私の目の前に手が差し伸べられた。

「踊ってもらえませんか、アフィヨン侯爵令嬢」

差し出された手に、私は自分の目を疑った。

王太子がダンスするのは私ではなく、皇女のはず。なぜ王太子が一度目の時とは違う行動を取るのか理解が追いつかず、頭が真っ白になる。

私はゆっくり視線を隣にいるミストへと移す。硬い表情で前を見ていたミストは私の視線に気づくと、無言のまま見つめ返してきた。

もしかしたら、ミストが王太子の申し出を断ってくれるのではないか。心のどこかで期待していたのかもしれない。甘えきった考えを断ち切るように、私は王太子に向き合った。

「とても、栄誉に思います」

いつか彼とダンスする日を夢見て、アイオライトに練習の相手をしてもらったこともある。想い焦がれた人がダンスに誘っているのに、私の心は少しも揺らがない。だってそれはかつての話だから、もう今さらだとしか思えないのだ。

私は口元をにこりと綻ばせた。マリゴールド仕込みの社交用の微笑みだ。

「ですが、私は公的な場で男性とダンスしたことがありません。せっかくですから、その機会は夫となる人のために残しておきたいのです」

声が震えなくてよかった。これで終わりだと思っていたら、王太子がなぜか言い募ってきた。

「夫……。もう、決まった相手がいるのか？」

「いいえ」

婚約が白紙になって、私がすぐ次の相手を探すような女だと思っているのだろうか。仮にそうだとしても、王太子から非難される謂れはない。私はむかむかする胸をそっと押さえた。

「ですが父に命じられれば、どこへでも嫁ぐつもりです。どうか捨てた女のことなど放っておいてください」

王太子が大きく目を瞠った。

「君にそういうもの言いは似合わない」

「ええ。ご忠告が胸に染みるようです。あなたは私のことをどれだけご存じなのでしょう」

このむかむかの原因は、苛立ちだ。

「コゼット」

王太子の前に、それまで成り行きを静観していたミストが立ち塞がった。

「ユージン、もういいだろう。彼女は葡萄酒を飲みすぎたようだ」

「葡萄酒？　だが、話がまだ終わっていない」

「またにしてくれ。そんな機会があればだが」

振り向いたミストは、当然のような顔をして私の手を取ろうとする。私は後ろへ一歩下がって彼を避けた。

「いい子だから俺と帰ろう」

「子ども扱いはしないでと、申し上げました」

葡萄酒なんて今日は一口も飲んでいないし、それに……。

私はミストを見据えた。すると、彼は怯んだように息を呑む。

「アフィヨン侯爵令嬢……」

硬い声でミストに呼ばれて、私は我に返った。

……いけない。子ども扱いするなと言いながら、淑女にあるまじき態度だったわ。王太子にも言いすぎたかもしれない。

失態をごまかすため、私はにっこりと艶やかに微笑んだ。艶やかに、というのはあくまでも私の主観によるものだけれど。すると、ミストと後ろにいる王太子が固まってしまった。慣れないことはするものではないなと思っていたら、視界の端にこちらへと歩んでくる皇女の姿が見えた。やはり前回と同じようにダンスをする運命なのだ。

王太子に向かって深々とお辞儀をして、私は踵を返した。喧騒に満ちた大広間をしばらく歩いたところで、後ろから腕を掴まれた。振り返らなくても誰かなんて、もうわかっている。

「君は迷子になるつもりか、頼むから待ってくれ」

「王城で迷子になるはずありません」

私はミストの手を振り解いて歩みを速めた。といっても、脚が長い彼に簡単に距離を詰められてしまう。気づけば隣をミストが歩いている。

「つ、ついて来ないでください」

「帰りも同じ馬車で帰るんだ。無理を言わないでくれないか」

「では時間を決めましょう。それまで別れて行動を――」

「別れるだって？　無理だ。絶対に別れない」

ミストが語気を強めた。

まるで別れ話でもしているような口ぶりに、焦った私は歩みを止める。葡萄酒に酔いしれる者、歓談に華を咲かせる者。各々が自分のことに忙しくて誰も私たちを見ていないのが幸いだ。

ほっとしたところで、油断していた私は壁とミストの間に閉じ込められてしまった。

「こうしないと、君は俺から逃げてしまう」

壁に手を突いて、ミストが覆い被さるように私を見下ろしてくる。

「それで。君は何を苛立っているんだ」

「……別に苛立っていません。もし私が苛立っていたとしても、あなたには関係のないことだわ」

「君のことで、関係ないことなんてないよ」

私はきゅっと唇を噛んだ。ではなぜ、王太子の申し込みを断ってくれなかったの？

わかっている。こんなの私の身勝手な言い分だ。いつからミストが守ってくれることを、当然のことだと感じるようになってしまったのだろう。

私がむかむかしていたのは……。

「あなたのせいです。こんな感情、知らなくてよかったのに……。誰かのせいにしてしまうなんて最低だわ。今度こそ、倹しく生きていくつもりなの。私の静かな暮らしを乱さないでください」

ミストは虚をつかれたように、大きく目を見開いた。

「……少し、時間をくれないか。つまり……。君が苛立っているのは俺のせい？」

かっと頬が熱くなる。これでは返事をしていないのに、認めてしまったのと同じことだ。

「そうなのか」

ふい、と顔を背けた私の顎をミストが掬う。それでも黙っていると、引き結んだ唇を指でなぞり始めたので、私は堪らず口を開いた。

「あ、あなたが、ダンスを断ってくださらないから。ですが、これは私の問題なので、あなたが気にすることでは……」

「俺は君がユージンと踊りたいのかと思ったんだ。だから口を出さなかった。もちろん許可するつもりはない」

「…………はい？」

どういうことかと、当惑している私の鼻先をミストが優しく摘んだ。

「浮気者」

「あの、ブラッドショット公爵様？」

「あんなに可愛らしくユージンに微笑んでやる必要があったか？　君の可愛い顔は俺だけに向けられるべきだろう。侯爵に命じられたら、どこへでも嫁ぐだって？　誰を夫にするつもりでいる。君はとんでもない浮気者だ」

まったく理解が追いつかない。じりじりと壁に背をつけた私を、のぞき込んだミストが眉をひそめる。

「そんな顔をしてズルいな、君は」

平常どおりの顔をしているだけなのに叱られてしまった。解せない。

何か思案していたミストが口の端を持ち上げた。どこか尊大な感じが滲むしぐさに、私は目を瞠る。

「せっかくの夜に、君の機嫌を損ねてしまったのは俺のせいだ」

「い、いえ……」

ミストは私の髪を彩る白い薔薇に触れ、そして指に絡めた髪に口づけた。

な、何これ……。ミストはどうしてしまったのかしら。

「……もしかして、酔っていらっしゃるのですか？」

「いいや？」

そう言うと、秘密を打ち明けるようにミストが声をひそめた。

「俺はアルコールの類いは一切口にしないんだ。君だってよく知っているだろう？」

「そ、そうでしたかしら……」

よく、の箇所をやたら強調されて、私の心臓は跳ねた。キルシュヒース公爵邸での夜会の席で、うっかり私がこぼしてしまったことをミストは覚えているのだ。不味い……。

「君は嘘が下手だな」

「ひぁ……」

どうやってごまかすかに意識を集中していた私は、すっかり素の状態でミストに耳元で囁かれて身体を震わせた。

慌てて口を手で塞ぐ私を、ミストが無言で見下ろす。

「……耳が弱いのか？」

息を吸って吐いて。気持ちを落ち着かせようとしている私の耳元に、ミストが唇を寄せた。

「……コゼット」

「あ、ぅっ」

不意打ちの低い声にぞくりとした。私は耳を手で押さえる。自分のものとは思えない色めいた声が出てしまった。もう恥ずかしいしかない。

ミストが壁に手を突いて、深く息を吐いた。

「す、すまない……。その、やりすぎた」

謝罪の言葉を繰り返すミストは耳も頬も真っ赤だ。真摯な態度は好感が持てるけれど、許すかどうかはまた別の問題だろう。私は涙目になって、ミストを見据えた。

「こ、こんなこと。あなたには慣れたことでも、私は違います。前だって今だって、初めてで……」

「……わかった。わかったから」

恥ずかしくて身を震わせる私の頭を抱き込むように、ミストがぎゅっと抱きしめる。

言った傍から、この人は……。

「私は怒ってるんです」

「ああ、わかっているよ」

だから怒っているのに。ぽんぽんと肩を優しく叩かれていると、気持ちが落ち着いてしまう。

「俺は何を言いかけていた？　君と話していると本題を忘れてしまうな」

そうだ、とミストが頷いた。

「君を苛立たせてしまったのは俺だから、全力で君のご機嫌取りをしよう。そう言いかけていたんだ」

「……お構いなく」

「遠慮はいらない」

そう言われても、嫌な予感しかしないのだけど。

「離れてくださいませんか」

「嫌だ。離れない」

バシッ——と乾いた音がした刹那、ミストが頭を抱えた。

「ほほほ。いくらコゼットが可愛いからって、公的な場所で迫るんじゃないわよ」

扇子をひらひらと仰ぐ前公爵夫人、ミストの母親だった。

「ごきげんよう、ブラッドショット前公爵夫人」

夫人は私の頭からつま先まで一瞥すると、満足したように目を細めた。

「お義母様と呼んでくれてもいいのよ」

「俺の許可なく親しげに話しかけないでください」

「あら嫌だわ。嫉妬は見苦しくてよ、ミスト」

頭を押さえているミストから、私へと視線を向けた夫人がにっこりと艶やかに微笑んだ。

「わたくしも夫も、あなたには感謝しているのよ、コゼット。だってカリクステはずっと雨らしいわ。あなたの助言がなければ、ずぶ濡れになっていたもの」

気まずい沈黙のあと、夫人が愉しげに笑った。

「ほほほ」

「……ふ、ふふ」

夫人につられて私も力なく笑う。頭の中は、どうやって言い逃れしようかしらと必死だ。けれど、夫人はそれ以上カリクステについては触れることなく、ミストに向き合って話し出した。

よ、よかったわ……。

ほっと胸を撫で下ろす私の目の前を、決然とした表情を浮かべたロロット伯爵令嬢が通り過ぎていく。

手には、葡萄酒がなみなみと注がれたグラスを持って。

まさか、グラスの中の葡萄酒をセラフィーヌ皇女殿下にかけるつもり？

不安が過った私の前を、ロロット伯爵令嬢は脇目も振らずにまっすぐ歩いていく。

一度目のあの時は。皇女と話そうと近づいたのが災いした。

二度目の今、私と皇女ははじめましての挨拶さえ正式に交わしていないのだ。もしかしたら夜会の席で倒れた女とか、植物園でちらっと見かけたとか、それくらいの認識はあるかもしれないけれど、きっと向こうは私を知らない。

このまま近づかないのが正しい対応なのではないだろうか。でも……。

「あの、お化粧を直してきます」

ミストと前公爵夫人にそう声をかけて、私はロロット伯爵令嬢の後ろ姿を追いかけることにした。

出席者たちが絶え間なく行き交う大広間だ。ロロット伯爵令嬢に気づかれる心配もなく、時々人を避けながら私はあとを追う。このまま彼女が誰かと談笑を始めたり、もしくはグラスの葡萄酒を彼女が飲んだりしたら、私がすることは何もない。どうかそうであってほしいと心の中で祈った。

やがてロロット伯爵令嬢が立ち止まったので、私も彼女に倣って歩みを止める。ふと視線をやった先に皇女がいて、全身が冷たくなる感覚を覚えた。

一歩踏み出そうとした私は、後ろから肩を抱き寄せられた。

「迷子を捜す俺の気持ちもわかってくれないか。あれだけひとりでいなくなるなと言ったのに、君という人は」

「火急のことなのです。あとでいかようにもお詫びいたします」

振り返った私はミストの口に指を当てた。ちょっと今は、彼のお説教を聞いている時間がない。

ミストは目を丸くして、けれど私の顔色からすぐに事態を察してくれた。

「その言葉を忘れないで。それで、火急のこととは？」

「ロロット伯爵令嬢が持っているグラスを渡してもらいます」

「彼女か？　行こう」

支離滅裂な私の説明にミストは真摯な表情で頷くと、私の手を引いて歩き出した。理由を問わないでいてくれて助かる。

「ごきげんよう。よい夜ですね、ロロット伯爵令嬢」

「……アフィヨン侯爵令嬢。ええ、ごきげんよう」

私に話しかけられたロロット伯爵令嬢は明らかに戸惑っている。私のほうも声をかけたもののなんの準備もない。というか、私たちはまともに話したことがないのだから当然だろう。

これは困ったことになったわと、まごまごしていると、ミストが引き継いだ。

「何か飲み物をもらって来るよ。ご令嬢、そちらのグラスを新しいものと交換しよう」

さすが、ミストだわ。

ロロット伯爵令嬢からグラスを受け取るための、完璧な口実に感心していると目が合って、ミストが笑みを深めた。社交嫌いで有名な公爵様が、いつも冷たい表情を綻ばせたのだ。例えるなら、凍てついた冬の大地に一条の光が差したみたいなものだろう。

　それを正面からまともに受け止めたロロット伯爵令嬢は、ミストの微笑みの破壊力にぼうっと惚けてしまった。

「なんだい、眉をひそめたりして。俺は君の役に立とうと思って――」

「……ええ。あなたは完璧だわ」

　ふいっとミストから顔を背けた私は、ロロット伯爵令嬢からグラスを受け取ろうと手を伸ばした。

　けれども、我に返った彼女がぎゅっとグラスを握り締めて離さない。

　何気なく皇女がいるほうを見遣ると、談笑しながらこちらへ向かって歩いて来ている。このままでは鉢合わせしてしまうかも。皇女のドレスが真っ赤に染まるあの時の光景が瞼の裏に浮かぶ。なんとしても阻止しなければ。

　ここは回りくどい言い方はやめて、率直に行こう。

「ロロット伯爵令嬢。これからあなたがやろうとなさっていることは、あなたのためにはならないと思います」

「なに、を……」

　目に見えてロロット伯爵令嬢が動揺した。

　ああ、やはり……。私は説得を続けることにした。

「なぜとは訊かないことにします。でもあなたはもちろん、あなたのご家族も罪に問われるかもしれない。修道院か、もしかすると西の塔に送られて、貴族籍を剥奪されるかも。お家が残るかどうかも心配なさったほうがいいわ」

「そんな恐ろしいこと……」

「ええ。ですが、決して大げさには言っていません。あなたの大切な人が心を痛めることも忘れないで」

貴族籍はかろうじて残されたけれど、他はすべて私が経験したことなのだ。

さあっと顔色を悪くするロロット伯爵令嬢に、私は緊張しながら手を差し出した。

「グラスをこちらへ」

お願いだから……。

震える彼女の手から、私はしっかりとグラスを受け取った。危機を回避できた達成感に包まれて、私はすぐ隣に立っているミストを見上げた。

「ブラッドショット公爵様、ありがとうございました」

「……ああ」

ほっとしたのも束の間で、視界に皇女の姿が見えた。しかも、先ほどは気がつかなかったけれど王太子もいる。並び立つ王太子と皇女は、誰が見ても美しい絵画から抜け出してきたみたいにお似合いで、でもなんだろう……。上手く言えないけれど、微妙な距離間というか、ふたりの間によそよそしさを感じるのだ。

次第にこちらに近づいてくる皇女が着ているのは、あの時と同じふわっと仕立てた淡いクリーム色のドレス。グラスを持つ私の手に力が入る。

もしも誰かがぶつかって、こぼれた中身が皇女のドレスにかかったら？

最悪な想像に背筋が寒くなる。すぐそこまで王太子たちが近づいていて、私は冷静さを欠いていたかもしれない。飲んでしまえばいいのだと思い至った私は、グラスに唇をつけて勢いよく流し込んだ。

「アフィヨン侯爵令嬢！」

ミストが私を呼んだ。その声は酷く緊張していて、彼はこんなに大声が出せたのかと、私は目をパチクリと瞬かせる。

「いいかい、よくわからない人間から受け取ったものに口をつけてはいけないよ」

ミストによって素性の知れない者扱いされてしまったロロット伯爵令嬢が蒼白になる。彼女の実家であるロロット伯爵家は歴(れっき)とした王家派なのに。私は彼女が気の毒になった。

「お言葉ですが、私は……」

「酔ったことがない、だろう？　だが俺が言いたいのはそういうことじゃないんだ」

私を見つめるミストが悩ましげに眉をひそめた。

私は酔ったことがない。……そのはずなのに、さっきから身体が熱くて頭がくらくらする。上気した私の頬を、ミストの大きな手が包み込んだ。私を見下ろす彼は硬い表情をしていて、とても残念に思った。

「アフィヨン侯爵令嬢。俺が誰だかわかるかい？」

「はい。ブラッドショット公爵様です」

そんなことを確認してくるなんて、なんだかおかしくてクスクス笑ってしまう。

「あなたを知らない者など王国にいないでしょう」

「そうかな、大したものではないよ。君には俺がどう見えてる？」

どうって……。

「誰もが知る優秀な魔術師なのに、地道な研究を怠らない真面目な方で、尊大だと思わせて本当は謙虚な方です。そしてあなたは嘘をつかない。とても誠実だわ。それから、従魔にも分け隔てなく優しいと聞いています。つまり、あなたは完璧な方だと私は思うのです」

話している途中で、ミストの顔が真っ赤に染まった。私の頬を包み込んでいたミストの手が離れて、彼の顔半分を覆う。

「も、もういい、わかったから……。君はどうして従魔のことを知っているんだ？」

「時々アドニスが侯爵邸に来るのでブラッシングしながら世間話をするんです」

邸の庭にふらりと現れたブラッドショット公爵家の従魔を手招きすると、大人しくブラッシングさせてくれた。大変お気に召したようで、その後も顔を出すようになったのだ。

「なんだって？　あいつ……。俺だってしてもらったことがないんだぞ」

「ふふ。ではあなたにもしないといけませんね」

ミストの口ぶりがなんだかおかしくて、ふにゃりと頬を綻ばせると、彼はぐっと何かに堪えるように目を瞑った。

「……酔うとこうなるのか。君は本当に危なっかしくて外に出せないな」

だから酔っていないとミストに言いたいけれど、足元がおぼつかない。するりと、私の手から抜け落ちたグラスをミストが受け止めた。あの時みたいに、粉々に砕けることはなかった。

遠のく意識の向こうで、ミストを呼ぶ王太子の声が聞こえた気がする。けれども、私はすっかり安心してミストにもたれかかった。

「――王城で休ませればいいだろう」

「いや、連れて帰るよ」

ご厚意だけ受け取っておくとミストが王太子に返した。

一杯だけですっかり酔ってしまった私はミストに寄りかかったまま、いつの間にか始まっていたふたりのやり取りを眺める。ふたりといっても、王太子の隣には皇女が立っているのだけど。

「連れて帰るなんて、まるでお前のものみたいな口ぶりをする」

「いずれそうなる。焦らされているが」

ミストと王太子の視線に気づいた私はにっこりと微笑んで肯定した。収穫祭の月が終わるまでの期間限定だけれど、と心の中で思いながら。

「待て、ミスト。コゼットは俺の――」

足元が危うい私を抱きかかえるように歩き出したミストに、後ろから王太子が声をかける。ミストは顔だけ振り向いた。

「もうお前とは関係ない。二年も彼女の処遇を決めずにおいて今さらだろう、ユージン。間違いを正そう。俺のものを返してもらう」

歩きながらさっきの話はどういうことだろうと、私はミストを見上げた。

「こちらのことだ」とミストが言う。私は一つ頷いて、またミストにもたれかかった。

邸に着いて寝台に運ばれた私は、靴を脱がそうと手をかけたミストをぼんやりと見つめる。

「なぜ、あなたが侍女の真似事をなさっているのですか……？」

侍女を呼んでほしいと告げると、ミストが苦笑いを浮かべた。

「さっき話したんだけどな」

いつまでも跪（ひざまず）いたまま侍女を呼んでくれる気配がないので、私は自分で靴を脱ごうと身じろぎした。

すると、私の右手をミストがやんわりと包み込む。

「俺がやろう」

「公爵様のお手を煩わせるわけにはまいりません」

きっぱりお断りしてツンと顔を背けると、ミストが小さく笑った。

「君に手間をかけさせられるなら本望だ。というわけで俺に任せてくれ」

口ぶりは尊大なのに、ミストは私をまるでお姫様のように扱おうとする。

仕方がないので頷くと、彼はそれは丁重なしぐさで私の靴を脱がせたのだった。時間がかかったように感じたのは私の気のせいだろう。

「ブラッドショット公爵様。今日はご招待いただきありがとうございました」

自分では、そのように言ったつもりなのだけれど、実際には不明瞭な口ぶりでお礼を述べた私の隣にミストが腰を下ろす。寝台の軋（きし）む音が、静かな室内に響いた。

「気分は悪くない？」

緩く編み込んだ銀髪に触れながら尋ねてきたミストに向かって、私は大丈夫と微笑んでみせた。

「目に毒だな」

ミストは困ったように笑って、水差しから水を注いだグラスを差し出した。おぼつかない手つきの私は取り損ねてしまう。

グラスの水を口に含んで、ミストが綺麗な顔を寄せてきた。飲ませてくれるのだなと、漠然と感じた。唇が重なって、渇いた口内に水が流し込まれる。

「うん……。これでいい」

満足したように目を細めて、ミストが濡れた私の唇の端を指で拭う。

「もっとほしい？」

「ん……」

間をあけずに、私はこくりと頷いた。

「はあ……。いつもこれくらい素直だといいんだが」

君は見かけによらず強情だから。ぶつぶつ不満をこぼすミストの首に私は腕を回した。早く飲ませてほしい。身体を強(こわ)ばらせた彼に向かって、駄目なのかと私は首を傾げる。

「あとで怒られるだろうな。いや、この様子では覚えていないのか？　それはそれで堪(こた)える……」

ミストの高い鼻梁(びりょう)が、私の鼻先にこすり合わせられる。薄暗い寝室でもわかる、色彩の異なる瞳に束の間見入った。

「俺の理性に感謝すべきだ」

尊大な感じでミストは言うと、グラスを呷(あお)って先ほどよりも性急に唇を重ねてくる。熱(ほて)った身体をどうかしたくて、私は夢中になってねだった。

「ん……」

天蓋の隙間から差し込む光が眩しくて、寝返りを打った。大きな手が、離れたことを咎めるように私を抱き寄せる。温もりに安心して、うとうと微睡み始めていた私は違和感を覚え、ゆっくり目を開けた。

「起きたかい？」

低い声が耳をかすめて、びくりと肩を震わせた私はそちらへ顔を向ける。横になり肘をついたミストが私を見下ろしていた。

「先に断っておこう。俺は何度も止めたんだ」

「え……？」

「でも、君が脱ぎたいとぐずって聞かなかったから」

脱ぐですって……？

私はゆっくりと視線を下ろした。あったはずのドレスもコルセットもない。身に着けているのはシュミーズだけという頼りない姿に愕然とする。しかも、裾がめくれて膝まで全開ではないか。慌てて隠そうとして、私と一つの上掛けに収まっているミストも、何も着ていないことに気がついた。目を合わせたまま固まった私の脚にミストが手を伸ばす。彼は真面目な人だから、乱れたシュミーズを直してくれるのだと思った。

「……っ、あ」

しかし彼は、私の予想とはまったく違う行動に出た。無防備に晒された、日の光に当たったことのない白い膝にミストが指を這わせる。

「や……なに、を」

「何って。散々見せつけられて、一晩中悩まされたんだ。君のせいで眠れなかった」

「それは、すみません……」

謝罪していて、はっとする。

「どうしてあなたが、私の寝室にいるの」

疑問を口にしても、ミストは悪びれる様子もなく涼しい顔をしている。

「ここは俺の邸で俺の寝室だよ。君を早く休ませたいから、王城に近い俺の邸に向かうと説明しただろう」

……そういえば、そうだったかも。父もアイオライトも不在なので、ブラッドショット公爵家に滞在するようミストから勧められたことをうっすら思い出す。やけに侯爵家の事情に詳しいなと感心したのだったわ。

私は未だ膝のあたりに置かれているミストの手を払おうとした。その手に、ミストが長い指を絡めてくる。

「あと、どうしてと訊いたか？　君が俺を放してくれなかったからだよ」

「私が、あなたを……」

そんなことはしていないと言いさして、水を飲ませてとねだったアレや、ドレスを脱ぐのを手伝わせたコレ……。昨晩のことを断片的に思い出した私は、ミストから顔を背けた。両手で覆ってしまいたいのに、彼が指を絡めているせいで敵わない。

覆い被さったミストが目を合わせてくる。逃げ場を探すように視線を下げると、一糸まとわぬ精悍な身体が目に入った。そして私も裸同然のとんでもない姿でいる。見ていられなくて視線を上げ、至近距離にあるミストの形の整った唇に目が奪われる。

　この唇から、口移しで水を飲ませてもらった。自覚したら、頭の中が沸騰した。

「……キスは愛し合う者が行うことだと。あ、あなたには救援措置でも、私には初めてで。もちろん酔っていた私が悪いのです。助けてくださってありがとうございます。でも一度目だって、したことがなくて……。も、もうダメ。どうして裸なの？　お願い、何か羽織ってください」

「一度目？」

　あ、不味い……。

　混乱して止まらない私の言葉を拾ったミストの冷静な声に、私は一瞬で頭が冷えた。そして自分の失態に唇を噛む。うっかり口走ってしまったけれど、まさか時間が戻ったなんて夢みたいな話に感づかれたりはしないだろう。

　でも鋭いミストなら、と思ってしまう。それはつまり。私が過去に酷い失敗をしたことを、ミストに知られてしまうことになる。高潔な彼には絶対に明かせない。

　目を逸らすに逸らせない。互いの瞳の中を探るように見つめ合っていたのはどれくらいか。ドキドキと心臓がうるさい。

　ふと、ミストが表情を緩めた。

「君を困らせるつもりはないんだ。だが、反応があまりに可愛すぎて。だからもっと困らせてみたいとも思ってしまう。初めてか、うん」

「どうか、聞かなかったことにしてください。そそっかしくて、ご迷惑をおかけしました。あなたの前では上手く隠せません。もう、許して……」

王太子の前ではできていたのに。つまらない女だと思われてもよかった。でもミストの前では通用しない。どんどん自分を晒してしまう。

「その、起きようか。このままだと色々と歯止めがきかなくて、君に嫌われてしまいそうだ。すまない。反省してる」

ミストは優しく私を抱き起こして寝台に座らせると、前髪をかき上げ額に唇を寄せた。

「は、反省してると言ったばかりの口でなにを……」

涼しい顔しているミストを涙目で見据える。

苦笑いまじりに私の視線を受け止めた彼の瞳は、今まで見たことがない甘さを宿している。

「すまない」

なんてまた言いながら、ミストは私を抱きしめた。


「そういえば、君には従魔がいないんだな」

日当たりのよい居間の窓から庭を眺めていた私は、差し出されたカップを受け取る。ミストは向かいに置かれた椅子に腰かけると、もう一つの湯気立つカップに口をつけた。

衝撃の目覚めのあと、ミストは侍女を呼び私の身なりを整えてくれた。そのまま帰ると主張した私をミストが押し留め、コーヒーを一杯いただくことになったのだ。

「いなくても、事足りておりますので」

「……本当の理由を訊いても？」

私は足元に寝そべり尻尾をぱたぱた振っているアドニスを見て、それからミストを見つめた。

「大した理由はないのです」

――あれは領地で夏を迎えた頃のこと。乗馬の練習を始めたばかりのアイオライトが馬から落ちてしまった。幸い怪我はしなかったのだけど、恐怖心を抱いてしまい練習をやめてしまう。アフィヨンのような田舎領地の視察に乗馬は必須技能だ。どうしたらいいか考えた私は、落馬した記憶を消す忘却魔術をアイオライトにかけることにした。

「そして、君は成功させたんだね」

「……ええ、成功はしました」

私はミストに弱々しく微笑みかけた。従魔について尋ねたのに、なぜ弟の話になるのか。ミストは先を急かさず待ってくれる。

「つい癖で、呪文を唱えながらここはこうしたらと余計な考えが生じてしまったのです。そのせいで、アイオライトの記憶は落馬した部分だけではなく広範囲に及んで消えてしまいました。元に戻るまで時間がかかったのです」

悪気はなかったのだからと、誰も私を責めたりしなかった。けれど、その事件のあと魔術は使わないと決めた。従魔契約を結ぶには魔物に魔術をかける。だから従魔も必要ない。

脈絡のない私の話を静かに聞いていたミストが口を開いた。

「弟君を想ってのことだったのだろう。ああ、そうか。従魔を持たないのは、うっかり呪文を間違えて魔物を傷つけないためなんだね？」

ぴたりと言い当てられた私は固まった。

いつもみたいにわけがわからないとか、君らしいなと笑い飛ばされると思っていたのに。どうしてわかってしまったのだろう。途方に暮れた私はなんとか取り繕おうとした。

「お世話をするのが大変だからですわ」

「よその従魔にブラッシングまでするのに？　君は嘘が下手だな」

「……」

私は手元のコーヒーカップに視線を落とした。

「誰にでも失敗はあるよ」

「……あなたにもですか？」

顔を上げた私に、ミストは頷いてみせた。

「君の独創的な才能を伸ばせば、もしかしたら優れた魔術師になれたかもしれないな」

「あなたの部下になっていたかもしれないですよ。考えてみてください。毎日忙しくて胃が痛くなるのではないですか？」

「そうかもしれない」

「ええ、そうでしょう」

〝また君か〟

上司になったミストが、悩ましげに溜め息をつく姿が容易に想像できてしまう。私は手つかずのままだったコーヒーをいただくことにした。これを飲み終えたら帰ろう。

「魔術師は男が多い。そういう職場にいる君を毎日心配してどうにかなってしまう。自分でも信じられないが、俺は嫉妬深かったんだな」

「……ご、ごほっ」

ごほごほと咳き込む私の背中をミストの大きな手がさする。気を鎮めようとしていると、隣に座ったミストに当たり前のように抱き寄せられた。

「は、放して……」

「君が落ち着いたらね」

「こうなったのは誰のせいだと」

涙目で見据えた私の抗議をミストはうれしそうに受け止めた。

「俺のせいだから責任を取ろう」

これでは朝の二の舞だ。『寝直そうか』と言って、なかなか解放してくれなくて大変だったのだから。

自分とは違う匂いと体温に慣れてしまうことが怖い。当初の目的を忘れかけていたけれど、私がミストに近づいたのは。

「……リンドヴルム」

ぽつりとこぼすと、ミストは思案顔をした。

「君はアレを従魔にしたいのか？」

「は……い？　さすがに大きすぎて、邸が壊れてしまいますね」

「それもそうか」

互いに顔を見合わせて笑う。妙に空気が和んでしまった。深刻な話をどう切り出せばいいのだろう。ずっと考えてはいたけれど、いざその時になるとまったく役に立たない。

「何か悩み事でも？」

どうやら私は眉を寄せて難しい顔をしていたらしい。

「何も……いえ、どうしたらあなたが私の言うことを聞いてくれるか悩んでいます」

「馬鹿を言わないでくれ。俺は君に敬意を払って、最大限配慮しているつもりだ」

「……どこがです」

未だに腕の中に囲ったまま放そうとしないくせに。胡乱な目で見ると、ミストは苦笑いした。

「これくらい許してほしいな」

ほら、どこが配慮しているというのか。

小さく溜め息をついて、私はミストの肩に頭をのせた。びくりと身体を強ばらせたのを無視して、そっとミストの胸の上に手を置く。

「アフィヨン侯爵令嬢。なに、を……」

私は目を瞑った。手に早鐘のような高鳴りが伝わってくる。ミストも緊張しているのだとわかって、無性にうれしかった。

「これくらい、許してください」

見上げて同じ台詞を返すと、ミストがぐっと息を詰めた。先ほどより心臓が激しく脈打っている。彼が生きている証(あかし)だ。どうか元気でいて、かすり傷一つだって負わないでほしい。

私は心を決めた。

「あの、ブラッドショット公爵様――」

がちゃり――。

予告もなく扉が開かれて、私とミストは同時に扉のほうへ顔を向けた。

前公爵夫人は、一つの肘掛け椅子に収まっている私たちに気づくと、申し訳なさそうな顔をした。

「まぁ……！　ここにいるとは知らなくて。ごめんなさい」

「昨晩からお邪魔しております」

私は真っ赤になりながら夫人に挨拶をした。立ち上がれなかったのは、ミストが腕を緩めてくれないからだ。

「すまないとお思いでしたら、遠慮していただけますか」

ミストの冷ややかな一瞥を無視して、夫人は私たちの向かいの椅子にゆったりと腰かける。そして、扉近くに控えている侍女にコーヒーを淹れるよう告げた。緩く編んだ金髪を首に沿うように流し、目に鮮やかな青のドレスを着こなす夫人は気品に満ちていて、こういう状況でなければ私は見惚れていただろう。

「昨晩のドレスもすてきだったわ。こういう色もあなたには似合うわね、コゼット」

セージグリーンのワンピースを見た夫人が目を細めた。昨晩着ていたドレスは夜会用なので、夫人からお借りしているものだ。

「本当に、お手数をおかけしまして……」

「彼女を困らせないでください」

「あなたと違って、反応が素直で可愛いのだもの。構いたくなるのよ」

すぐに湯気の立つカップが運ばれてきた。銀製のシュガーポットから砂糖を入れ、一口含むと、夫人は微笑んだ。

「こうして美味しいコーヒーがいただけるのはあなたのお家のおかげね。砂糖なしでは苦くて、わたくしにはいただけそうにないわ」

「身に余るお言葉、恐縮です」

そう言ったものの、父は無償でしていた王城への砂糖提供を止めた。対価を払えと主張する父と王家との交渉は平行線で終わったと、アイオライトから聞いている。今後アフィヨンへの風当たりは一層強くなる。こんなふうに夫人から微笑みかけられることはないかもしれない。

あ、もしかして……。

視線を感じてミストのほうを見ると、どこか不機嫌そうだ。

「何を考えていた？」

「昨晩のことを。王太子殿下がダンスを申し込んできたのは、何か私に内密のお話があったのかと思いまして」

アフィヨンの領地は王都から遠く、砂糖の輸送にも不便な土地柄だ。そのため転移ゲートを設置してほしいと王家に要請していた。私が王太子の婚約者候補だった二年間、緊急性がないだとか検討中だとかはぐらかされ続けた。要するに悪用される恐れがあるとか、費用の面で難しいのだろう。アフィヨンには永遠に転移ゲートが設置されることはないと諦めていたけれど、交渉の余地があるかもしれない。

「君が何かしたい気持ちはわかるよ。だが侯爵に任せておくべきだ、いいね？」

「そうですね」

ミストの言うとおりだ。私が余計な手出しをして、王家との関係がより拗れては大変だもの。

「……見事な手管ですこと。上手く騙(だま)したわね」

「まったく。人を詐欺師みたいに言わないでください」

「あら、ごめんなさい」

夫人は愉しげに笑うと、「ごゆっくり」と言い残しアドニスを連れて出ていった。

「さっき何か言いかけていたのでは？」

「……そろそろ失礼させていただこうかと」

私は黒い森でのことを言い出せなかった。

「わかった」

ミストは涼しい顔で頷く。その言葉とは裏腹に、私の腰に回している腕に力を込めた。

「その前に、俺に何か話したいことはない？」

悩み事があるのではと訊いた時と同じ口調だ。ミストに話したいことはたくさんある。でも互いの膝が触れて座っている状況で、落ち着いて話せる自信がない。意識しないようにしていたけれど、彼と同じ寝台で眠ったのだ。……いや、眠ったのは私だけで、ミストは眠っていないと言っていた。つまり、締まりのない私の寝顔を彼に見られたことだろう。心から恥ずかしい。

表情を引き締め私は冷静に告げた。

「かっ、帰ります」

……つもりが、緊張して言葉を噛んでしまった。

「帰ります」

もう一度告げると、離れる気配がまったくないミストがわずかに首を傾げて、「今度はいつ会える？」と尋ねてきた。

「今度……？」

「ああ、いつなら都合がいいだろうか」

彼はまた、私に会うつもりでいるの……？　明日もその次の日も会って、いつか会える日を心待ちにするのが日常になってしまったら？

見向きもされなくなる日が来るかもしれない。今は注意を向けられているけれど、彼の関心が別の誰かに寄せられるかもしれない。そんなことを一日中考えながら暮らすのだろうか。

近づきすぎたのだと、痛いほど感じた。収穫祭の月が終わるまでのつもりでいたのに、私の中でミストの存在が当たり前になろうとしている。

静かに私を見つめていたミストが溜め息をついた。

「君が忙しい人だということを忘れていたよ。是非俺と会える時間を残してくれるとうれしいんだが」

前回ミストに誘われた時に、マリゴールドとの約束がありお断りしたことを気にしているのだろう。大人の彼が見せた、どこか拗ねたような口ぶりに私の心は揺さぶられた。

「……連絡します」

「ああ、待っている」

ためらいがちに返事をすると、ミストは晴れやかに笑って指の背で私の頬を撫でた。

どうしてうれしそうな顔をするの？

なんとか辞去の挨拶を述べて、ミストが用意してくれた馬車に私は逃げるように乗り込んだ。

「ブラッドショット公爵家から使いの者が来ています。どうされますか、姉上？」

「会わないと、お断りしてちょうだい」

アイオライトはもの問いたげな眼差しを寄越して、けれど「わかりました」と執務室を出ていった。

これで何度目になるかしら。

ブラッドショット公爵邸から帰って二週間、私はこんなことを繰り返している。ミストからはひっきりなしに誘いが来るけれど、それらしい理由を付けてすべてお断りしている。もちろん私からは連絡をしていない。

元々ミストとは接点がなかったのだ。今の状況が普通だと言える。それなのにさびしいと思ってしまうなんて、ミストに近づいた当初の目的を完全に見失っている。しかも、肝心なことは何も伝えられていないという悪循環だ。こうして閉じこもっている間に、収穫祭の月の最終日まで一週間になってしまった。

時間がない……。

「本当によろしかったのですか？」

手元の書類から顔を上げると、執務机に腰かけてアイオライトが私を見下ろしていた。ブラッドショット公爵家の使いは帰ったらしい。

「いいのよ。ありがとう、イオ」

「では、浮かないお顔をなさっているのはなぜです？」

アイオライトに指摘され、頬に手をやる。

「……私、そんなに顔に出てるの？」

「無理に取り澄ましているより、良いではないですか」

わかりやすいだとか、嘘が下手だとか、ミストからも散々言われたことだ。そして彼は仕方ないなと私を受け入れてくれる。

避けているというのに、思い出すのは彼のことばかりなんて……。

「姉上？」

「落ち込んでいるところなの」

「午後からの茶会には行けそうですか？」

「大丈夫、任せてちょうだい」

私は冷たい雨が降る窓の外を眺めた。

——一度目の私は午後から開かれる茶会には出席しなかった。なぜなら、二週間前の例の夜会で皇女のドレスに葡萄酒をかけたと疑われて、邸で謹慎していたからだ。その一週間後の狩猟会の日も邸で過ごした。

何も起きなければいい。心の中でそう願いながら、私はアイオライトに向き合った。

「イオと出かけるのは久しぶりね」

「ブラッドショット公爵に嫉妬されそうです」

「……しないと思うわ」

「どうぞ、あなたは何も知らないままでいてください」

なぜここでミストの名前が出てくるの？

アイオライトはどこか遠くを見ながら、「そろそろ準備しましょう」と促した。


午後になり王城に着いた頃には、雨は小降りになっていた。主催者である王妃に無事挨拶を終え、といっても私たちを見る王妃の目は正直で冷ややかなものだった。さすがに思慮深い方なので、直接何かおっしゃったりはしなかったけれど。

マリゴールドは領地に帰っていていて今日の茶会には出席していない。このあとどうしようか思案していた時だった。

「よく顔を出せたものね」

一瞬聞き間違いかと思った。

テーブル席から声をかけてきたのはライナード伯爵令嬢だ。一応私は侯爵令嬢で、親しくしているならいざ知らず、まったく親しくない彼女のほうから身分が上の私に話しかけてくるのは礼儀に反している。このまま無視してもよかったけれど、私は歩みを止めた。

「なんのことかしら？」

ライナード伯爵令嬢が、可憐な顔を思いきりしかめた。

「しらばっくれるの……？　お忙しい国王陛下ご夫妻やユージン様を煩わせるなんて、この悪魔」

私はライナード伯爵令嬢が座っているテーブルを一瞥（いちべつ）した。飲みかけの紅茶に食べかけの焼き菓子。

どれにもアフィヨン侯爵領で作られた砂糖が使用されていることだろう。私の視線に気づいた彼女の取り巻きたちは一斉に下を向いた。

「おっしゃるとおりなら、あなたは悪魔が作ったものを召し上がったことになるわね」

「ぶはっ」

俯き（うつむ）がちにアイオライトが肩を震わせる。

反論されると思っていなかったライナード伯爵令嬢は、みるみる顔を真っ赤にした。

「な、なんですって……」

「都合がよすぎると言っているんだ。先ほどの姉上への発言は侯爵家に対する侮辱と受け取る。そこまで言うのなら、絶対に口にしないという気概を見せてほしい」

言動がちぐはぐじゃないかと冷たく笑ったアイオライトに、ライナード伯爵令嬢は顔を蒼（あお）くする。

「行きましょう、イオ」

「しかし。よろしいのですか？」

「ええ」

数日前、正式にアフィヨン侯爵家は王家派から離脱したのだ。ライナード伯爵令嬢だけではない。今日王城に着いてから、私は久しぶりにたくさんの冷たい視線を向けられた。ここ最近はミストが傍（そば）にいて悪意から守られることに、私はすっかり甘えていたのだろう。

「――姉上」

「ごめんなさい、ぼうっとしていたわ。どうかして？」

はっと我に返った私はアイオライトを見上げ、弟が見ている後方を振り向いた。同じように王太子がこちらを見ていて、私はきょとんとする。

「すれ違ったのですが、お気づきにならないようでしたので」

「……全然気がつかなかったわ」

アイオライトが呼び止めなければ、そのまま通りすぎていただろう。「ぼうっとしていたから」と言い訳すると、「それはさっき聞きましたよ」とアイオライトから冷静に返された。

こちらへと歩み寄ってくる王太子に私は頭を下げる。

「君と話がしたい」

「お伺いします」

「……いや、ふたりで話したいんだ。少し時間をくれないか？」

私は顔を上げて王太子を見つめた。

「わかりました」

どこか場所を移してとか、部屋を用意してとか、この不思議な対応はなんなのだろう。もちろんすべてお断りした。王太子が話したい内容はわかっている。

「王家派を抜けると届出があった」

「今後も王国民として、王家を支えていくことに変わりはありません」

用意していた台詞を告げる。王太子は釈然としない様子だ。それより私は皇女のことが気になっていた。なぜ一緒ではないの？

「あの、セラフィーヌ皇女殿下は？」

尋ねてみると王太子は金色の瞳を瞬かせ、そして口を開いた。

「彼女は留学という名目でハイアシンスに滞在している」

「……ええ」

そんなことは誰もが知っている。察しの悪い私は首を傾げ、王太子を見つめた。

「だが王城や社交の場に身を置いて本分を果たしていないと、一部の貴族から不満の声が上がっている。だから今日の茶会への出席は控えた」

王太子が語ったのは、一度目とはまったく違う皇女を取り巻く状況だ。

「見知らぬ国で不慣れなこともあるかと。殿下が補って差し上げたらよいのではないですか。だって、殿下とセラフィーヌ皇女殿下は一目で惹かれ合ったのでしょう？」

ふたりは運命の相手なのだから。

呆気に取られた顔で私の話を聞いていた王太子が言った。

「君はいったい……」

冷静になった私は王太子から顔を背けた。私ったら何を必死になっているのだろう。

「急に婚約者候補を降りたことを疑問に思っていた。彼女のことを気にしてか」

「違います」

そうだったのかと、したり顔で頷く王太子の言葉を私はすぐに否定した。すると王太子が眉をひそめる。

「ではミストか」

「ブラッドショット公爵様は関係ありません」

ミストの名前を聞いて、揺れた私のわずかな心の機微を王太子は見逃さなかった。

「君は俺に見せたことがない表情をミストには見せている。俺は君を長く知っているが、それはミストも同じだ」

「何が、おっしゃりたいのでしょう」

「君とミストのことが噂になっている。ミストとは以前から親しくしていたのか？」

「あの方は。ブラッドショット公爵様は誠実な方です……！」

声が震えた。王太子の婚約者候補だった時期、違う、もっと以前からミストは私に近づきもしなかった。不貞があったかのような口ぶりが、ミストの人格を侮辱されたみたいで許せなくて、つい反論してしまった。

ふと思い出したのは、時間が戻ったあの騎士の間でのことだ。一度目のあの日、ミストはいなかった……。しかも、それまで私の挨拶さえ無視する徹底ぶりだったのに、なぜあの日に限って声をかけてきたのだろう。

「夜会のあった日と今日。君が俺に言い返すのはこれで二度目だ。ミストは可愛いと言っていた。こういうことだったのか？」

「大変申し訳ありませ……え？」

咎められるかと身構えていたのに、王太子は食い入るように私に見入っている。

「俺は君のことを何も知らなかったようだ。もっと君と話がしたい」

「は…………い？」

理解が追いつかず、私はまじまじと王太子を見つめる。この人は何を言っているの？

唖然としていると、王太子が一歩距離を詰めてきた。けれど次の瞬間、後ろから肩を抱かれ大きな手に視界を覆われる。

「ユージン。話がしたいなら俺が聞こう」

耳をかすめる低い声に喉が震えた。尊大な口ぶりが懐かしく思えるなんてどうかしている。

「今、コゼットと話している。終わるまで待て、ミスト」

「許可できない」

「彼女と話すのに、なぜお前の許可が必要なんだ」

「俺は自分が大切にしているものに干渉されるのが大嫌いだ。お前はよく知っているはず。待て、コゼットのことは家名で呼べと言っただろう……」

そういうあなたが名前を呼んでいるくせに。

目を覆う手を外して振り仰ぐと、色彩の異なる双眸（そうぼう）と視線が絡んだ。ふわりと身体が浮く。ミストは私を軽々と抱き上げると歩き出した。


ミストは無言を貫いたまま歩き続け、やがて人気のない回廊に着くとゆっくり私を下ろした。雨の匂いがどこにも満ちている。

王城勤めの魔術師が着る濃紺色のローブ姿なので、もしかして仕事を抜けてきたのだろうか。そろりと距離を置こうとした私を、ミストは石壁に手を突いて足止めした。

「二週間だ」

「あ、あの……」

「君の邪魔になりたくないから、友人との予定を優先してくれと言ったが。まさか、二週間も放っておかれるとはね」

「お忙しくしていると、聞きました」

「ああ、確かに忙しかった。だが君と会う時間は作るつもりでいたよ」

補佐官の仕事だけでなく、公爵としての務めもあってミストは忙しい人だ。邸を訪れた公爵家の使いの者がミストは多忙にしていると話したそうだ。アイオライトに教えてもらった。連絡すると言った私が連絡を絶ち、あろうことか無視し続けたのだから、ミストのお怒りはごもっともだと思う。

遠回しに〝冷たい〟とミストに言われた私はなんとか反論する。

「時間を作るなんて……。あなたは私に会いにいらっしゃらなかったわ」

「何度も邸を訪ねようとした。鬱陶しい男だと君に拒絶された場合を考えて控えたんだ」

私は口を閉ざした。ミストと不毛な言い合いをしたかったわけではない。たった一言、ごめんなさいと言えたら……。

「コゼット」

ミストを視界に入れまいと、あらぬ方向を見ている私を彼が呼んだ。自分を見ろと――。

不意打ちで名を呼ばれ、頬がかっと熱くなる。他人には禁じるくせに、当然の権利のように私の名前を呼ぶなんて傲慢だ。返事をしないでいると、焦れた指先が私の顎を掬い上げた。よりによって手袋をしていないミストの手は冷んやりしている。私はできるだけ無表情を作ってミストを見つめ返した。

つもりだった。でも、できなかった。

「なんて顔をしてるんだ……。君に会ったら、どうお仕置きしてやろうか考えていたのに。もう何も言えなくなったじゃないか」

会わなければ忘れてしまえると思っていた。なんて愚かだったのだろう。顔を見なかったこの二週間で、より鮮明に思い知らされてしまっただけだ。

ミストは私を腕の中に閉じ込めると、頭の上にそっと口づけてきた。拒まなければいけない。頭ではわかっているのに、すぐ傍に感じる彼の体温に私の心は喜びで満たされてしまう。

視線を伏せたままでいると、額にゆっくりと唇を押しつけられた。ミストの長い指が、湿気のせいでうねってしまった私の髪を耳へとかける。会うつもりはなかったから髪は結わなかった。ミストが顔を出すとわかっていたら、こんなじゃなくてきっちり編み込んでもらったのに。

顔を上げ、私と違って雨の日もさらさらしている黒髪を見ていると、ミストと視線が絡んで目尻に形の整った唇が押し当てられた。

互いの吐息が重なって、唇が触れようとしたその時――。

私はミストの口元を両手で覆った。

まっすぐな眼差しがなぜだと咎めている。私はミストから顔を背けて、引きずられそうになる想いを断ち切った。今、彼に話そう。だから落ち着かなければ。

腕を伸ばして押すと、ミストはあっさり後ろへと下がった。これでいい。私は乾いた唇を舐め、緊張しながらミストを見上げた。

「大切なお話があります。聞いていただけますか……？」

話が途切れて、雨の音だけが聞こえる。

「ああ、もちろん」

「ありがとうございます……」

ミストが頷いたのを確認すると、私も頷き返した。

彼のことだ。これから話す内容を、なぜ私が知っているのか疑問に感じるだろう。そして必ず『なぜ』と尋ねてくる。時間が戻ったことを押し隠すため、私は夢を言い訳にすることに決めていた。夢のせいにしてしまえば、うっかり失言しても言い逃れできるはずだから。

「私には繰り返し見る夢があります。一週間後に予定されている、狩猟会での出来事なのです――」

狩猟の最中リンドヴルムに遭遇すること、脚を負傷すること、その負傷が原因で補佐官を辞めること。一度目に黒い森で起きた出来事を、夢で見たという前提でミストに告げた。

話し終えても不安はちっともなくなってくれない。鬱々としたまま、私はミストが何か言うのをひたすら待つ。

しばらくして、じっと私を見つめていたミストが口を開いた。

「君にいくつか質問してもいいだろうか？」

「……はい」

私はゆっくり頷いて、ドキドキと脈打つ胸のあたりをぎゅっと掴んだ。

「俺の記憶では、この百年、王国で先詠みや夢見の能力を持つ者の届けは出されていない。君の家系にも、そういった術者はいないと認識しているが？」

「おっしゃるとおりです。わが家は平凡な家系なので、特別な能力を有する者はいません」

そこまで言いかけると、ミストが微かに笑った。

「平凡だとは言っていないよ。夢か、なるほど」

何か熟考していたミストが笑みを深める。

「それで、君の夢の中で俺はどんな装いをしていた？」

「よ、よく、覚えていません……」

「覚えていない？」

私は謹慎中で邸にいたため、直接ミストを見ていない。怪我のことはあとから人づてに知った。当日彼は甲冑を着用していたのだろうか、それとも今みたいにローブ姿だったのだろうか。

彼ならどんな姿でも人目を惹いたはずだわ……。

「君が話してくれた夢は極めて精緻な内容だった。だが、俺の装いに関しては曖昧なんだな」

「え……？」

「ん……？」

私が首を傾げると、ミストも同じように首を傾げ黒髪がさらりと揺れた。

私はじわじわと、自分の愚かさを理解し始めていた。ミストの指摘はごもっともだ。かつて西の塔を訪れた彼が脚の具合について教えてくれたことがあり、描写が詳細すぎた。一方で装いについては何も言えないなんておかしい。適当に答えてしまえばいいのだろうか。

けれどもそれ以上は触れず、ミストは質問を重ねてきた。

「教えてくれ。君が俺に近づいたのは、このことを伝えるためだったのか？」

「はい。あの時はご迷惑を考えず、職場まで押しかけたりして申し訳ありませんでした」

「そうか、別に構わないよ」

ミストの口調は淡々としていて、でも彼が不機嫌になったことに私は気づいた。構わないって口では言っているのに、嘘ばっかり。

「……最初に近づいてきたのは、あなただわ」

「俺が、なんだって？」

思わずこぼした不満に、ミストが目を瞬かせる。

ずっと無視していたくせに、近づいてきたのはミストが先だ。あの夜会の夜と、茶会の席で私に声をかけてきたのはミストのほうだもの。

「なんでもありません」

「なんでもないって顔じゃない」

ミストが手を伸ばす。咄嗟に私は彼の手を避けるため、後ろへと下がり石壁に背中が当たった。気まずい沈黙が降りる。空いている自分の手を見ていたミストが口を開いた。

「君が俺を誘ったのは、黒い森に行かせないため？」

「バカなことを言う女だと思ってくださって構いません。私はあなたに気をつけてほしいとお伝えしたくて。今後は近づいたりしませんから、どうかご安心ください」

これで私の役目は終わった。彼を救いたくて近づいたけれど、これからは以前の関係に戻るだけ。

「あの、私の話を聞いてましたか……？」

私は困惑しながら髪を撫でてくるミストを見上げた。

「聞いていたよ。俺が君の声を聞きこぼすはずないだろう」

「でしたら、離れてください」

「婚約者に触れたいと思うのは当然の感情だと思わないかい？」

「……まだ婚約者ではありません。そのお話でしたらこの場でお断りいたします」

一息に言い切った私は、先ほどと同じようにミストの身体を押しやった。けれども動く気配すらなく、腰に腕を回したミストに引き寄せられてしまう。

「ブラッドショット公爵様……！」

「婚約を断る理由を教えてくれないか？」

「……理由、ですか？」

訊き返した私にミストは「そうだ」と頷いて言い添えた。

「先に断っておくが、あなたに相応しくないからとか、家がどうとかそういったのは受け付けないから」

お願いだからこんな時に尊大な感じを出してこないでほしい。受け付けないなら、理由など訊かなくていいでしょう？

途方に暮れた私は全力でお断りすることにした。

「あ、あなたが嫌い……だからです」

心にないことを言えるはずない。私はあえなく失敗してしまった。

「よく聞こえなかった。もう一度言ってくれないか？」

「さっきは聞きこぼさないと言っていたわ……！」

「すまない」

そう言って、ミストは綺麗(きれい)に微笑(ほほえ)んだ。

これは絶対に聞こえている、私はそう確信した。けれど彼の望むようにしないと放してくれない気がする。

「あ……あなたが」

身体を屈めたミストに瞳の中をのぞき込まれて、私は目を瞑ってしまいたくなる。

「あなたがっ……」

「うん」

「あなたが嫌いです」

胸が締めつけられて苦しい。きゅっと噛んだ唇をミストの指が優しくなぞった。

「熱に浮かされたみたいな顔して言うことじゃないよ、コゼット」

そっと胸元を手で押すと、ミストは簡単に引き下がり私から距離を取る。離れていく体温を恋しく思うなんてどうかしてしまったに違いない。私は一つ呼吸をして、ミストに向き合った。

「どうぞ今後は家名でお呼びください、ブラッドショット公爵様」

そうして踵を返し回廊を歩き出した私をミストが後ろから呼び止めた。

「コゼット。夢なら俺も見るよ」

意味深な言葉に私は立ち止まって振り返る。

ミストは私が振り返ったことに安堵したように静かに微笑んだ。

「……どのような夢ですか?」

「君の夢」

心臓が軋む思いで尋ねたのに。

ミストから返ってきた答えに私は困惑させられる。

「揶揄（からか）わないでください」

「君の悩みを教えてくれないか？　俺には解決できると約束しよう」

私はミストを見つめていて既視感を覚える。いつか同じことがあった。あれは公爵邸に滞在した時だっただろうか。それとも。

「お気持ちはうれしいのですが、私は悩んでいません。なぜそう思うのかわからないわ」

「なぜだろうね？」

はぐらかすくせに、含みを持たせた口ぶりと確信めいた眼差しに怯（ひる）みそうになる。心の動揺がミストに知られないように表情を引き締めると、私を見ていたミストがゆったりと笑った。

「狩猟会には来てくれるのだろう？　君に一番の戦果を捧げよう」

ミストが仄（ほの）めかしているのは、狩猟で得た獲物を想いを寄せる女性に捧げる王国の習わしのことだろう。既婚者は妻に、婚約している者は愛する婚約者に、あるいは意中の者に。一度目の記憶を頼りに彼に近づいた私にはその権利がない。

「とても残念だわ。私は出席いたしません」

にっこりと微笑み返すと、ミストは目元を赤らめた。そういう顔も可愛いという声が聞こえた気がする。これ以上ミストがおかしくなる前に彼から離れたほうがいい。

「では、いつ会える？」

「個人的にお会いすることはないでしょう。……どうかご注意ください、ブラッドショット公爵様」

ミストが何か言う前に、私は逃げるように雨の回廊をあとにした。

「姉上、ずっと邸にいて退屈ではないですか？」

執務室の長椅子でぼんやりもの思いにふけっていた私はちょっと考えたあと、「とても愉しいわ」とアイオライトに返した。

「かなりの間がありましたよ。外出する予定はないのですか？　……公爵と」

「アイオライト、いつブラッドショット公爵様と親しくなったの？」

以前はもっとミストを警戒していたのに、急に外出しないのかと言い出すなんて。訝しげに見ると、アイオライトは困ったように眉尻を下げた。

「取引先ですからね。親しくとかそういったものではありません。何度か会って話し合う機会がありましたが、とても真面目な方でした。それに、公爵といる時の姉上は愉しそうです。以前のあなたとは全然違う」

以前のとは、王太子の婚約者候補だった頃の私のことだろう。アイオライトの言うとおりかもしれない。あれだけ避けようとしていた王城もミストがいたから平気だった。苦いコーヒーも美味しく感じた。何気なく交わした会話さえ懐かしい。

……ダメ！

私は頭を振って浮かんできたミストとのあれこれを打ち消した。

「真面目な方というのは同意するわ。ねえ、ところで取引先って……？」

「こほんっ……。つまらないことですから、どうぞお気になさらず。ところで、どなたかとお会いする予定はないのですか？」

どなたか、がミストを限定しているのはバレバレだ。

会うも何も、雨の回廊で別れたきりミストからはなんの連絡もない。婚約の件はお断りしたし、もう会わないと突き放したから当然のことだ。

返事に困った私は読みかけの本を読んでいるふりをすることにした。

「逆さまですね」

隣に腰かけたアイオライトが本をひっくり返して正しい向きにする。

「公爵から連絡がないなら、あなたから連絡をすればよいではないですか」

「ブラッドショット公爵様はお忙しいお方なの。これでよかったのよ」

自分に言い聞かせるように声に出すと、アイオライトは私の顔をのぞき込んできた。

「ではなぜ、悲しそうなお顔をするのですか……？　ここ数日ずっとです」

「別に悲しくないもの」

そうですね、と苦笑いしながらアイオライトは手を伸ばして私の頭を撫でた。

アイオライトが出ていったあとも、私は長椅子に腰かけたまま雨に濡れる庭を眺めていた。

一度目も狩猟会の前日は雨が降っていた。夜になると、雷が鳴り雨粒が跳ねるほどだったことを覚えている。日中でも陽光が届きにくい森の奥は、闇に包まれたみたいに真っ暗だろう。その場所に魔物が潜んでいる……。

木立の下で何か動くものがあり、私は目を凝らす。

そこにはアドニスが佇んでいた。帰る邸を間違えてしまったのだろうか。立ち上がった私は、掃き出し窓を開けて従魔を手招きした。

「濡れてしまうわ。こちらにいらっしゃい、アドニス」

雨の庭を従魔はゆったりと歩き足元にやって来た。私は頭をひと撫でして、身体を拭いてやるものはないか室内に視線を巡らせる。

「寒いでしょう、少し待ってね……え？」

従魔の身体が光に包まれて、次の瞬間にはしっとり濡れていた毛が乾いていた。さすがミストに仕えているだけある。従魔は金色の瞳を輝かせると、唖然としている私に向かってブラッシングを所望した。

「あなたのご主人様は元気にしてる……？」

訊いてみて、未練がましいと自分でも呆れてしまう。それからはブラッシングに集中した。やがて従魔が満足すると私は手を止めた。

「もうここへ来てはダメよ。迷い込んでも次は知らん顔するから。雨が強まる前に、ご主人様のもとに帰りなさい」

従魔は意味がわからないのか、不思議そうに瞬きする。私は手を伸ばしてやわらかい毛の感触を心に刻みつけるように撫で続けた。


雷の音に、はっと目を見開いた。

どうやら長椅子に座ったまま、いつの間にかうたた寝してしまったらしい。従魔の姿はなくなっていた。激しい雨音が窓の外から聞こえる。一度目と同じだとぼんやり思う。それなら、きっと夜明け前には小降りになり、ミストが黒い森に足を踏み入れる頃には澄んだ空が広がるはずだ。

起き上がった私は自室へ戻り、寝台にうつ伏せのまま横になった。

　空が明るくなり、遠くで小鳥の声がする。

　あれから一睡もできなかった。寝台から出て窓の外を眺める。前日の雨が嘘のような、絶好の狩猟日和だ。迷ったのは一瞬だった。一度目の今日は訪れなかった王城に行く準備をするため、私は侍女を呼んだ。


　目的はミストの無事を確認することなので、狩猟開始の時間からかなり遅れて私は黒い森を訪れた。会場にはテントが立ち並び、貴婦人たちが社交を愉しみながら、参加者たちの帰りを待ちわびている。狩猟で得た獲物で豪華な食事を振る舞うため、会は夜遅くまで続く。

　芝を踏み分けながらどこで時間を過ごそうか思案していると、テントから呼ぶ声がした。

「こちらへいらっしゃい、コゼット」

　テーブル席から手招きしている友人の姿に目を瞠る。信じられない面持ちで、私はマリゴールドに抱きついた。

「マリ、いつ王都へ戻ってきたの？」

　しばらく領地で過ごすと言っていたはずだ。

　マリゴールドは私を宥めて椅子に座らせると、自分も隣の席に腰を下ろした。

「今朝戻ったの。酷い雨だったから大変だったわ。急いで支度をしてあなたに会いたくてここへ来たのに、いないんだもの。……元気なの、コゼット？」

「ええ。あなたが戻ってくれてうれしいわ」

会えない間も互いの近況報告はしていた。……ミストとの婚約を断ったことも。

ご存じかしら、とマリゴールドが首を傾げる。

「公爵はね、あなたをずっと見ていたの」

「え……？　ええ、危なっかしくて目が離せないとよく叱られたわ」

「ふふ。わたくしが言いたいのは、もっとずっと昔のことよ」

そう言って、マリゴールドは悪戯（いたずら）っぽく目を輝かせる。

「社交の場に顔を出した時は決まってあなたを見ていた。内緒にしていたけれど、わたくしの密（ひそ）かな趣味は人間観察なの。あの人、隠すのが上手だから誰も気づいてないと思うわ」

私は呆然（ぼうぜん）としながら疑問を口にした。

「マリ。ずっと昔っていつ？　なぜ今言うの？」

「あなたが元気なさそうにしてるからよ。公爵に直接訊いてみたらいいわ」

マリゴールドがそれはそれは魅力的に微笑んでみせた。

会場が騒がしくなり、私とマリゴールドは顔を見合わせる。

「そろそろ狩猟に行った方々が戻る時間よ。皆がざわついているのはそのせいね。あなたも出迎えて差し上げたら？」

「私はここでいいわ。無事なお姿を見たらすぐ帰るから」

「……無事？」

「あ、いいえ。お茶のおかわりはどう？」

「ええ、ありがとう」

私は震える手でポットを持ち、マリゴールドと私のカップにお茶を注ぐ。

「コゼット、溢れているわ」

「ご、ごめんなさいっ」

慌てる私の手に、マリゴールドが手を添えてポットをテーブルに置いた。

「たくさん飲みたい気分だったからちょうどいいわ」

そうしていると、会場はますます騒がしくなってきた。

「……魔物と出くわしたらしい」

「王城の魔術師がこちらに向かっている」

聞こえてきた声に私はテントの外へ出た。遠くで女性の悲鳴が上がった。ひとりではない、複数のものだ。頭が真っ白になった私は駆け出していた。

人集りの向こうにミストの姿を探す。背が高い彼はすぐに見つかった。

「ブラッドショット公爵様……！」

顔を上げ、私にゆっくりと視線を向けたミストの頬には真っ赤な血がこびりついている。白い隊服はあちこち破れて血だらけだ。

「通して……。お願い、通してください！」

私は無我夢中で人の壁をかき分けていく。

ようやくミストと向き合うことができた私は、その姿を見るなり傍へと駆け寄ろうとした。騎士や魔術師にもたれかかるようにして身体を支えられていた彼は、険しい表情をしたまま腕を前に突き出した。

「待て、コゼット。俺に近づくな……！」

抱きつこうとした私をミストは拒絶した。

ぼろ、と大粒の涙がこぼれた。

緊張した面持ちで私を見つめていたミストが大きく目を見開く。

「な……ななななぜ泣いているんだ。酷いことをして君を泣かせたのは、どこの誰なんだ。教えてくれ、俺が仕置きしてやる」

「あなたです」

「そうか、俺……。は？」

少しの沈黙のあと、ミストが「は？　俺……？」と繰り返す。

険しかった表情が、先ほどまでとは一転して困惑している。

「待ってくれ……。俺は君の言いつけを守り、この一週間会うのを控えていた。泣くほど酷いことをした覚えがまったくないんだが……」

ぼろぼろと涙をこぼす私にミストは狼狽(うろた)えだした。

「頼むから泣き止んでくれないか。俺が悪いなら君がいいと言うまで謝るよ。だが、君の泣き顔をその他大勢の男たちの前で晒すなんて耐えられない。それは俺だけのものだろう」

ミストのおかしな言動に、普段の冷徹な彼を知る騎士や魔術師たちが唖然としている。中には口を開けている者までいるのに、ミストは周囲のことなど無関心で私だけを見ている。

「泣かないでくれ……」

「……あ、あなたが近づくなとおっしゃったから」

私はぐすっと鼻をすすった。一度目は、どんなにつらい時だって人前で泣いたことなどない。もう近づかないと宣言したのは自分なのに、ミストに近づくなと拒絶されて泣いてしまうなんて身勝手だ。

成り行きを見守っている騎士や魔術師たちの視線が、私からミストへと向かう。

ミストはこれ以上ないくらい大きく目を瞠り、まじまじと私を見つめている。

「だから、泣いていたのか……？　本当に君って人は」

がっくりと項垂れたミストを騎士たちが慌てた様子で支える。伏せていた視線を上げ、再び私に向き合ったミストは悩ましげな顔をした。

「近づくなと言ったのは君が汚れてしまうからだよ。血の臭いが酷いから傍に来ないほうがいいと思ったんだ。こんな姿を君には見せたくなかったのに、初動で手間取ってしまった。かっこ悪いな、俺」

そんなこと気にしないのに。ミストを見つめたままぎゅっと眉を寄せると、彼はぐっと息を詰まらせた。

しばらく悩んでいたミストが身体を支えている騎士たちに何事か囁く。彼らが後ろへと下がると、上体を前傾させていたミストは姿勢を正し、私に向かって両手を広げた。

「おいで、コゼット――」

言い終える前に、私はミストの胸に飛び込んでいた。

無事を確かめたくて、ミストの身体を抱きしめた。噎せるような血の臭いがする。でも私が知っているミストの体温と匂いも感じて、彼の背中に回した私の手に力が入った。びくり、とミストが身体を強ばらせたのが伝わってくる。それでも私は手を緩めなかった。

そわそわと忙しなく背中でさまよっていたミストの手が、やがて私を抱きしめた。

「お怪我は？　治療が必要なのではないですか？」

「大丈夫。……左脚も無事だよ」

「そう、なのですね……」

私の耳元で囁くと、ミストは手を上げ、後ろに控えていた騎士に合図した。私は何か引っかかるものを感じる。

「でも、血が……」

「俺のものではない。ああ、汚してしまったな」

ドレスに付いた血を見て、ミストが顔をしかめた。

「構いません。あなたの血ではないならこれは一体……」

「俺が構うんだよ。お詫びと言ってはなんだが、君は気に入ってくれるだろうか」

騎士がミストに差し出したのは金の鳥籠だ。中で何かが動いている。私は目を凝らした。蝙蝠みたいな翼。うろこ状の皮膚に覆われた硬い身体。小さな口に見え隠れする鋭い牙。知っている生物ではある。ただし、とてつもなく小さい。

「ブラッドショット公爵様、これは……」

「君と約束していたものだよ。どうやって仕留めるか悩んだが、君の助言に従い魔術で小さくすることにした。初動で手間取ったせいで傷つけてしまったが治癒済みだ」

「……小さくする魔術なんて聞いたことがありません」

「うん。だから俺が考えた」

考えた……？

世界に魔術文と魔術名は決められたものしか存在しない。ミストは魔術の理論や自然の理に反することを具現化してしまったというのだろうか。

私は信じられない面持ちでミストを見つめて、鳥籠を怖々指差した。こくっと唾を飲む。

「ではこれは。……リンドヴルム？」

「ああ。ちょっと躾が必要だな」

鳥籠の中のリンドヴルムは威嚇するように火を吹いた。身体に見合ったその火はとても小さなものだ。

ミストは恭しく片手を胸に当てて頭を下げると、鳥籠を私に差し出した。

「コゼット・アフィヨン侯爵令嬢。あなたに受け取っていただきたい」

「……はい」

受け取った瞬間、周囲からは大きな拍手が贈られる。拍手が鳴り止まないなか、ミストは整った唇の端を緩く持ち上げると、うっとりと告げた。

「俺のすべてはもう君のものだ。この場にいる者が証人になってくれる」

絡めとられてしまいそうな激情を宿した笑みに、私は思わず後ずさりする。次の刹那ミストが苦しそうに胸を押さえたので、私は我を失った。

「ブラッドショット公爵様……！　どこか痛むのですか？」

動揺する私の腕をミストが掴んだ。鳥籠が揺れて、中にいるリンドヴルムが非難めいた鳴き声を上げる。

「捕まえた。もう放さない。絶対にだ」

「じ、冗談はやめてください！　私は本当に心配して……」

掴まれていないほうの手でミストの胸を叩くと、ぐらりとミストの身体が傾き、私のほうに倒れかかってきた。私を見つめるミストの双眸はいつものように凪いでいて、先ほどの熱を宿した眼差しは私の気のせいだろう。

「すまない……。どこも怪我はしていないが、魔力を使い果たしてしまった」

「それを、早くおっしゃってください……！　あまりに普段どおりのご様子なのでわかりませんでした」

「君はいつも俺を完璧な男みたいに扱ってくれるから、魔力切れなんてかっこ悪いところを見せたくなかったんだ」

私は何も言えず、肩に頭をもたせかけてくるミストの黒髪をそっと撫でた。いつもはさらさらの髪も、返り血のせいでところどころ固まっていて胸が痛い。

「ユージン様……！」

皇女の声がして周囲に視線をさまよわせると、少し離れた場所に王太子が立っていた。私は目を丸くする。ミストのことばかり気がかりで王太子がいることにまったく気づかなかった。では彼も狩猟に参加していたのだろうか。

「セラフィーヌ」

「ひっ」

駆け寄った皇女は、王太子が着ている騎士服に魔物の血がこびりついているのを見た瞬間、気を失って仰向けにパタリと倒れてしまった。突然のことにあたりが騒然となる。繊細な皇女には衝撃的だったのかもしれない。呆気に取られて眺めていると、ミストが私の手から鳥籠を取り、控えていた騎士のひとりに渡した。

「行こう。アレは俺たちには関係ないことだよ。君を抱きかかえていきたいが、今はこれが限界みたいだ。許してくれるかい？」

私を引き寄せたミストが、途方に暮れた面持ちで私を見つめてくる。

「あの、大丈夫ですか？」

半ば呆然としているミストに私は問いかけた。ミストは頷いたけれど、心ここにあらずといった様子で口を開いた。

「まただ……。俺は君に同じことを話したことがあった……？」

「いいえ？　魔力切れを起こしているなら、早く休んだほうがよいと思います」

「……ああ、わかった。そうしよう」

今度こそミストは私を抱えたまま歩き出した。

歩き出してすぐに私は王太子と皇女を囲むグループの中にマリゴールドの姿を見つけた。私と目が合うと満面の笑みで手を振ってきたので、恥ずかしいけれど私も手を振り返した。

「……今日の装いは魔術師団の隊服に帯剣、ローブではなくマントだったのね」

馬車の中でぽつりとこぼした私の頭をミストが愛おしげに撫でる。ミストは馬車に乗ってからも私を放そうとせず膝の上に座らせた。

「魔力がほしいのですか？」

「ああ、ほしいよ。でも今はいいんだ」

また頭を撫でたミストの指が銀髪を梳く。

「綺麗な髪を汚してしまった。邸に着いたら俺が洗ってあげる」

「……お気になさらず」

「遠慮しないで。もう限界なんだよ。今日俺の妻になってくれるね？」

「つま……？」

なんだかものすごく不可解な発言が聞こえた。理解が追いつかず固まった私の銀髪にミストは唇を寄せた。

「君に選んでほしいと言ったのは、俺がこうなったら歯止めが利かなくなるからだ。待てと君が言うならそうしたいが、すまない、もう無理だ。一日だって放してあげられない。俺と結婚して妻になって傍にいて」

ミストの瞳には決然とした光が宿っている。何を言っても覆りそうな気がしない。私はなんとか逃げ道を探した。

「ま、待ってください。落ち着いてきちんと話し合いましょう……。結婚は早すぎませんか？」

「ついさっき俺の心配をしてまっすぐ胸に飛び込もうとしてきた君のあの顔を見たら、これ以上話し合う必要があるとは思わないが。いいよ、話し合おうか。君は何が不安なんだい？」

「あの時は必死で……。結婚はあなたに見合った方としてほしいと思います」

「もちろんそのつもりだ。だから君とする」

もうどうしたらいいのかわからない。何か言えばもっと逃れられなくなりそうで、私はきゅっと唇を噛んだ。

「コゼット。家名で呼べだなんて言ったりして酷いな」

ミストの指が噛んだ唇を解く。名前を呼ばれただけで、全身がかっと熱くなる。

「ほら、また同じ顔をしている」

頬を両手で包み込まれて、もう思考停止寸前だった。

「あ、あなたは、私のことを嫌っていないとおっしゃった。でもそれは、私ではない誰でもいいということでしょう……？」

「……」

ぽかんと私を見つめていたミストが黒髪をくしゃりとかき上げた。

「嘘だろう……。君って人は壊滅的に洞察力がないな」

「え……？」

「まだユージンが忘れられないなら、君がいいと言うまで待つつもりでいた。そんなのは綺麗事にすぎなかったが」

「あなたは私のことが……」

好きなのですか？

言葉にする直前、恥ずかしくなり唇を引き結んだ。ミストの指が、赤く染まっているであろう私の頬をくすぐる。

「俺のは、君が考えているよりずっと重たいものだよ。君の視界に俺以外の男が入るのも許せないんだ。もし君の心に他の男がいるなら、今すぐ俺で満たしたい」

ミストの紡ぐ言葉が、私が言いかけようとしていた言葉の持つ意味以上に重く響く。

彼に会わなかった間に痛いくらい思い知らされた。この感情を、私は過去に捨ててしまったはずなのに。

「ダ、ダメです……」

「何がダメ？」

私はミストの袖をぎゅっと掴んだ。

「本当は関わるつもりはなかったんです。あなたが今日を無事に終えたあとは、私は領地で暮らすつもりでした」

「だが君は俺を気にかけてこうして王城にまで来た。ずっと心を悩ませて俺のことを考えてくれたということだ」

ミストの言うとおりだ。言葉を失いかけた私は気を引き締め直して話を続ける。

「ご存じだと思いますが、私と私の実家は王家の意向に背いています。浮いた存在の私と縁づいたりしたらあなたの負担にしかなりません」

「俺の心配をしてくれてありがとう。それについては何も問題ないよ。安心して嫁いでおいで」

「私は社交界から距離を置いていて友人も少ないし、あなたのお役には立てないかと」

「いいね。俺は君を誰にも会わせたくないからちょうどよかった」

私は途方に暮れる。ミストを説得しようと試みたのに、説得されかけているのは私のほうだ。このままでは絆されてしまう。

「無駄にプライドだけ高くて実がない私を妻にしたら、あなたが疲れるだけです」

「今聞いたのが君のこととは到底思えないが。俺は君の儚そうに見えて気が強いところも可愛いと思ってる。君の突拍子もない話を聞くのも愉しみだ。疲れる要素が一つもないよ」

「……ご、ご存じのとおり、私はそそっかしくて、聡いとはお世辞にも言えません。とても公爵夫人が務まるとは思えないでしょう？」

「俺が賢いから大丈夫。妻になってと言ったが、邸の仕事を手伝ってほしいわけじゃない。君は俺の傍にいてくれるだけでいいんだ。もちろん妻としての務めは果たしてもらうよ」

「妻としての、務め……」

私はこくっと唾を飲んだ。

「ああ。朝は君の口づけで起こしてもらう。疲れた時は膝枕して俺を癒やしてほしい。もちろん毎晩眠るのは一緒だ。君を思いきり甘やかしてあげる」

かあっと熱くなった私の頬を、指先で突きながらミストがクスッと笑った。

「君はいつも俺を振り回して従わせてしまう。ほら、君がどれだけ聡いかわからないか？」

「……」

もう何も言えなくなって引き結んだ唇に、ミストの唇が重なった。

「ん、キスは……」

「愛する者同士がする、だろう？」

「……っ」

以前私が言ったことをミストは覚えていたらしい。

もう一度ついばむようなキスをすると、私の頭を抱えるようにしてミストが抱きしめた。絶対に放さないと意思表示されたみたいで、私は力を抜いてミストに身体を預ける。気をよくしたのか、ミストは私の額に口づけて頭を撫でた。

「もう俺を拒んだりしない？」

「キスしてから訊かないで」

私の抗議に困ったように微笑むと、ミストは表情を改めて真摯な顔になり、そして低く甘い声で告げた。

「俺は君が好きだよ、コゼット」

浮き立つこの想いをどうしたらよいか、私は知らない。ミストの一言で、私の心は王国最高峰グランディディエ山より高く舞い上がった。恋とか愛とかもう懲り懲りだったのに。でもミストへのこの想いは、一度目の私が王太子に抱いていたものとはまったく別のものだ。

私の顔のほてりが収まった頃合いで、ミストがやわらかく目を細めた。

「言葉にしてしまえば薄っぺらくなると思っていたが、君の可愛い顔が見られるなら、これからは毎日言おうか」

「……か、身体がもちません」

「手加減はできないから、早く慣れてくれ」

身じろぎすると、私が離れようとしていると思ったのか抱擁が強まった。

やがて馬車が止まり、私はふらつくミストを支えてブラッドショット公爵邸に足を踏み入れた。出迎えたのは家令と侍女がひとりで、夕刻前だというのに邸の中は静まり返っている。彼らとは以前にも顔を合わせたことがあり、私の訪問を喜んでくれた。

家令が下がると、ミストは詰め襟のボタンを外し、リンドヴルムの返り血で血まみれだったマントと隊服を脱ぎ捨てた。露（あらわ）になったしなやかな上半身から私は目を逸（そ）らす。

「邸の者たちは両親に同行してるんだ」

おそらく前公爵夫妻はカリクステに滞在中だろう。

話しながらじりじりと後ずさりする私との距離を、ミストはあっという間に詰めてきた。

「……ま、待ってください」

「そう言われても、君から俺のものではない臭いがするのは一秒だって耐えられない」

「あ、あなたはお疲れでしょう？　先にどうぞゆっくり湯に浸かってください」

「ああ、かなり疲れているから溺れてしまうかも」

「……」

ドレスに伸ばされた手を避けて、「自分で脱ぎます」と私はミストに言った。けれどもボタンに手をかけようとして、はたと当惑する。

待って、今日着ているドレスは……。

私はゆっくりミストのほうへと顔を向けた。

「ドレスのボタンが後ろにあるので、手伝ってくれませんか……？」

「ああ、喜んでお手伝いさせてもらうよ」

背中を向けた私の後ろ髪をかき上げて、ドレスのボタンをミストが外していく。襟ぐりがずらされて肩が露になると、外気に触れた肌が粟立った。やがてドレスが静かに足元に広がる。

「震えてる。早く湯に入ろう」

思っていたよりずっと近くでミストの低い声がして、私の肩は情けなく跳ね上がってしまう。

「あ、あなたのせいで緊張しているからです、ブラッドショット公爵様」

唇を尖らせると、ミストは頬を緩めて後ろから私を抱きしめた。

「コゼット、この前の夜はあんなに大胆にドレスを脱がせろと命令しただろう。……ん？」

「……い、言わないでっ」

身にまとうのはシュミーズだけの背中に、ミストの筋肉質な胸が当たってますます動揺してしまう。

ミストは首筋をついばむと、私の腰に手を添えた。

「行こう、温めてあげる」

ガチャガチャとベルトを外す音が広い浴室に響く。私は他のことを考えて、一糸まとわぬ姿になったミストから意識と視線を逸らす。そうして私が緊張している間に、ミストは自分の身体を洗い終えてしまった。

「君の番だよ」

先にバスタブに入ったミストが私を呼んだ。

湯はバスタブに半分ほど張ってあるけれど、どれだけ薄目にしてがんばっても、ミストの彫刻めいた裸体が視界に入ってしまう。

「コゼット？」

いつまでもバスタブの横に立ち尽くしている私に向かってミストが手を差し伸べた。しっとりと濡れた黒髪からぽたぽたと雫が滴って彼の肩を流れていく。壮絶な色気に目眩がした。

私の動揺を知らないミストは私を脚の間に座らせると、私の髪を器用にひとまとめにして洗い始めた。

意識はどうしても私の髪に優しく触れるミストの手に向かってしまう。彼に髪を洗ってもらうなんて贅沢なことだと思っていると、徐に肩を大きな手で撫でられた。驚いた私は立ち上がろうとして足を滑らせ、背後にいるミストに抱きとめられた。

「コゼット、いい子だからじっとしていて。身体を清めるだけだ」

「じ、自分でできます……」

「俺がしてあげる約束だったはずだ。……これ、脱がないといやらしいことになってるよ」

理解が追い付かない私に教えるように、シュミーズの肩ひもにミストが指を入れた。片方の手は腰を抱いたまましばらく肩ひもをなぞっていたミストの指先が、濡れたシュミーズが肌にまとわりついて透けて見える胸の尖りをきゅっと摘んだ。

「っあ、ん……」

浴室内には湯気と甘い石鹸の匂いが漂う。ミストの淫らに動く指と耳をかすめる熱い吐息に、私の思考は溶けそうになる。

「み、見ないで、んっ……ください」

いやいやと首を力なく振る私の耳元にミストが唇を寄せる。

「こんなに可愛いのに。本当にダメ……？」

艶めいた声に、足を滑らせてミストの左脚を掴んだままでいた手に思わず力が入ってしまった。

はっと我に返った私は手を離してミストを振り仰いだ。濡れた金色と菫色（すみれいろ）の瞳が私を映す。

「ごめんなさい、脚を。気が動転、していて……」

何か引っかかるものを覚えて、私はミストを見つめたまま口をつぐむ。大切なことを見落としている気がする。黒い森から帰ってきたミストは私になんて言っていたかしら。

あの時感じた違和感は……。

「……私はあなたに夢の話をした時、負傷するのは左脚だと一言も言いませんでした。なぜあなたは知っているの？」

「そうだったかな、よく覚えていない」

「はぐらかさないで！」

濡れた黒髪をかき上げると、ミストは困ったように首を傾げた。

「俺も夢を見ると言ったろ？　不思議なことに君が見たという夢と符合する」

身を震わせた私を、「寒いのか？」とミストが強く抱きしめた。

「あなたが見たのは、黒い森で怪我をする夢……？」

「ああ。だが俺のは君みたいに鮮明なものじゃない。目が覚めたら夢の内容を忘れていることがほとんどだから場所は知らなかった。そもそも現実に起きるなんて考えもしなかったよ。……君は時期までぴたりと言い当てたね？」

「……ぐ、偶然だと思います。あなたが狩猟会に参加すると伝え聞いて、偶然夢を見て、不安で……。ほ、本当に偶然でした」

「君、何回偶然と言うんだ」

ミストは鷹揚に笑うと私の頬にかかった髪を優しい手つきで耳へかけて、額や頬についばむようなキスを繰り返す。

キスが降り注ぐなか、私は最高潮に緊張していた。

ミストが夢だと思っているのは、もしかして一度目の記憶ではないかしら……。いいえ、まさか時間が戻ったことが彼にバレることはないはず……。

「コゼット。俺といるのに考え事？」

「……んっ」

思い巡らせていた私にミストが焦れたように唇を重ねてきた。口移しで水を飲ませてもらった心地よさをしっかり覚えている身体は彼を受け入れる。でも、これは。

「ん、んぅ……!?」

中途半端に開いていた唇の合間から入ってきたミストの舌が口内を蹂躙する。くちゅくちゅと音を立てて舌を絡める音が浴室内に響く。恥ずかしくて顔を背けようとした私を咎めるように、ミストは私の後頭部へと手をやって引き寄せた。何度も重ねられる唇。ミストの熱い吐息。思考がぐずぐずに溶かされていく……。息苦しさを覚えて胸を押しやるとミストはぺろりと私の唇を舐めて、ようやく固く重ねていた唇を解いた。

「あ……こ、こんなの、知らない。この前と全然違うもの」

はぁはぁと息を切らせながらミストを見上げる。目が合った彼は緩く口の端を持ち上げて、凄みのある笑みを浮かべた。

「知らなくてよかったよ。これからも俺以外の男となんて許さない。俺が怖い？」

「……怖くは、ないわ」

私はくったりとミストの胸に顔をうずめた。怖くはなかった。ただ全身を痺れが突き抜けて、自分が自分でなくなってしまうかと思った。

ミストは私の手を掬い上げて弄びながら、とりとめもない雑談でもするように何気なく尋ねてきた。

「君はなぜ俺がアルコールを飲まないと知っていた？」

「あなたがおっしゃったから」

「……だが俺が教えるもっと前から君は知っていたよ」

私ははっと顔を上げた。

なかなか返事をしない私を促すように、ミストは掬い上げた手をゆっくり口元へと近づけて手のひらに口づけた。私の目はミストに釘付けになる。

「どなたかに、聞いたのかもしれませ……ひぁ」

何度か唇を押し当てたあと、ミストは私の手のひらを舐め、指先まで舌を這(は)わせていく。

「……あっ、ん」

「可愛い声。コゼット、どこの誰に聞いた?」

「や、待って、んっ……」

ミストは私の指を口に含むと強く吸ったり、甘噛みしたりを繰り返す。頭が痺れそうだった。彼は私が答えるまで続けるつもりだろうか。答えようがない。どこの誰かなんて存在しないのだから。

「ブラッドショット公爵様っ。手、やだぁ……」

甘い咎に限界を迎えた私は泣き言をこぼした。淫らな音を立てながらミストが私の指を口から引き抜く。うっすらと赤くなった指を見て、私はいけないことをしてしまった気持ちにさせられる。

「はぁっ……。指で君はこんなになるのか。すまない、やりすぎたよ」

嫌だとかぶりを振る私をミストは抱き寄せて、甘やかすような手つきで髪や背中を撫(な)でる。しばらくそうしていて私が落ち着くと、ミストは私の耳元で声をひそめた。

「誰かなんていない。俺は誰にも口外したことがないんだ」

そう。私に教えてくれたのは、時間が戻る前に西の塔にいる私のもとを訪れたミスト本人だ。マリゴールドに招かれたキルシュヒース公爵家の夜会で、うっかり話してしまったのは完全に私の失態だろう。他にも私は不審に思われる言動をしているかもしれない。

大きく目を瞠（みは）った私に向かって、ミストは時々見せる、困ったなというような表情を浮かべた。

「君の反応がいちいち可愛いせいで本題からどんどん遠ざかっていくな……。俺はただ知りたいんだよ、コゼット」

「知りたいって、あの、ブラッドショット公爵様……。くしゅん」

「大変だ」

私のくしゃみにミストが慌て出す。ふたりの間に立ち込めていた緊張感がどこかに行ってしまった。

ミストに促されて私はバスタブから立ち上がろうとした。でも刺激的なアレコレで情けないことに足元がふらついて、ミストに支えられる始末だった。私よりずっと疲れているはずなのに、嫌な顔一つ見せず濡（ぬ）れたシュミーズを脱がして身体を丁寧に拭いていく。そっとミストを窺（うかが）い見ると、彼もまた目元を赤くしていたので私は何も言えなくなった。

「……ご迷惑をおかけしました」

「迷惑とは思ってないよ」

なんとか身支度を整えて寝台に腰かけた頃には、寝室の中は夕闇が満ちようとしていた。肌触りのよいローブに包（くる）まり人心地がついた私はミストに手を差し出す。魔力を使い果たしてしまった彼に私の魔力を分けるのだ。

差し出した手にミストの手が重ねられた。

「魔力を誰かに譲渡したことは？」

「ありません」

ミストは「そうか」と相好を崩すと、重ねていた手に指を絡めて額をこつんと寄せてきた。しっとり濡れた黒髪から同じ石鹸の匂いがしてドキリとする。

「やり方を教えるから君がする？」

「それはまた別の機会に。あの、とても集中できそうにないので……」

「集中できない？　なぜ？」

笑みを含んだ声に、私はミストをじとりと見据えた。ミストだって絶対にわかっているくせに。

「すまない、調子に乗ってしまったみたいだ。その、準備はいい？」

「はい。お好きなようになさってください」

こくりと頷くと、ミストはしばらく固まって「もっと調子に乗ってしまうじゃないか」と口を手で覆う。

「ブラッドショット公爵様……？」

「……あ、ああ。やろう」

離れていた額をまた合わせると、ミストは高い鼻梁を擦り寄せてきた。くすぐったくて私の緊張が解れた時、ミストが魔術名を囁いた。ずっと聞いていたいと思うとても心地よい声だ。固く結ばれた手がじわじわと熱を帯びて、次の瞬間すぅっと血の気が引いていく喪失感に包まれた。

ああ、私の魔力がミストの体内に吸収されているのだなと感じる。痛みはなかった。もし痛みを伴うなら、ミストが私から魔力をもらうはずないかとぼんやりする頭で考える。至近距離から見つめるミストの双眸が少しずつ色鮮やかな光を宿していく。その瞳がやわらかく細められたので、私はなぜだか泣きたくなった。

ふわふわと浮遊感を覚えた時、ミストがそっと私を寝台に横たえた。

「コゼット、気分はどう？」

「ん……平気、です。あなたは？」

「君のおかげで最高の気分だよ」

目を瞑ったまま口元を綻ばせた私を、隣に寝転がったミストがぎゅっと抱きしめた。

私も抱きしめ返すため、手を伸ばそうとして――。

「ずっと訊きたかった。君が言う〝一度目〟とはなんのことなんだい？」

ぼうっとしていた頭が一瞬で冴えわたる。ぱちっと目を開けるとミストが切実な顔で私を見つめていた。

「なんのことでしょうか……」

「ここに滞在した日に寝言で言っていた。それから目覚めたあとにもね」

「……どうして、些細なことを気にするのですか？」

「君に関係するならどんなことでも重要だよ」

中途半端な位置で固まっていた私の手をミストが包み込んだ。逃がさないというようにしっかりと。

「過去の文献を調べたが、別の人間が同じ夢を見たという前例はない。それに、君の言動は夢だけでは説明がつかないんだ」

「お願い、やめて……」

これ以上触れないでほしい。振り払おうとしたミストの手にますます力が込められる。

「ブラッドショット公爵様。手を、放してください」

「無理なんだよ、コゼット。俺のすべては君のものだと話しただろう。君のすべても俺のものだ。だから諦めてくれ。君が悩んでいると落ち着かないんだ」

「私が悩んでいたのはあなたのことです。黒い森に行ってほしくなかった。でもあなたは全然言うことを聞いてくれなかったわ」

思わず言い返すと、虚をつかれたようにミストはぽかんとする。

「そ、そうか。俺のことで……」

瞬いていたミストが私の肩に顔をうずめた。

「……不思議なんだ。君といるとふとした瞬間に既視感を覚えるのはなぜだ？　前にも同じことがあったような不可解な気持ちになったのは一度や二度じゃない。君を見ていると胸が締めつけられるのはなぜだ？　こうしていても俺の手が届かない場所に行ってしまいそうで落ち着かなくなる」

顔を上げたミストは毅然とした眼差しで私の顔を見つめた。

「俺が夢で見ているものが過去の記憶だとしたら、君の言う〝二度目〟と理屈が合うと思わないか？」

「わかりません。なぜそこまで……」

「君のことで知らないことがあるのは嫌だから」

そう言ってミストは苦しそうに端正な顔を歪めた。

なぜそこまでミストが苦慮するのかわからない。けれど彼のことだ。あれこれはぐらかしてもいずれは事実を究明してしまう気がする。

それなら。

「気がついたら過去に時間が戻っていた。私がそう言ったらあなたは信じてくれますか、ブラッドショット公爵様?」

私の一語一語を噛み締めるように聞いていたミストが、つないだままだった私の手に唇を押し当てた。

「君を信じるよ、コゼット」


私は燭台の光が明るく浮かび上がらせているミストの端正な横顔をそっと窺った。先ほどの様子から、おそらくミストは時間が戻る前のことを完全には覚えていない。

何から話そう。ひとり考えあぐねる私の肩にミストが腕をまわして包み込んだ。優しく私を見つめるミストに後押しされるように、私は重たい口を開いた。

「時間が戻る前でも、私はユージン様の婚約者候補でした。でも彼が恋に落ちたのは私ではない別の女性だった。……ここまでは時間が戻ったあと、つまり現在と同じです」

過去の私がいかに愚かな女だったか、今からミストに告白しなければならない。親愛の眼差しを惜しげもなく注いでくれるようになった彼から冷たい目を向けられたら……。想像するだけで身がすくむ思いがする。

「おふたりは、互いに惹かれ合っていた。それなのに、私は頑なに婚約者候補であり続けたのです。なぜ私を選んでくれないのか、酷く嫉妬して……、セラフィーヌ皇女殿下を傷つけた罪で私は断罪されました。父と弟は私のせいで領地を失うことに。最後は修道院に移されて、記憶が曖昧ではっきりわからないけれど、おそらく死……」

声を震わせる私をミストがぎゅっと抱きしめた。

「時間が戻ったというのは、君が倒れた夜会の日……？」

「はい……。現実的ではないし、めちゃくちゃだと思われるでしょうが。気がついたら、ユージン様とセラフィーヌ皇女殿下が顔合わせをした騎士の間に私は立っていました。何が起きているのか困惑していたところ、あなたに声をかけられたのです」

そういえば、なぜミストは正確に言い当てたのか。

疑問に思っていると、抱擁を解いたミストが痛ましいものを見るように整った顔を歪めた。

「悪い夢でも見ているのかと、君は言っていたから」

ああ、それでか。ミストは私の何気ない一言からなんでも読み取ってしまうのだった。ひとり納得していると、ミストは緊張した面持ちで言葉を続ける。

「すまない、俺は君に酷い態度を」

「いいえ、あなたは普段どおりだったわ。夜会が始まる前に挨拶した時だって、視線すら合わせてくれなかった。慣れっこでしたからどうぞお気になさらないで」

「……君のことだから嫌味ではないんだろうな」

謝る必要はないと言いたかったのに、ミストはがっくりと項垂れてしまった。

「……ていたんだ」

「え……？」

「嫉妬していたんだ。昔から君はいつだってユージン、ユージンと、あいつのことばかり。身勝手な感情で君に冷たくしていた。……ユージンより先に君を見つけたのは俺なのに」

ミストが俯いていてよく聞き取れなかった。つむじを眺めていた私はゆっくりと手を伸ばして彼の頬に添えた。顔を上げたミストは私の視線から逃れるように、あらぬ方向を向いている。

「私、見苦しかったですか？」

「なんだって……？」

王太子の傍にいたミストの目には私はどう映っていたのだろう。心配になって訊くと、ミストは反射的に返事をして、じっと私を見つめる。

「あんなにひたむきで可愛いものはない。今だって嫉妬している。あいつは君が無垢な心を捧げようとした初恋の相手だから」

言葉を途切らせて、ミストが苦しそうな表情を浮かべた。

「……ユージンを愛してた？」

「いいえ。私はユージン様の運命の相手ではなかったのです」

きっぱりと言い切ったのに、ミストはどこか不服そうな様子だ。だから私は言葉を重ねた。

「未練とかくだらない自尊心とか、すべてを捨ててしまいました。恋に恋していた、過去の私は何も知らない子どもだった。あなたといてわかったのです。あなたへの想いとはまったく別のものだわ」

満たされたように息を吐くと、ミストは頬に添えたままだった私の手を包み込んで、こつんと額を寄せた。

「俺が君の運命の相手になるよ」

目の奥がじんわり熱い。ミストが額をぐりぐりと擦り寄せてくる。

「コゼット、聞こえてる？」

「……聞こえてます。先ほどお話ししたように、私は一度失敗しました。あなたは私でいいのですか?」

「嫉妬なら俺だってしている。例えば君がずっとユージンを名前で呼んでいることにも。つまらない嫉妬をしたからと、君は俺が嫌いになる?」

まさか、と私は頭を左右に振る。互いの額を合わせていたため、意図せずミストがしていたぐりぐりみたいになってしまった。

するとミストはふわっと表情を緩めた。

「なら俺だって君を嫌いになるわけない。みくびらないでほしいな」

先ほどの私の発言は愚問だとでも言いたげな、ミストらしい尊大な口ぶりだ。思わず笑みがこぼれると、ミストは瞬き一つせずにじっと見つめてくる。

「君はユージンに選ばれなかったと言うがそれは間違いだ。君が選ばなかったんだよ、コゼット」

首を傾げた私にミストは言葉を重ねた。

「同じ未来を……過去と言うべきか……望まなかった賢明な君は、ユージンから距離を置くことにした。君に選ばれなかったのはユージンだ。いや、こう言おう。君は俺を選ぶから、ユージンを選ばなかった」

「私があなたを選ぶ……」

ミストは頷くと、「もうユージンのことはいい」と話を変えた。

「嫌なことを思い出させてしまうが。君が困難な状況にいた時、俺はどうしていた?」

「一度目の今日、あなたは大怪我をしました。治療のためしばらく王城にはいらっしゃらなかった。私は色々あって謹慎の身でしたから、狩猟会には参加せずあとから伝え聞いたのです」

「それで。断罪されたというのはいつのこと？」

「収穫祭の月が終わって、一月ほどあとのことでした」

「そうか……」

そのまま押し黙ってしまったミストの左膝あたりを撫でていると、ミストと目が合った。

「あなたが怪我をしなくて本当によかった」

ミストは一度目の私を気にかけてくれるけれど、彼のほうこそ困難な状況にいた。骨が砕けてしまうなんて、想像を絶する痛みだったはずだ。安堵と喜びを言葉にすると、ミストは綺麗な顔をくしゃりと歪めた。

「そんな顔をなさったら、王城中の侍女たちやご令嬢方が悲しみます」

「他なんてどうでもいいよ。君は悲しんでくれるかい……？」

「ええ……」

治療のためミストが不在だった間の彼女たちの嘆きようといったら、言葉では形容しがたいものだった。私ったらどうでもいいことを覚えている。大切なことは忘れてしまうのに……。

「コゼット」

上の空だった私を、拗ねたようにミストが見ていた。なんとなく気まずくて、私はまた彼の左膝を撫でてやり過ごす。

「……あなたには、いつも笑っていてほしいと思います」

「俺も同じことを思っているよ」

宝石めいた瞳をやわらかく細めると、ミストは私を抱きしめた。

「どうか、笑うのも泣くのも俺の傍で」

「……はい。ブラッドショット公爵様」

「話を戻すが、君は俺の運命の相手になってくれるか？」

きっと〝はい〟だけでは足りない。返事をどうしようか迷っていたら、抱擁が強まった。同じ石鹸の匂いと、自分のとは違う体温に包まれてくらくらする。

腕の中でなんとか頷いた私の顔をミストがのぞき込んだ。

「顔が真っ赤だ」

「……あ、あなただって」

ミストはうれしそうに微笑むと、涙目になっている私を見つめながらゆっくりと顔を寄せて唇を重ねた。


私をそっと寝台に横たえると、緊張で身を強ばらせる私にミストはついばむようなキスを繰り返す。頬に、瞼に、唇の端に……。長い指が顎を掬って唇が重なった。一度離れて、また重なる。何度もキスを交わしながら、ミストの手のひらが私の身体を隅々まで撫でていく。

「ん……ブラッドショット公爵、さま」

甘やかされるみたいな心地よさにうっとりしている私の耳元にミストが唇を寄せた。

「もう君もブラッドショットになる」

「……っあ」

いつもより低くかすれた声に私は身をよじった。ミストは小さく笑みをこぼすと、私の耳の輪郭に舌を這わせる。

「や、舐めないで……」

「いつ、俺を名前で呼んでくれる?」

「んっ……」

くすぐったくて堪らずぎゅっとローブを掴んだ私の反応を見て、「可愛い」とミストが笑みを深めた。熱い舌先が私の耳たぶをなぞる。不意に歯を立てられて、くしゃりとミストの襟足をかき混ぜた。

「あ、んぅっ」

「耳が、本当に弱いんだな、ココ」

私を〝ココ〟と呼んだ色気漂う低い声がお腹にぞくりとくる。普段は淡々としていて、どこか冷めた感じさえするミストだけれど、私を見つめる瞳は熱っぽく、とろりと甘い。

「他のヤツらに、君の可愛い名前を口にするなと言ってやりたいが、さすがに無理だから。俺だけがココって呼ぶよ」

独占欲みたいなものを隠そうともせずミストが言う。

コゼットなんて王国ではありふれた名前なのに、自分だけの呼び名まで考えてしまうとは。困った人だなと思うけれど、同時に泣きたくなるような心地がした。

「ココ……」

早く、と焦がれるような眼差しを向けられて、緊張感が一気に高まる。一度目も二度目のこれまでも、私はずっとミストを家名と爵位で呼び続けた。好きな人を名前で呼ぶことが、こんなに難しいとは知らなかった……。

緊張しながら、私はミストの精悍な頬にそっと手を添えた。

「ミスト、様……」

「ああ」

私の手に頬を擦り寄せてミストが顔を綻ばせる。ただ名前を呼んだだけなのに。大人びた彼が見せた屈託のない表情に、胸がきゅんと締めつけられてしまった。

「ココ、もう一度」

「……ミスト様」

「うん」

「ミスト様」

「うん。うん……」

どちらともなく唇を合わせていた。互いに互いの存在を確かめ合うみたいなキスを交わしながら、ミストの指が私の首筋や肩に触れていく。ゆっくりと下りていく指が胸をなぞって、ローブの生地越しにやわらかさを堪能するみたいにミストの手が包み込む。

「ふ、ぅっ……」

「ココ……」

ローブの紐が解かれて、露になった胸に熱心な視線が注がれる。

「……や、見ないで」

「綺麗だよ。何度見ても……」

徐に胸の谷間に顔をうずめたミストが「はぁ」と熱っぽい溜め息をこぼした。やわやわと触れられて、私の胸がミストの大きな手の中で形を変える。直に伝わってくる節くれだった手の感触に私の呼吸は乱されていく。

「あっ、ん……」

寄せられた胸の尖り二つを口に含まれたかと思うと強く吸われて、無意識に私はミストの頭をかき抱いた。

「ココ、気持ちいい？」

「ん、気持ちい……し、知らないっ……」

「嘘が下手だな」

気持ちがいいと言いかけて、我に返った私はゆるゆると首を横に振った。私の弱々しい抵抗などお見通しのミストがクスッと笑う。そうして私の反応を窺いながら、交互に舌を這わせて口に咥えて弄ぶ動作を繰り返す。

「んっ、あ……っ。も、そんなにしないでっ」

また左の胸にちりと痛みを感じて、すっかり敏感になった頂をねっとり舐め上げられた私はふるっと身を震わせた。

「はぁっ……。これ、俺だけが知ってると思ったら興奮する」

ミストの言う〝これ〟とは何か。視線を下ろして見ると、やわらかな膨らみの至るところに花を散らしたような痕がたくさんあって。恍惚としたミストが、ツンと勃ち上がった頂のすぐ傍にあるほくろをちろちろと舐めてみせる。

「……っや、ん」

「浴室にいる時からこうしたかった。こっちも」

ミストはいやらしく音を立てて吸い付いていた胸から口を離すと、私の下腹部へ手を滑らせて、中途半端にはだけたローブから見えている右側の内腿(うちもも)をゆるりと撫でた。

「んっ……。ど、どこを触って」

「これも、俺しか知らない……」

うっとりとどこか陶酔したような声で言うと、指を這わせている場所へ吸い寄せられるように顔を近づけキスを落とす。ちゅ、ちゅ、と音を立てながら何度も。

そんなところにほくろがあったなんて知らなかった。なぜうれしそうなのか戸惑いを覚えたけれど、すぐになにも考えられなくなる。ミストの唇の感触に酔いしれていると、両脚を大きく開かれた。

問う間もなく、私だってあまり触ったことのない秘所にミストが顔をうずめた。そして舌を這わせていく。

「……っやあ」

信じられない。

マリゴールドのおかげで多少交友関係が広がり、女性だけの集まりで色めいた雑談をする機会に居合わせたことがある。かなり際どいアレコレを他人事のように聞いていたけれど、まさか自分の身に起きるなんて……。

「あ、あんっ……」

私が知る限りこの世界でもっとも顔の造形が美しいミストが、不浄の場所に顔をうずめている。あまりに非現実的で淫らな光景に目眩(めまい)がした。

「ま、待って。それ……っだめぇ」

「はぁっ……、いい子だから大人しくしていて。俺のを受け入れられるよう、よく解さないと」

こんな時にまで生真面目ぶりを発揮するミストが淡い銀色の下生えを愛おしげに撫で、中と外を舌で突いて丁寧に舐め上げていく。嬌声が抑えられなかった。それを聞いたミストがますます興奮して執拗なくらい可愛がろうとするので、私の口からもっと意味のない言葉が漏れてしまう。

「……っ、ああっ……！」

混乱と羞恥と、ミストから惜しみなく与えられる快楽で私はわけがわからなくなっていた。はっきり覚えていないけれど、何度か気をやったと思う。

ゆっくり沈められた長い指が探るように私の中をかき混ぜて、感じる場所を的確に突いてくる。

「ああ、またきゅってしてる。ココの中、すごく熱い……」

「い、言わないで……」

恥ずかしいのに、はしたない身体は素直に反応してしまう。また、いいところを擦り上げられて、ミストの指を締め付けてしまった。

「ああっ……、もうダメって、言った……！　言ったの！　指いやぁ……」

「可愛い」

ミストが目元を赤くして照れている。なにか勘違いしたまま「こうしてあげる」と、私の花芽をまた舌で転がし始めた。そうされると、私の意思に反して腰が揺れてしまう。お腹の奥が切なくて、もどかしい。

こんなのおかしくなってしまう。

「……っも、挿れて、早く、出してくださいっ」

追い詰められた私は縋るように懇願していた。

ぴたりとミストが固まる。そして上体を起こした彼は私を見下ろして冷静な声で問いかけてきた。

「とても魅力的なお誘いだ。……君に教えたのは、どこの誰？」

口角をゆるりと持ち上げたミストはこの上なく美しかった。それなのにぞっとするほど冷たい魔力をくすぶらせている。

「ココ……？」

「ふ、ぅっ……」

早く答えろと言いたげに、未だに入れたままだった指でぐずぐずになっている中をかき混ぜて抜くと、口元へ運んでミストは私に見せつけるように舐め上げた。

いけないものを見てしまった気恥ずかしさから、私は視線をさまよわせる。

「あ……マリの友人たちが、い、挿れて出して、そうしたら終わりだと話していて。早すぎだとか言う人もいたけど。このままだと私、おかしなことを口走ってしまいそうだもの」

「なるほど、彼女か。君の交友関係に口を出すつもりはないが、随分と艶めいた話をする。まさかと思うがその場に男はいなかっただろうな」

とても嫌そうにミストが眉を寄せる。

すぐにかぶりを振って否定すると、揺れに揺れていたミストの魔力が収まった。

「悪いけど、俺のはそうすぐに終わらないから。君は心配しないでいいよ」

「……え？」

クスッと笑い、ミストがローブを脱ぎ捨てた。一糸まとわぬ姿になったしなやかな身体は完璧な造形美で思わず見惚(みほ)れてしまう。けれども、端正な顔をした彼にはそぐわない、鍛えられた腹に反り返って存在感を放っているものに私は一瞬呼吸を忘れた。

「話を戻そうか。何を挿れてって？　ん……？」

ミストのものを凝視していた私はミストに向き合い首を振った。

「……そんなの、無理」

「そんなのとは酷いな。ココが可愛いからこうなってしまうのに」

「む、無理です……。そんなの絶対に入らない」

「二回も言わなくていいだろう、傷つくな」

苦笑いを浮かべたミストが、完全に怖気(おじけ)づいた私をそっと抱きしめた。銀髪を撫でる手は繊細な砂糖細工に触れるように優しい。

「ココ、君がほしいよ」

「私もです、ミスト様……」

「俺は、君が思っているよりもっとだ」

私より大人のくせに、妙なところで張り合ってくる。でもミストらしくて、強ばっていた身体からいい意味で力が抜けていく。おそらくこんな一面を誰も知らない。知っているのは私だけなのだ。そう思うと、どうしようもなくミストが愛おしかった。

「優しく、してください」

「当たり前だ。……加減できるかわからないが」

「……」

「全力で優しくする」

その言葉を合図に、ミストがちゅ、ちゅ、とついばむ口づけを私の瞼や頬に繰り返し落としていく。

「んっ……」

首筋を舌が這い、甘い吐息が私の口からこぼれると、少しも萎えていない昂りが入り口に宛てがわれた。撫でるように何度か上下して、ゆっくりと入ってくる。あまりの熱さと圧迫感に涙がじわりと浮かぶ。ミストが腰を引く気配を感じて、私は彼の背中へ腕を回した。

「お願い、やめないで……」

「……わかった」

ミストのことだ。ここで中断してしまえば、私を気遣ってしばらく触れてくれないかもしれない。

それは嫌だから彼に縋った。

悩ましげな顔で私を見つめていたミストがまた少しずつ腰を押し進めてくる。

「はぁ……っ、これで全部だ」

永遠かと思われた時間が終わり、ミストの動きが止まった。彼の指が汗ばむ私の額にかかった前髪を撫でつけ、目尻の涙を優しく拭う。そうして私の呼吸が落ち着いた頃、ゆるゆると腰を揺らし始めた。

「そんなに、長くならないようにする……」

「……っん、すぐ、終わらないって」

「困ったな……。自制できなくなりそうだよ」

返事をする代わりに、私はミストの首に手を回してぎゅっとしがみついた。

穏やかな律動がやがて激しいものになる頃には、最初に感じていた痛みは別の何かに塗り替えられていた。

「ココ……。俺のココ……」

何度も私の名前を囁きながらミストが腰を揺らす。溢れてくるものがどちらのものかわからないくらい深く私たちはつながっていた。

「ああんっ……」

「っ……締めすぎだ」

何かをやり過ごすようにミストが美しい顔をしかめる。

「あ、あなたが触るから……」

「俺が触るとどうなるの?」

「もっと……。もっと触ってほしくて、おかしくなりそう。こんなに気持ちがいいなんて知らなかったもの」

だから私のせいではないのだと涙目で見据えると、ミストがぐっと息を詰めた。

「頼むから、これ以上煽らないでくれないか。本当に君は……」

そんなつもりはないと言いかけた唇に、ミストのものが重ねられた。腰を掴んだ手に力が入り、寝台がギシギシと激しく軋む。私の中を満たしていたものがもっと奥へと入ってくる。

「……っや、ミスト、ああっ!」

「君が、もっとほしいとねだったんだ」

ひときわ大きく腰を揺らして、ミストが熱を奥深くへと叩きつける。何度も何度も突き上げられて、もう彼のこと以外何も考えられなくなっていた。

「ミ、スト……ミスト……！」

「ココ、ココ……」

甘い痺れが全身を駆け巡る。折り重なってきたミストが身体を震わせた。熱い飛沫が私の中を満たしていく。きつく抱きしめられながら、私はゆっくりと瞼を閉じた。


眠りから覚めて、自分がどこにいるのかわからなかった。

目覚めの瞬間は夢か現実か区別が曖昧で、一度目の記憶に引っ張られてしまうことがある。でもここは……。

「起きたかい……？」

声がした後ろへと顔を向けると、ミストがやわらかく私を抱きしめた。彼の腕の中にいることに安堵する。

「おはようございます。ずっと起きていらしたのですか？」

「おはよう。いや、少し前に起きてまた君に見惚れてた」

「……退屈ではないですか？」

「可愛いココに退屈するなんてあり得ないな。起きていても眠っていても、君は可愛いからずっと見ていられる」

私はミストから、ふいと顔を背けた。可愛いなどと臆面もなく言うから気恥ずかしくなってしまったのだ。ミストが顎を掬ったので、私の視線はまた彼へと戻されてしまう。

寝起き特有の物憂い感じが漂うミストは色気があって艶っぽい。それなのに寝ぐせで前髪がぴょんと跳ねていてただ一言、可愛いに尽きる。王城では冷徹な補佐官で通っているミストの無防備な姿に、目覚めたばかりの私は心を射貫(いぬ)かれてしまった。

「どこも痛くない？」

「……あなたが好きすぎて胸が痛いわ」

私の返事が思いがけなかったのか、ミストは切れ長の目を大きく見開いて、それから愛おしげに細めると背後から私の肩に頭を乗せた。

「……好きって、ようやく君から聞けた」

「そんなはずは」

「いや、直接聞いたのは初めてだ。ああ、この世界のすべてを手に入れた気がするよ」

感極まったミストが、私の首筋に鼻梁を擦り寄せてくる。

「……お、大げさです」

「本心だ。俺も君が好きすぎて胸が苦しい」

ミストに顔を見られなくてよかった。きっと真っ赤だから。

優しく身体を撫でていた手が熱を帯びて、ゆっくりと内腿を這う。甘い空気がより濃密になっていく。

「あ……」

昨晩ミストのものを受け入れた場所をそっと指で触れられて、その先を期待した身体が震えた。

「ここも、痛くない……？」

「……痛くは、ないわ」

もっと触ってほしい。でも浅ましい願いを知られたくない。

力なく首を横に振る私に、ミストが甘く囁いた。

「昨晩の続きをしようか」

「ミスト様、ん……っ」

私の中へミストの指が入ってくる。昨晩からの余韻で濡れているそこは、簡単に彼の指を受け入れた。

「あっ……、あ……」

「気持ちいい？」

「ん、わから……ないっ」

「強情だな」

笑みを含んだ声で言ったミストの片方の手が胸の頂をきゅと摘む。強く吸われ、熱い舌先で舐られて甘噛みされると、びくびくと身体が反応してしまう。埋め込まれたままの指が私を溶かそうとうごめく。

緩やかな手つきにもどかしさが募った私はすぐに音を上げた。

「……ミ、スト」

「俺がほしい？」

「ん、ください……ああっ」

待ち望んでいたものを与えられた私は喉を反らした。片脚を抱えて私を見下ろすミストの瞳は男の欲を宿していて、キスをねだると抱擁が強まり、性急に唇が重ねられた。熱い舌と唇の感触に思考がぐずぐずになっていく。

「ふっ、あ……」

気遣うようにゆっくりと、私の反応を窺いながら腰を揺らしていたミストの動きが止まった。

「は――。また君と一つになれた」

熱い息を吐くとお腹を撫でて、唇を私の耳に押し当ててきた。

「俺の形になってる。……わかるか？」

低くかすれた声にぞくりと肌が粟立つ。そこで話すのは駄目だと思う。教えられるまでもない。熱く脈打つ彼のものが私の中に収まっていた。まるであつらえたかのように。

「君は俺のものだ」

笑顔も涙のひと雫も、吐息一つでさえ、すべて自分のものだとミストが囁く。

まるで愛の告白みたいで、きゅんと胸が締め付けられてしまった。意図せず私の中にいるミストのものまで締め付けてしまう。

「……っ、ココ……」

決して故意ではなかった。大きさと形をまざまざと思い知らされて焦る私の腰に手を滑らせ、ミストが揺さぶった。

「ひぁ……」

一度抜かれたものがまた深いところを突く。熱くて溶けてしまいそうだった。

「はぁ、本当に君は俺を翻弄してくれる……」

「んっ、そんなつもりは」

断じてない。けれど、いつも冷静なミストが息を乱している。そうさせているのが自分だと思い至ると、どうしようもなくうれしくなってしまう。

「……ココ」

ぐっとミストが息を詰めた。

「あなたのせい、だもの……」

「そうだな、君が好きすぎる俺が悪いんだ」

咎めるように私を捉えた双眸が一瞬燃え上がったように見えた。私をしっかり抱きしめ直すと、ミストは激しく私を揺さぶった。


「どこも痛くない？」

「……身体中痛いわ」

ミストの問いかけに、居間の肘掛け椅子にぐったりと収まっていた私は既視感を覚える。朝とは違う返事をして、ふいと顔を背けた。あのあとなかなか寝室から出られなくて困ったのだもの。

すると、向かいに腰かけているミストが焦ったように身を乗り出してきた。

「その、無理させてしまったと反省してる。泣かせてしまうつもりはなかったんだ。すまなかった。……だが君に原因があると言えなくもない」

「……私？」

思いがけないことを告げられ、窓の外を見ていた私はミストへと視線を戻す。目が合うと彼はぱっと表情を明るくして、私の隣に座ってきた。

「君にそのつもりがないことはわかっている。計算づくではないから余計に手に負えないというか。不意打ちで可愛いことを言うかと思えば、無自覚で色香を振りまいて俺の心を打ち抜いてくる。何が言いたいのかというと、君に見つめられるだけで俺は平静ではいられなくなるんだ」

「………」

まったく身に覚えがないことに私はぽかんと口を開けた。それに私の瞳の色はどこにでもある、ありふれた薄灰色だ。わけがわからず固まる私の手をミストが取り、自分の胸へと押し当てた。尋常じゃないくらい早鐘を打っている。

「だ、大丈夫なのですか……？」

「君といたらこうなるんだ。わかってくれるかい？」

キスしようと近づいてきたミストの口を、触れる寸前で私は手で覆った。不満そうな顔をされても、居間にはお茶の準備をしている侍女がいるのだ。

「気にすることないのに」

「気にしてください」

私は未だにどこか拗ねた様子でいるミストを向かいの椅子に座らせて、侍女から受け取ったカップを差し出した。するとミストがリンドヴルムを捕獲した際に痛めたという左腕を押さえる。昨晩は何も言っていなかった気がするけれど、時間が経って反動が出てきたのかもしれない。ミストに無理をさせないよう私は「飲ませて」と言う彼に従うことにした。

「……お砂糖はどうしましょう」

「ココに任せるよ」

侍女が退出したのを確認して、ミストが無言で自分の膝の上を手で示す。仕方なく座ったものの飲ませづらいことこの上なかった。

「俺は王城に行って婚姻の届けをしてくるから」

「婚姻……。あの、父と弟にはまだ」

「お父君とアイオライト殿にはもう直接会って話をしているから心配いらない」

アイオライトはともかく、父は長らく領地にいる。いつミストは父に会ったというのか。疑問は尽きないけれど、ブラッドショット公爵家に滞在するなら着替えがいる。私が今着ているセージ色のワンピースは以前にもお借りした前公爵夫人のものだ。

「懇意にしている店の者を呼ぶから必要なものを揃えればいい。アイオライト殿には言付けておこう」

頷いた私の手の甲に口づけを落とすと、ミストは自分の指から外した指輪を私の薬指にはめた。

「婚姻の証として君に。俺が愛するのは君だけだ、ココ。君を生涯愛しぬき誠実な夫であり続けると誓おう」

誓いを立てたミストが何か唱えた刹那、ぶかぶかだった指輪がするすると縮まり私の指にぴたりと添う。目の当たりにした光景に瞬きすら忘れて、私はミストと紋章が刻まれた指輪とを交互に見遣った。

「あなたにできないことはあるのですか……？」

黒い森で起こり得た未来をあっさり覆した。今もそうだ。ミストはなんでも完璧にこなしてしまう。彼なら不可能だって可能にしてしまうのではないか。

「君がいてくれるならね」

悪戯（いたずら）っぽく金色の瞳を瞑ってみせると、ミストは私の薬指の先に口づけた。

「あの、失くしては大変ですから。こちらはどこか安全な場所で保管してください」

「失（な）くなっては困るから、ココに持っていてほしいんだよ」

辞退しようと言葉を重ねる私の薬指をミストの指がなぞる。

「指輪はただの装飾品にすぎない。だが邸（やしき）から一歩外へ出たら、身分や肩書きばかり気にする者たちから君を守ってくれるだろう。俺にとって大切なのは君なんだよ、ココ。もし要らないと言うなら、俺が四六時中君の傍にいようか」

「指輪、大切にします」

とてもよい案だよね、とミストが首を傾げる。

「……なんだい。そこは俺がいいと言うところだろう」

「あなたの口から冗談が聞けるなんて」

「いや、俺はいつでも真面目だ」

『気がついたら過去に時間が戻っていた。私がそう言ったらあなたは信じてくれますか、ブラッドショット公爵様？』

今にも泣き出しそうな顔でコゼットが告白したあの瞬間、急な婚約者候補辞退に始まるその後の彼女の言動すべてがつながった。なぜユージンに怯えていたのかも。

訊きたいことはたくさんある。だが、己の渇望を満たそうとすれば、過去に一度傷ついたコゼットを二重三重に傷つけてしまう。俺を信じて打ち明けてくれた彼女を裏切ることはできない。コゼットのため、慎重に慎重を重ねてこの話題には一切触れないと俺は心に決めた。

俺がすべきは、彼女をあらゆるものから守り、夫として甘やかし愛すること。これらに関しては十二分に務めを果たせる自信があるので問題ない。残された問題は〝誰が〟コゼットの時間を戻したのか。

世界に時間を遡る魔術など存在しない。例えばの話、転移ゲートは空間を歪めることで起点と着地点を繋げている。あれと同じような理論を時間に応用できればもしかしたら……。

アフィヨン侯爵、アイオライト殿、キルシュヒース公爵令嬢……。複雑を極める魔術の理論を完璧に理解し、不可能を可能となしえる強大な魔力を持つ者。そして、コゼットをよく知る者。

幼い頃から共に魔術の鍛錬を積んできたユージンの顔が頭を過った。

だが、自然の理を曲げることさえ躊躇しない人間でないと、時間を戻すなどという万人に影響を及ぼしかねない禁忌に手を出したりしない。ユージンはその点において潔癖すぎる。大切なものを守るためなら、その他はどうなってもいい俺とは違って。

コゼットの話では、彼女が大変な思いをしていたその時、俺は療養のため王城にはいなかった。

また同じ繰り返しだ。目の前が霧で覆われたみたいに先に進めない。手繰り寄せようとすると遠ざかってもどかしさばかりが募っていく。

「なぜいつも……」

「いつも、なんだ？」

顔を上げると、執務室に入ってきたユージンと目が合った。

「朝から面会希望者が列をなしていたと聞いた。体調はどうだ？　お互いかなりの魔力を消耗したからな」

「すこぶる良好だ、妻に魔力をもらったんだ。……婚姻したと言ったか？」

昨日狩猟会場に居合わせた者たち、あとから伝え聞いた者たちが、入れ替わり立ち替わりで登城した俺の執務室を訪れた。歴史的な偉業だと褒めそやされても少しも心に響かない。俺の頭の中は、邸で帰りを待っているコゼットのことだけでいっぱいだったから。

椅子を勧めると、ユージンは無言で腰かけた。

「……婚約も、まだだったはずだろう」

「俺がひと時も離れたくないから無理を通したんだ。ついさっき届けを出した。お披露目や式は新年を迎えてからの予定でいる」

「お前が……？　だが性急すぎる。二ヵ月前までは俺の婚約者候補だったんだ」

「二ヵ月前の話だからもう誰も覚えていないよ。コゼットはお前を選ばなかったんだ、ユージン。辞退してその後も妻はお前に会いたがらなかっただろう」

にこりと笑いかけると、ユージンは開きかけていた口を閉じて押し黙った。

ユージンがコゼットと会いたがっていたこと、俺が手を回して阻止していたことをコゼットが知ったら怒るだろうか。……いや、きっと彼女は仕方のない人だと困ったように微笑んで、俺がしたことを受け入れてくれる気がする。

「ずっと大人しい女の子だと思っていた。派閥の令嬢たちを上手く取りまとめることもできないでいた。だから王太子妃には向かないと」

「お前が大人しいと決めつけたから、そうあるよう振る舞っていたんだろう。足りないと言うならお前が補ってやればよかったんだ。彼女は」

嫉妬に身を焦がすほどお前を想っていたのに。

だが望むばかりで、ユージンはコゼットを知ろうとしなかった。わずかでも寄り添っていれば気づいたはずだ。

「……なんだ?」

「教えてやらん」

ユージンに、コゼットのどんなことだってつまびらかに教えてやるつもりはない。

社交が苦手……？　あの気難しいキルシュヒース公爵令嬢や母を相手にしているじゃないか。控えめな性格だが、一歩踏み込めば色々な表情を見せてくれる。そそっかしいところがあるなら俺が傍にいてやればいいだけのこと。一時も目が離せなくて、あんなに可愛い存在はない。

「セラフィーヌ皇女との顔合わせの場でコゼ……彼女は俺の軽薄な心に気づいたんだろうな。俺は何もわかっていなかった。血まみれのお前を見てもまったく怯まない、あんなに気丈な女性だとは知らなかった。王国の有事にも毅然と立ち向かう強さを備えている」

ユージンの表情は悔恨に満ちている。

アフィヨン侯爵家がもたらす砂糖の恩恵を享受するため婚約者候補に留めていたと思い込んでいるみたいだが、コゼットを誰にも渡したくなかっただけではないか。ユージンの性格だ、心に何もなければ自らの婚約者候補として選ぶはずがない。当たり前のように独り占めしてきた、美しくひたむきな彼女の眼差しが自分以外の男に向けられてようやく気づいたのだろう。

だが俺はコゼットを手放すつもりはない。

「ユージン。コゼットは俺の妻だ。かけがえのない唯一の存在なんだ」

「……わかっている。そう何度も牽制するな」

徐にユージンが立ち上がったので、俺も彼に倣った。こちらを見たユージンはがらりと話題を変えてきた。

「ライナード伯爵が口添えしてほしいと言っているが、どうする、ミスト？」

「大方陛下か王妃に唆されたのだろうが、許すつもりはない」

ライナード伯爵家はアフィヨン侯爵家と領地が隣り合う。コゼットが婚約者候補を辞退して王家と砂糖の有償化を巡って揉めていた際、愚かな伯爵は通行料を不当に釣り上げた。王都へ砂糖を運ぶためには伯爵領を通らねばならず、アフィヨン侯爵が折れると思っていたのだろうが自分の首を絞めただけの自殺行為だ。

アフィヨン侯爵領には転移ゲートを設置したし、伯爵には通行料と同じ税率で砂糖を売ると宣告しである。そういえば伯爵の娘は何度かコゼットに絡んでいたが、これに懲りて二度と愚かな振る舞いはできないだろう。同じように話をつけて、まあ脅したとも言えるが、王家側も売買契約書にサインをしている。侯爵はコゼットに似て人が好い方なので、一切の情を挟まないよう俺が代理を務めた。

コゼットは俺を高潔な人格者のように扱ってくれる。澄んだ眼差しを向けられるたびくすぐったい気持ちになり、彼女の期待に応えたいと思う。だがもし彼女にほんの少しでも危害が及ぶなら、相手が誰であれどんな手を使ってでもねじ伏せることを俺は厭わない。

すげなく返事を返すと、俺を見ていたユージンの頬が引き攣った。

「お前を怒らせたら怖いと心しておく。陛下に婚姻の報告をする際、コゼ……公爵夫人と話をさせてもらえないか？」

「色々と立て込んでいる。俺が会わせると思うか？」

「だろうな」

ユージンが呆れ顔を向けてきた。

俺が愛しい妻を囲い込んでいるとでも思っているのだろう。まあ、それも正しいが。コゼットの話では断罪されたのは収穫祭の月が終わった一ヵ月後だという。それまでは慎重を期して彼女には邸で過ごしてもらう予定だ。王城になど決して近づけない。

「邪魔をした」と言って、扉のほうへ歩き出したユージンが何か思い出したように足を止め振り向いた。

「お前の魔術は完璧だったよ、ミスト」

「お前が援護して魔物の注意を引きつけてくれたからだ、ユージン」

礼を述べるとユージンは微妙な顔をした。「謙虚で気味が悪いな」と言ったのがしっかり聞こえている。

「婚姻早々悪いが、至急黒い森の件について報告書を上げてくれ」

眉根を寄せた俺を見て、ユージンはまったく悪いとは思っていないであろう王子様然とした笑みを浮かべて執務室を出ていった。

ようやく帰途に就いたのは城壁が闇に染まる頃だ。

寝台で丸くなっているコゼットのあどけない寝顔を眺めていると癒やされる。こんな無防備な姿を見られるのは俺だけ。そう思うと堪らなく愛おしくて、眠っている彼女の目元を優しく撫でた。

「……すまない。起こしてしまった」

「ミスト様……。おかえりなさい」

ぱっちりと目を見開いたコゼットが俺を見て、ふにゃりと頬を綻ばせた。可愛すぎて心が持っていかれそうになる。

お、おかえりなさいって……。そうだ、これからは一緒にいるのが日常になる。早く慣れないと。

「た、ただいま帰りました」

いや、緊張しすぎて改まってしまった。

冷静になるため、目を丸くしたコゼットの銀髪を撫でて逸（はや）る心を落ち着かせる。

「ごほんっ……。ドレスを買わなかったと家令から聞いたよ。気に入るものがなかったのかい？」

「弟が私物を持ってきてくれたんです。ドレスも何着か。それで……あの、ビスチェとか下着類をお言葉に甘えて揃えました」

「見せて」

「はい。……はい？　あ、あの」

しばらく固まっていたコゼットが、そういうことかと頷いた。

「クローゼットに侍女が片付けてくれました」

「いや、俺はココが着ているのが見たい」

「……っ」

ああ、可愛いな。

薄暗い室内でもコゼットの頬が紅潮したのがわかる。手を伸ばして彼女の細い腰を抱いた。

「届けを出してきたよ。陛下への報告は年が明けてからにしようと思う。式のことはお父君にも相談したうえで決めよう。君はそれで構わないかい？」

「……ええ。色々と考えてくださってありがとうございます」

伏せた長い睫毛（まつげ）にドキリとして、覆（おお）い被（かぶ）さるように口づけた。引き結ばれていたコゼットの唇が解けて深く重なる。

今日は無理をさせたくない。離れがたいが自分を戒めた。

「ん……」

「はぁっ……。その、寝ようか」

口ではそう言いながらコゼットを抱きしめた。華奢（きゃしゃ）な彼女の身体は俺の腕の中にあつらえたように収まる。俺のために彼女が存在しているみたいで愛おしさが募っていく。

「な、な……」

「どうした……？」

「なぜ裸なんです……！」

腕の中でコゼットが抗議する。今気づいたのか。子猫が威嚇しているみたいで可愛さしかないんだが。

「俺は基本眠る時は裸だ」

束の間ぽかんとしたコゼットの頬がみるみる赤く色づいていく。

「真っ赤だよ」

「あ、あなたのせいだわ」

「もう何度も見ただろう、ん……？」

自分でも驚くくらい甘い声だ。おそらく顔も緩みきっているだろう。

「夜着を着て……せめてローブを羽織ってください。身体が冷えます。私が落ち着きません。お願い、これ以上ドキドキさせないで」

「君がいるから寒くない。お願いだから、一生俺にドキドキしていて」

今日は無理をさせない……。

そう心の中で繰り返しながら、誰よりも愛しい妻を抱きしめた。

翌朝目が覚めると、私は寝台にひとりだった。

寝起きのぼんやりしている頭で視線をさまよわせ、陽光が注ぐ窓辺にミストの姿を見つけてほっとする。寝台を下りた私は上半身裸でいる彼の肩にローブをかけた。

「おはよう、ココ。君が美しいのは知っていたが、毎朝目覚めるたびに再認識させられるよ」

「……おはようございます、ミスト様」

朝から甘い空気をまとっているミストに向かって、私はぎこちなく微笑(ほほえ)んだ。「俺の心臓が耐えられるかな」なんて言っているけれど、それはこちらのほうだ。寝ぐせが可愛すぎるもの。我慢できなくてぴょんと跳ねた黒髪を手で押さえると、ミストは頬をふわっと綻ばせた。これは反則だわ……。

額や頬に口づけを受け入れながら、私の目は窓辺に置かれた鳥籠に釘付けになる。

「コレが気になるかい？　俺がいない間、君が退屈しないよう連れてきたんだ。だがまるで躾(しつけ)がなっていなくてね」

ミストの言うコレとは、鳥籠の中から胡乱(うろん)な眼差しで私たちを窺(うかが)っている小さなリンドヴルムのことだ。

「食事代わりに魔力をやろうとしたが、俺のは覚えがあるらしく拒否された。君のをやってみるかい？」

「私の魔力を……？」

興味を惹かれて鳥籠へと伸ばした私の手をミストが掴んで顔をしかめた。

「いや。俺が君に会えないのにコレが君の傍にいて、魔力までもらえるなんて許せないな」

やはり王城の森に返すかと不機嫌になったミストを見ていて、私はあることを思いついた。魔術を使うのは、アイオライトの記憶を消してしまったあの日以来になる。

「どうした、ココ……？」

緊張しながら魔術名を声にすると、ミストは私がやろうとしていることを察したらしい。期待を滲ませた眼差しに後押しされて、うろ覚えの魔術文を続ける。それから背伸びしてミストの唇に自分の唇を重ね、ゆっくり魔力を流し込んでいく。

「……っ」

びくりと肩を震わせたミストが、次の瞬間には私を強く抱き寄せた。重ねていた唇を離そうとすると、もっとほしいとミストの舌が絡められる。もう魔力は注ぎ終えているのに、しばらく彼は私を離さなかった。

「強烈だな……。甘くてくらくらする」

「魔力が甘いなんて、聞いたことがありません」

「俺も知らなかったよ」

とろけそうな顔をしていたミストが咎めるように私を見下ろしてきた。

「……こういうのを俺は教えていないよ」

「えっ？」

「口づけで魔力を移すなんて、君はどこで覚えたんだい」

「キルシュヒース公爵令嬢の友人たちです。同じ歳の女の子たちが集まって、恋愛の話になって……。あの、私は男性に好かれませんからご心配なさらないで」

「また、彼女か」

ミストが少し不機嫌そうに眉をひそめた。

「ユージンのあと、君のところに来るかなりの数の縁談を握りつぶしていたのは俺だ。キリがなかったよ。もちろんお父君には相談の上でね。あいつだって……」

思いがけないことを告げられた私はぽかんとする。

「……そんなこと、初めて聞きました」

「君は俺の妻なのだから、俺以外の男にどう思われようが関係ないだろう。他にはどんなことを知っているの？　ゆっくり話そうか、ココ？」

「そ、それよりお時間は大丈夫なのですか？」

しばらく王都を離れることになると、ミストから告げられたのは昨晩のこと。急な視察を命じられたのだとか。彼ほどの優秀な魔術師となれば、色々任されることも多いのだろう。

支度をするため、侍女か家令を呼ぼうとした私をミストが止める。

「ココに手伝ってほしい。腕がまだ痛むんだ」

「はい、もちろんです」

ローブを脱いだミストを直視しないよう着替えを手伝う。

「数年ぶりに魔術を使いました。どこにも不調はないですか？」

「だが君は……」

何かを言いかけたミストが、怪訝（けげん）な表情をする。急にどうしたのか私は心配になった。

「ミスト様……？」

「いや、なんでもないよ。数年ぶり……とは思えない完成度だった」

「あなたは褒め上手なのですね」

「君は謙虚なのだな。そういうところも好きだよ」

よかった、いつものミストだ。

ちょうど詰め襟のボタンをかけ終えた私は、ミストが不在の間実家に帰りたいと申し出てみた。

「君の家はここだろう。早く慣れてほしいな。アイオライト殿に会いたいなら呼べばいい」

「ありがとうございます。でも朝目覚めた時、眠る時、何かするたびこちらに来てからあなたとしたことを思い出してしまいそうで。だから実家であなたをお待ちしようかと」

話の途中でミストは私をぎゅっと強く抱きしめ、私の背中を撫（な）でながら「戻ったらずっと一緒にいるよ、約束だ」と、あやすように言った。

「では待っている間、アイオライトと、あとキルシュヒース公爵令嬢に会いたいのですが構いませんか？」

「……ああ、もちろん構わないよ。手配しておこう。着替えの続きを頼めるかい？」

「はい」

魔術師団の隊服の上にローブをかけた私は確認のため、ミストの周りを一周する。

「完璧だわ」

完璧な佇まいに満足してひとり頷いていると、ミストがどぎまぎした様子で胸に手を当て、寝台に座り込んだ。

「本当に、君にはまいるよ……」

ぽつりとこぼしたミストが両腕を広げた。迷うことなく私は彼の膝の上に腰を下ろす。少し前までは恥ずかしくてどうしようもなかったのに、すっかり慣れてしまった。

「君を置いていきたくない。頼むからいい子で待っていて」

「……はい。あなたもお気をつけて」

ミストは私の姿を目に焼き付けるように熱心に見つめて、時折銀髪を撫でる。時間が許す限り、私たちはそうしていた。


アイオライトがブラッドショット公爵邸を訪ねてきたのは翌々日のことだ。それまで私は時間を持て余していた。というのも、何か手伝うことはないか家令に訊いても丁重にお断りされてしまう。私がしたことといえば、アドニスのブラッシングとリンドヴルムのお世話くらい。これでブラッドショット公爵夫人と名乗れるのか甚だ疑問である。

居間で向かい合ってお茶を飲んでいると、アイオライトが居住まいを正した。

「姉上、この度はご結婚おめでとうございます。先日はきちんとご挨拶できませんでしたからね」

「ありがとう、イオ。お父様は元気にしてらっしゃるかしら」

「はい。二日前にもこちらに用があり、戻っておいでしたが、すぐ領地に向かわれました。姉上が会いたがっていると伝えておきます。きっとまたすぐにお戻りになるでしょう」

アイオライトの話に私は首を傾げる。侯爵領は王都から遠く短期間で行ったり来たりできる距離ではない。

するとアイオライトも首を傾げた。

「義兄上から聞いていないのですか？」

「何をかしら」

私とアイオライトは、きょとんと互いに顔を見合わせる。

「義兄上が何もおっしゃっていないのなら、僕が余計なことを言うわけには……」

「アイオライト」

結局アイオライトが折れて、ミストが転移ゲートを管理する騎士団と魔術師団双方の許可を取りつけ議会の承認を得たこと、既に転移ゲートが侯爵領に設置されたことを教えてくれた。

思いも寄らない展開に私は絶句する。ミストは私の持参金についても、急がせてしまったのは自分だから一切不要だと主張して引かなかったというのに。

「ブラッドショット公爵家のための投資だとおっしゃいましたが、義兄上がなさることはすべてあなたのためでしょう」

「……何もおっしゃらないから、お礼の言いようがないわ」

父に任せるべきだと言っていたミスト本人が王家の難癖を退けるなんて。王城での彼の立場が危うくなってしまわないだろうか。でもミストは別に気にしないと、淡々と言いそうだ。そうするのが当然だというように、彼はいつも私を守ってくれる。

ふと心に引っかかった。私は何か大切なことを忘れているのではないかしら……？　考えてみたけれど、何も思い出せない。そもそも何を忘れているのかさえわからないのだ。

「姉上？」

「……ええ」

「きっと義兄上は、姉上が知ったら気に病むとお考えなのでしょう。お優しい方です」

「イオの言うとおりね」

私は無性にミストに会いたくなった。

アカデミーに行く弟を見送った私はそのまま庭を散策することにした。外出は控えるようミストに言いつけられている。代わりに邸の鍵を預けられたのだ。広大なブラッドショット公爵邸の敷地内にはコンサバトリーもあって、私は鍵を使って中へと入る。十一月だというのに薔薇が蕾を膨らませていて束の間見入った。

花が咲く頃にはミストは帰ってくるだろうか。大好きな白薔薇を前に、私の気持ちは萎んでいく。思い出すのはミストのことばかり。やはりアイオライトに頼んで連れ出してもらえばよかった。ミストが帰るまで何も手に付かないだろう。

暖かいコンサバトリーをあとにした私は気をまぎらわすため、庭を一周することにした。

歩みを止めた私は大きく目を瞠る。止めたというより、何か壁にぶつかったみたいに行く手を遮られた。警戒しながらこわごわ手を伸ばす。見えない壁に指先が触れた。

「まさか、結界なの……？」

私は結界がどこまで張り巡らせてあるのか確かめることにした。結局、結界をたどっていって最初にいた場所まで戻ってしまう。訪ねてきたアイオライトは何も言っていなかったから、結界は外からの侵入を防ぐためのものではなく、内から外へ出るのを阻むもの。

つまり……。

「私が出ていかないため……？」

おそらく術者はミストだろう。でもどうして。考えがまとまらないまま私は一歩前へと踏み出す。けれども、向こう側へは行けない。

「なるほど結界か。見事なものだ」

私は声がしたほうへと顔を向けた。

王太子がこちら側にいるということは、やはり結界が対象にしているのは私だ……と思案したところで、なぜ王太子がここにいるのかようやく疑問を覚えた。

「……こちらで何をなさっているのですか？　ミスト様でしたら、お仕事で不在にしております」

見えない壁を見つめていた王太子が私に向き合った。

「君がここから出たいと望むなら、俺が結界を解くがどうする？」

「きっとミスト様にはお考えがあってのこと。せっかくのお言葉ですが間に合っております」

夫以外の男性と近い距離にいることに不快感を感じてしまい、私はゆっくりと王太子から離れる。すると王太子が顔を歪めた。断ったことが気に障ったのかもしれない。でも、これは私とミストの問題だから、王太子の手を借りる謂れがない。外に出たいなら私が自分でなんとかする。

よく見るといつもの美貌に華やかさが欠けていて、どこか疲れた様子が窺える。そんな王太子の肩越しに、邸の中から家令が飛び出してきたのを確認した私は、手を振り大丈夫だと合図した。本来ならば丁重に王太子を迎え入れるべきなのだろう。でもミストがいない今、それは正しくないと思った私は早々にお帰りいただくことにした。

「お茶をお出ししたいのですが、ミスト様がお許しにはならない……面倒を避けたい、ではなく。あの、こちらで暮らすようなってまだ間もなくて、勝手がよくわからないので申し訳ありません」

慌てて取り繕うと、虚をつかれたように王太子は目を瞬かせ、それから頭を振った。

「ああ……。急に訪ねたりしてすまない。会って直接謝罪をしたいと何度か頼んだが、ミストがいい顔をしなくてね」

「謝罪……？」

聞き間違えたのかと思ったけれど、王太子は真面目な顔で頷く。

「これまで王家はアフィヨン侯爵家に負担を強いてきた。そして、俺が著しく礼を欠いた振る舞いをしてきたことを君に」

「お待ちください。おっしゃった件については解決したと聞いております。それに、謝罪しなければならないのは私のほうです」

「君が？　いや、君は何も……」

「殿下は最初からしっかり一線を引いて、私が隣に立つ者として相応しくないことを明確になさっていました。察しが悪くてご迷惑をおかけしたこと、お詫びいたします」

大きく目を見開いた王太子に向かって、私は頭を下げた。

「顔を上げてくれ、コゼ……公爵夫人。俺が未熟だったせいで君を傷つけてしまったことを申し訳なく思う」

「いいえ、傷つけたなんてとんでもない。こう申し上げてはなんですが、私は殿下に感謝しているのです」

「君が俺に感謝……？」

顔を上げた私は、困惑した様子の王太子に向かって頷いてみせた。

「殿下はお忘れかもしれませんが、私が誕生日に申し込んだダンスを断ってくださいました。おかげで弟以外の男性と公的な場でダンスする機会を、ミスト様のために残しておくことができましたから」

ミストは超然として、何にも執着しないように見えて、私の初めてになることに固執している。本人は『別に気にしていない』と隠そうとしているけれど、まったく隠しきれていないのだ。そういう時のそわそわとした彼を愛（いと）おしいと思う。次の私の誕生日まで、ダンスを申し込まれても誰の手も取ってはいけないと、ミストは度々私に念を押してくる。

優しくしてもらわなくて感謝するというのはおかしな話かと思っていたら、みるみる王太子の顔色が悪くなった。

「そのことについても、俺は君に謝罪をしなければならない。何か償いをさせてはくれないか？」

「過去は過去でもう終わってしまったこと。私にとって大切なのは、ミスト様といる今とこれからです。王国を継ぐお方が数多くいる臣下のひとりに謝ったりなどなさらないでください。王家と縁深いブラッドショットに嫁いだ者として一切関わらないというわけにはいかないでしょうが、できる限り顔を合わせないよう気をつけます」

償いなど望んでいない、と続けようとしたところで、王太子が先に口を開いた。

「待ってくれ。君は数多くの中のひとりではない。もっと早く気づくべきだったのに。……俺にミストのような思慮があれば、君は今も俺のものだったのだろうか」

「私があなたのものだったことは、一度だってありませんが」

今日の王太子はどこかおかしい。

私はなんとなく嫌な予感がした。王太子の私に向けられた眼差しはミストが私を見つめるものに酷似している。熱を帯びて焦れたような……。ミストは私の夫だからいい。でも、王太子にはあってはならないものだ。私の思い違いだったらいいけれど。

「身勝手だと承知している。君に何かしてもらいたいわけではない。ただ過去に時間を戻せたらと考えてしまうんだ」

「じ、時間を過去に戻すなんて不可能です。あり得ません、絶対に無理だわ……！」

「……わかったから、落ち着いてくれ」

全力で否定したものの声が裏返ってしまった。時間を逆行させたのは王太子だったというのか。ではなぜ、彼は一度目を覚えていないのか、覚えているからこそ二度目もセラフィーヌ皇女を選んだのか。でも先程私を見つめていた眼差しは断罪した女に向けるものではなかった。やはり王太子には一度目の記憶はないし、時間を戻したのも彼ではない……。

私はふと、古い血筋ほど魔力が強いことを思い出した。王族はその最たるものだろう。だからって、時間を操る魔術は聞いたことがない。あれこれ思案する私に影が差す。はっと顔を上げると、王太子が至近距離から私を見下ろしていた。

「そう否定されると、何か隠したいことでもあるのかと疑いたくなるが」

「……まさか」

引き攣りそうになる頬を無理やり綻ばせて、私は後ずさりする。じっと私を見つめていた王太子が徐に片手を上げ、こちらに近づく家令にその場で待機するよう合図した。

「謝罪は受け付けてもらえそうにないので、これだけ聞いてほしい。初めて登城した日、君が好みそうな場所を案内しただろう。あれを考えたのは俺ではなくミストだ。あの日、あいつは熱を出したせいで君に会えなかった」

「……え？」

「知らなかったんだな。ミストが熱を出さなければ、時機を見て君たちは婚約していたかもしれない」

でも、そんな日は来なかった。

子どもだった私は秘密の場所を教えてあげると言って、庭園や街並みを一望できる城壁に案内してくれた王太子に恋をしたから。すべてミストの特別な場所。私が会うはずだったのも彼だったなんて知らなかった……。

「……なぜ教えてくださるのですか？」

「なぜだろうな。最後くらい善い行いをして、これまでの失態を挽回したかったのかもしれない。君に質問がある。先ほど隣に立つ者として相応しくないという話をしていただろう。ではミストの隣に君は相応しいということか？」

「どういう意味でしょう……？」

王太子に投げかけられた言葉が心に刺さる。きっと見据えると、「深い意味はない」と王太子が苦笑いを浮かべた。

「今後は夫が不在の邸へのご訪問は控えていただきますよう」

「悪いが同意できかねる」

「王家の紋章を掲げた馬車が私しかいない邸に出入りすることは望ましいとはとても言えません」

「昔からここへはよく来ていたから、別に誰も勘繰ったりしないさ」

情けないことに私の反撃は事もなげにかわされてしまう。ミストの昔話を聞けたのはうれしい。謝罪したかったというのもまあいい。しかしまた訪問されて噂(うわさ)になったら困る。

「ですから。ミスト様がいなければ、殿下にはお会いしません……！」

何も答えず王太子は軽く頭を下げると、結界の向こう側へと帰っていった。


ミストの隣に立つ者として相応しいか……？

ブラッドショット公爵邸に来てからの私は、公爵夫人として邸を取り仕切り日々忙しく過ごしている……わけではなく、お世話になっているだけ。何かしようとしても、ミストに命じられているらしい家令に止められてしまうのだ。王太子に問われたことは別に気にしていない。でも、ふとした瞬間に考えてしまう。


こんなことでいいのか悩んでいた数日後、マリゴールドが訪ねてきた。

婚約期間なしという異例の早さの婚姻をマリゴールドは満面の笑みで祝ってくれた。

「だってあんなプロポーズを見せつけられてしまったあとに反対できる人間がいると思う？　どこへ

行ってもあなたとブラッドショット公爵の話をしているわ。結婚式には絶対に招待してちょうだい」

「日取りが決まったら、マリに一番にお教えするわ」

居間のテーブルに用意された焼き菓子を勧め、紅茶をいただきながら私はマリゴールドに王太子と皇女についてそれとなく尋ねてみた。

一度目のこの時期、公然と愛し合うふたりに周囲も好意的で、私は彼らの障害になっていた。二度目の今、ふたりはどうなっているのか。邸にずっといる私と違って、社交界に明るいマリゴールドは何か知っているはず。

そうね、とマリゴールドが思案する。

「留学当初は王太子殿下がよく付き添っていたけれど、政務を疎かにしているとか、留学目的である勉学を忘れていると非難されたの。要するに、あなたの後任になろうとしていた令嬢たちのやっかみよね。それもあって、王太子殿下は皇女殿下に慎重に接していたわ」

マリゴールドが意味深な視線を私に寄越してきた。

「これはわたくしの想像だけれど。原因というか、鍵を握っていたのはあなただと思うの」

「え、あの、私……？」

戸惑う私に向かって、マリゴールドは笑みを深める。

「ひたむきで勇敢なコゼット。黒い森から戻ったブラッドショット公爵にまっすぐ飛び込んだあなたを見たら、誰だって心を奪われてしまうわ。こう言っては失礼だけどセラフィーヌ皇女殿下は気を失ってしまった。あなたとの違いが鮮明だったでしょうね。でもあのクズが気づいた時にはあなたは手が届かない場所にいる。一生反省し続ければいいのよ」

マリゴールドの話を聞きながら私はぎょっと目を見開いた。彼女の言うあのクズとは、まさかじゃなくても王太子のことだろう。

「マリ、口が悪いわよ」

「コゼットのお人好し。あのクズを庇う必要なんてないのに」

「別に庇ってないわ。あなたに下品なもの言いは似合わないと言いたかっただけ」

目を丸くしたマリゴールドが次の瞬間、声を上げて笑い出す。そして、ひとしきり笑ったところで言った。

「あなたのそういうところが、わたくしは大好きだわ。華やいだものに惹かれはしたけれど、ほんの束の間だったということよ。傍にいれば最初は気にならなかった互いの欠点も知っていく」

「忠告が身に染みるわ。でも欠点だけではなくて、良いところも知っていくものよ」

ミストと過ごす時間は新しい発見の連続だ。

ちょっと尊大な彼の寝顔があどけなかったり。腕なんて怪我していないのに私に構ってもらいたくて嘘をついたり。眠る時に裸なのは目のやり場に困るので、彼が戻ってきたら交渉しようと思う。

「ええ、あなたはそういう人よね。時々お人好しすぎて困ってしまうけれど、ブラッドショット公爵がいるから心配いらないわね。話を戻しましょう。自国ですべてがお望みのままだった皇女様には我慢できるかしら。わたくしも何度か同席する機会があったけれど社交界にも馴染めていないし、頼りの王太子殿下がはっきりしない態度なんですもの」

「おふたりは上手くいっていないのね……」

残念に思いながら確認すると、マリゴールドは頷いた。

「随分と気にかけているようだけれど、ふたりのことは放っておけばいいわ。いずれ収まるべきところに収まるでしょう」

「マリの言うとおりね。でも王太子殿下が邸を訪ねてきたの。ミスト様も前公爵夫妻もいらっしゃらなくて困ったわ」

　邸に王太子が訪ねてきたことを話すと、マリゴールドは美しい顔をしかめた。私の聞き間違いでなければ、舌打ちした気がする。

「ひとりで勝手に反省していればいいのに、未練がましくて嫌になるわね。もし余計なことをしてくるようなら、あなたを溺愛するご主人に言いつければいいのよ。あの男のことだからすぐに措置をとるでしょう」

「マリ、顔が怖いわ。一応ミスト様と王太子殿下は従兄弟なのよ」

「一応って……。言い方がちょっとおかしいわよ、コゼット」

　だって、ミストと王太子には似通ったところがまったくないのだ。ふたりとも長身なことぐらいしか浮かんでこない。ミストは冷たく見えて誠実で優しい。だからこそ王太子の穏やかに振る舞いながら計算高いところが軽薄に感じる。以前は気づかなかったことだ。

　私は頭を緩く振った。人の上に立つ者はそれぐらいでなければ。ただまっすぐでは、あの王城ではやってはいけない。いずれにせよ私には関係ないことだ。

「他所様の揉め事を口にするのは控えたいけれど、あなたのご主人、かなり王家を締め上げたそうね。不興を買ったライナード伯爵は瀕死の状態だし、ロロット伯爵令嬢はよからぬことを企んでいたせいで修道院に入れられたと聞くわ。あなたを守るためなら、相手が誰でも容赦ないってことよ」

ライナード伯爵の件までは知っていたけれど、ロロット伯爵令嬢までとは。

黙り込んだ私を見て、マリゴールドは謝罪する。

「わたくしったら、ごめんなさい。ブラッドショット公爵から注意されていたのだったわ」

「……マリ、それはなんの話？」

「視察で王都を離れるから、自分がいない間あなたの話し相手になってほしいと公爵に頼まれたのよ。頼まれなくてもわたくしはあなたに会うつもりでいたけれど。ともかくその時、邪心の欠片もない純粋なコゼットにくれぐれも刺激的な話をしないように――、と丁重にお願いされたの」

話の途中、私は両手で顔を覆った。真面目な顔で淡々と話すミストの様子が想像できてしまう。マリゴールドは呆れ果てたことだろう。

「ご迷惑をおかけしてごめんなさい……。ミスト様は生真面目で、あの、決して残念な方ではないのよ」

「ええ、わかっているわ」

顔を覆っていて見えないけれど、マリゴールドが小さく笑った気配がした。

「……あら？」

「まあアドニス。マリ、紹介するわ。従魔のアドニスよ。ワンちゃんなのだけど品種がわからなくて」

顔を上げた私は、いつの間にか足元でくつろいでいるアドニスの頭をひと撫でした。

「ワンちゃん……？　ブラッドショット公爵の従魔は狼、というかフェンリルでしょう」

「えっ？」

なんですって……？

私はずっと犬だと思っていたアドニスを凝視する。言われてみればフェンリルの様相にぴたりと当てはまる気がする。

「あ、あなたも教えてくれたらよかったのに」

『……すまん、コゼット。アレから余計なことは言うなと命じられていて』

「いいわ。当分の間ブラッシングはお休みにします」

しどろもどろになるアドニスに私はぴしゃりと言い放った。ぐぅっとアドニスが唸ったけれど、私は知らん顔をする。まったくミストはなんてものを使役しているのだ。桁外れすぎて嘘をつかれたことを怒る気にさえならない。

「あの男のことだから、本当のことを言うとあなたが怯えてしまうと考えたんじゃないかしら。それにしても、ずっと邸に引きこもっているのはよくないと思うわ。気晴らしに出掛けてみない？」

「行けないわ。あ、ええと色々と忙しくて……」

顔を上げた私は、結界があって邸の外へ行けないとはさすがに言いづらくて、マリゴールドのお誘いに言葉を濁した。


ミストが邸を留守にして十日ほど過ぎた。彼がいないこの十日間は、短いようでとても長く感じた。

家令は丁重に接してくれるけれど、邸のことには一指も触れさせてくれない。実家にいた頃、領地の仕事を手伝っていた私は、何かできることはないか執務室に入ろうとして、必死の形相で止められてしまった。頼りない私に公爵家の大切な仕事を任せてはいけないと、ミストから厳命されているのだろうか。

結界は変わらず邸の周囲をぐるりと囲むように存在している。もしかしたら、社交の場で恥を晒すと心配されているのではないか。ひとりの時間が長いと、どうしてもよくない考えばかりに心が囚われてしまう……。

結局私はミストに会えなくてさびしいのだ。今は何をしていても後ろ向きになってしまう。加えて、ミストに相応しいのかと王太子に問われた言葉が私を疲弊させた。

冷たい風が吹くなか、庭へと出た私は羽織っているローブの前をぎゅっと閉じた。ミストが戻るまでおそらく結界はなくなることはない。行き先を変更して、私はコンサバトリーに向かった。

暖かい温室内を歩いていると、一輪の薔薇が視界に入る。ミストと一緒に見たくて彼の帰りを待ちわびていたのに、先に花が咲いてしまった。残念に思いながらしばらくぼうっと見上げていた私は生垣の傍に置かれた丸椅子を見つけ、薔薇のもとへと運んだ。ドレスの裾をたくし上げて丸椅子に乗ったところで足元がもたつく。落ちる……と理解した時には、身体がぐらりと揺れて背中に衝撃を受けた。

『どこへ行くのです』

『内緒だ。こうでもしないと君は俺の言うことを聞いてくれないから。忍耐は美徳だが、君の場合は限度を超えている』

外へは出られないと主張する私をローブに包み、彼はお構いなしに担ぎ上げた。追従する騎士が代わろうと手を差し伸べる。彼は『大丈夫だ』と断って腕に力を込めた。

『自分で歩けます』

『君が俺のことを心配しているなら、平気だと言っておく。だが、じっとしていてもらえるかい』

彼は嘘をついている。

迷惑をかけていること、無理をさせていること。すべてが申し訳なくて、身体を縮める私の背中を大きな手が宥めるように撫でた。

『これが限界なんだ。かっこ悪いな、俺』

時折休みながら長い石階段をゆっくり下りていく彼の額には汗が滲む。涙なんてもう出ないと思っていた私は、彼のローブをぎゅっと掴んだ。

『もう誰も君を傷つけたりしない。眠って、コゼット』

揺れる馬車の中でそっと瞼を撫でられ、私は目を瞑った――……


バタバタと近づいてくる足音に、私はゆっくりと瞼を開ける。

「奥様っ、大丈夫ですか……？」

「……誰。奥様？」

定まらない視線をさまよわせる。

「ここは……？」

私は何をしていたのだったかしら……。

しばらくすると朦朧としていた意識がはっきりしてきた。ああそうだ……。薔薇の花を見ようとしてうっかり丸椅子から落ちてしまったのだった。慣れないことはするものではないなと反省していたら、蒼白になった家令が「まさか」と、息を呑んだ。

「頭をぶつけた衝撃で記憶が……」

どうやら家令は、地面に横になったまま呼びかけに反応が薄い私が記憶を失ったと早合点したらしい。心配しないでと口を開く前に、私は慌てふためく家令と駆けつけた侍女に支えられてコンサバトリーをあとにした。

公爵家の医師の見立ては、丸椅子から落ちた衝撃で脳にダメージがあり記憶が飛んでしまったのかもしれないということだった。確かにそのとおりだ。……ほんの一瞬だったけれど。想定外の展開に、もう大丈夫だからと言い出せなくなっていた。

居間の肘掛け椅子に背を預けたところで、前触れもなく扉がけたたましく開かれた。何事かと私は扉のほうへ顔を向ける。

「ココ……！」

茶器類を載せたワゴンを倒し、テーブルにもぶつかりながら、息を切らしたミストが脇目も振らず私のもとへとまっすぐにやって来た。普段の彼からは想像できない取り乱しぶりに私はぽかんとする。

「頭を……。本当に君という人は、片時も目が離せない。君をひとりにさせた俺が悪かった」

ミストは綺麗な顔をくしゃりと歪めて泣きそうな顔をすると、私を強く抱きしめた。久しぶりに感じる彼の体温だ。私のもとに帰ってきてくれたのだなと、胸がいっぱいになる。

「あの……」

「旦那様！」

おかえりなさいと言いかけた時だった。

べりっと音がしそうな勢いで、家令が私からミストを引きはがす。

「安静にと説明していたはずですが」

「ああ、わかっている」

家令と話がついたミストが私の前に跪いて、ガラス細工を扱うようなしぐさでそっと手を握った。

「ココ、俺は君の夫だ。君はつい先日、ブラッドショット公爵家に嫁いできた」

もちろん承知している。こくりと頷くと、ミストは緊張した面持ちで話を続けた。

「俺たちは子どもの頃から愛し合っていた。大人になって正式に婚姻する日を、俺も君も待ちわびていたんだ」

「…………は？」

ミストの言葉が理解できず、思わず間抜けな声が出てしまった。もしかしたら聞き間違えたのかもしれない。

「失礼ですが、なんておっしゃったのですか？」

「深く愛し合っていたと。互いに初恋なんだ。俺は物心がついた頃から君を愛してる。もちろん君も、ずっと俺だけを……あ、愛していたよ」

お願いだから、顔を赤くしながら嘘をつかないで。なぜミストがこんなわけがわからないデタラメを言うのか、私には見当がつかない。

「あの……。思い出せなくて、すみません」

思い出せないというか、そもそもなかったことなのだけど。

困り果てた私は床に散らばった茶器類を片付けている家令に助けを求めた。私たちのやり取りは聞いていたらしく家令と目が合ったけれど、すぐに顔を背けられてしまう。ミストが私の身体に負担をかけなければ干渉しませんということらしい。

「ココ。俺がいるのに何を見てるんだ」

不機嫌な低い声に、ぐりんっと私はミストに向き合った。冷静にならないと……。これ以上ミストがおかしなことを言い出す前に、事情を説明してしまおう。

「ええと……」

「ミスト。俺の名前だ」

「はい、ミスト様」

「君は敬称を付けずに呼んでいたよ」

一度もしたことはない……はず。惚けたようにミストを見つめていると、一点の曇りもない眼差しで見つめ返される。

私が間違えているのだろうか。ミストに透き通った双眸をまっすぐ向けられている私は、何が正しいかわからなくなってきた。

「あの、ミスト様」

「ミストと」

「……ミ、ミスト。私は」

「うん」

ミストは握ったままだった私の手を自分の頬へと当てると、うれしそうに微笑んだ。それからひとり掛けの肘掛け椅子に座る私の隣へ腰を下ろし、頬や手についばむようなキスを落とす。

「ま、待ってください。何を？」

「いつもしてたことだよ」

してない。……していたけれど。人目がある場所では私が恥ずかしがるので、ふたりきりの時だけだ。混乱真っ只中にいる私にお構いなしにミストは私をやわらかく抱きしめた。

「俺のココ。どこも痛くない？　君は以前も同じように……いや、この話はよそう。君に何かあったら俺は死んでしまう」

　お願いですから生きてください。

　私と違って、ミストが背負っているものは多い。彼にもしものことがあれば王国民にとって大きな損失になる。待って。そもそもこんなことを考えてしまうことさえ間違えていると、不穏な考えを打ち消す。

　ふと顔を上げると、私をじっと見つめているミストと視線が絡んだ。

「やはり痛むのか……？　君はいつも何も言わずにひとりで我慢してしまう」

「だ、大丈夫です」

「君の大丈夫は全然大丈夫ではないよ。遠慮しないでいい子にしておいで」

　ミストの大きな手が私の背中に添えられた。身体がじわじわと熱くなる。治癒魔術だ。手厚い介抱を受けながら、時折頬や髪にキスが降ってくる。私は打ち明けるタイミングを完全に失っていた。

「国境まで行ってきたんだ。公爵領にも立ち寄って用事を済ませたから、帰りが遅くなってしまった。俺に何かしてほしいことがあれば遠慮なく言ってくれ」

「どうぞ、お茶のご用意ができました」

「お前は遠慮して少しは空気を読んだほうがいい」

　家令が差し出したカップを受け取ると、ミストは呼ぶまで下がっているよう命じた。ふたりきりになると、冷めかけていた甘い空気をミストが再び容赦なく出してくる。

「それで、どこまで話したかな。仕事はしばらく休むから、ようやく君とゆっくり過ごせそうだ。いくつか報告書を上げないといけないがずっと君の傍にいるよ」

「休暇中もお仕事のことを考えるなんて、あなたらしいですね」

「……あなたらしい？」

　私の銀髪を梳（す）いていたミストの手が止まり、私は我に返る。記憶がないはずなのに、私は何を知ったような口を利いているのだろう。

「な、なんとなく、あなたは生真面目な方だろうなと感じまして」

「そうか」

　慌てて取り繕うと、ミストが頷いた。

　私はここに至って、このまま記憶喪失を押し通そうと考えを改め始めていた。ミストが無事に戻ってきたことだし、数日実家に帰ろう。公爵邸に帰る頃にすべて思い出したと言えば丸く収まる。うん、いい考えじゃないかしら。

「国境の話で思い出したが。かつて戦場に向かう騎士や魔術師たちは長い留守の間、愛する妻に誰も触れないよう淫紋を刻んだそうだ」

　ミストの長い指がするりと私の頬を撫でる。なぜか肌が粟立（あわだ）った。

「愚かなことをすると思っていた。今になって彼らの心情がよくわかるよ。まあ、俺ならもっと別の方法を考えるだろうな」

「……結界の中に閉じ込めたり？」

頬を撫でていたミストの手が止まる。

失敗、してしまった……。

背中を冷たい汗が伝う。私ったら、うっかりが過ぎるのではないかしら。一見すると涼しげな顔をしている夫が何を考えているのか、まったく読めない。

「ココ。記憶喪失だというのは」

低い声に、びくりと肩が跳ね上がる。

「薔薇が見たくて。私の大好きな白薔薇です。あなたがお戻りになったら、ふたりで見ようと決めていたの。でもあなたの帰りより先に咲いてしまって悲しくて。花に罪はないでしょう？　だから一目見たくて、踏み台代わりにした丸椅子から落ちて。それで背中と頭とお尻をぶつけました」

「いい子だから落ち着いて。つまり、全身をぶつけたんだね」

「そ、そうとも言います」

淑女らしからぬ振る舞いを告白した私は泣きたくなった。これでは安心して留守を任せられないではないか。

「それで？」

「んっ……そ、それで」

落ち込んでいると唇を指でなぞられて、ミストに先を促される。

「記憶喪失だったのは嘘ではありません。どこにいるのかわからなくて。すぐに思い出したけど、言い出す機会がなくて。悪気はなかったの」

「わかったから落ち着こうか」

そう、悪気はなかった。誰も私の話を聞いてくれなかったから悲しくて。ただひとり、彼だけが……。

「……あれは、あなただったのですか？」

浮かんできたあれは夢ではなかった。大変な思いをして、西の塔から私を連れ出してくれたのがミストだったなら、どうして私は忘れているのだろう。額に汗を滲ませていた彼の顔を思い描こうとしても、深い霧に覆われたみたいに思い出せない。

「ココ……？」

ミストが私を抱きしめようと手を伸ばす。困惑していた私は彼の手を避けて立ち上がった。

「実家に帰らせていただきます……！」

「わかった。俺も帰るよ」

「……何をおっしゃっているの？　ミスト様の実家はこちらの邸でしょう」

私ひとりで帰ると主張すると、ミストは傷ついた顔をした。そして帰る帰らないの応酬がしばらく続く。

「ですから、アフィヨン侯爵家は私の実家です」

「俺たちは夫婦だ。妻の実家は俺の実家も同然だろう」

そういうものなのだろうか。納得いかない私にミストが言葉を重ねる。

「俺が言いたいのはつまり、君のいる場所が俺がいるべき場所だ。頼むから俺から離れていかないで」

私に向けられたミストの表情も声も悲痛で、胸が苦しくなる。こんな顔をさせたいわけではなかったのに。

ミストは立ち尽くす私を捕まえると膝の上に座らせ、どこにもやらないというように腕の中に閉じ込めた。ジタバタすると抱擁が強まる。

「ずっと魔力がこぼれてる。頭をぶつけたあとだから大事にしないといけないよ」

「え……？」

「無自覚か。ゆっくり息を吐いて、吸って。そう上手だ」

ミストに指摘されて、私は自分が緊張状態にあったことに気づいた。大きな手が私の頭を撫でる。

息を整えすっかり力が抜けた私はミストに身体を預けた。

「急に実家に帰るなんて。……俺が嫌いになった？」

張り詰めた空気のなか、ミストに問われた私は首を横に振る。

「あなたが嫌い？　あり得ません」

私は目を逸らさずにミストを見つめ、そして打ち明けた。

「これは、私の問題なんです。こちらに来てからお世話になっているだけで、あなたの妻らしいことは何一つできていません。一度ゆっくり考える時間が必要なんです」

「俺は君に傍にいてくれるだけでいいと話したはずだ。侯爵邸に帰ることはない。俺と一緒に考えよう」

「あ、あなたに相応しいか相応しくないか悩んでいるのに、そのあなたが傍にいたら冷静に考えられません……！」

「なんだって？　なぜそんな話になるんだ」

少しでも気を抜いたら泣いてしまいそう……。私は眉根をぎゅっと寄せた。

「結界を邸の周りに巡らせたのは、社交が苦手な私が外でブラッドショットの名誉を傷つけないためでしょう？」

「断じて違う。君が断罪されたのは収穫祭の月が終わった一月後だと言っていたから、外出は控えるのが最善だと思った。やり方はよくないが君を守りたかったんだ」

一息に言い切ると、ぐっとミストが息を呑んだ。

「説明してくださったらよかったのに」

「君がつらい過去を思い出すのは嫌だったから」

返ってきたのは、思っていたのとはまるで違う言葉で。私はミストの深い愛を知る。

「……執務室に入れなかったのは、私に大切な仕事を引っ掻き回されては困るから？」

「いや、だからそれは……」

ミストは言葉を詰まらせしどろもどろになると、私から顔を背けた。彼のこんな姿はあまりお目にかかれない。私はミストの頬に手を添えて、視線を合わせた。焦る彼の目元は仄(ほの)かに赤い。

「ミスト様？」

「わ、わかった。言います」

詰め寄ると、ミストは降参だというように両手を上げた。

「君にドレスを贈りたくて。いや、選んだのは主に下着のほう……なんだが。見つかったら誤解されるかもと心配で、執務室に保管していたんだ。家令は俺の秘密を守ろうとしただけで、君がどうこうとかではないんだ」

「……」

「ココ、冷たい目で見ないでくれ」

そう言われても。私は散々迷い悩んだのだ。それが下着の件ですって……？

手を伸ばしてミストの右腕にそっと触れる。

「腕、もう平気なのですか？」

「ああ、そうだな」

「痛いとおっしゃっていたのは、左腕だったはずです」

「……どちらも、だったよ」

苦しい言い逃れをすると、ミストは途方に暮れたように眉尻を下げた。

「先ほどの初恋とかいうお話は？」

「あ、あれは俺の願望だ」

耳まで赤くなったミストが観念したように口を開く。

「母からよく君の話を聞かされた。顔を合わせるよりずっと前のことだ。その頃から君は俺の婚約者になるのだと勝手に思っていた。君が登城した日、俺は熱を出して会うことは適(かな)わなかったが」

「あの、知っています」

「……ユージンか」

ミストは言葉を止めると、眉をひそめた。

「だから、相応しいとか相応しくないとか言っていたんだな」

「その件はもう解決しましたから」

どうあっても私はミストの傍にいたいのだ。相応しいかどうかは、これから時間をかけて証明していけばいい。

「そうかな？　君をひとりにしたらいけないとよくわかった。俺を置いて実家に帰ろうとするなんて酷いだろう」

　腰に回されていた腕に力が入る。

「俺たちはもっと話し合うべきだと思わないか？」

尊大な感じでそう言うと、ミストは口の端を持ち上げて綺麗に微笑んだ。


「……話し合うとおっしゃいましたよね？」

私はキスしようとするミストの唇を手で塞いだ。その手はすぐに外され、指を絡められる。

「ああ。だからこうしている」

真顔で返されて、私は言葉を失う。お茶を飲みながらとか、もっとこう穏やかなものを想像していた。夫婦の寝室でだなんて聞いてない。

「まだ昼です」

「そうだな。美しい君を余すところなく見られるなんて贅沢だ」

「昼間から寝室にこもるなんて、邸の者たちがどう思うか……」

「仲が良いと皆が喜ぶだろうな」

私の抵抗をあっさり一蹴して、絡めた指にミストがキスを落としていく。

「会いたかったよ。ずっと君に触れたくてどうにかなりそうだった」

「んっ……」

キスをした指先をミストが口に含んだ。舌でなぞられて優しく歯を立てられる。体温がじわじわと上がっていく私を見下ろすミストが満足そうに目を細めた。扇情的な音を立てて指が引き抜かれ、恍惚としかけていた私は我に返った。

「ミスト様、待って」

「普段もミストと呼べばいい」

「え……？」

なんのことか訝しむ私の首筋にミストが唇を寄せる。ちりっと灼けるような痛みを感じた。

「気づいていないんだな」

クスッと笑うと、頬をくすぐっていた手を滑らせて腰のあたりをゆるりと撫でた。

「さっき淫紋の話をしたのを覚えてるかい？」

「……まさか、しませんよね？」

淫紋とか、どういったものかはわからないけれど、あまりよろしくない感じがする。

怯む私に向かって、ミストが「もちろん」と笑みを深めた。安心するように優しく言われてもほっとするどころか、全身がぞくりと粟立つ。

「あれではありきたりだ。もっとよい方法を考えている」

「……け、研究熱心なのですね」

「君のことになると、ついのめり込んでしまうみたいだ」

別に褒めたわけではないので照れないでほしい。優秀な才能を是非とも他のことに使ってもらいたいものだ。けれども気になって尋ねてみた。

「あの、どういった方法でしょうか……？」

「ん……？」

下腹部を撫でていた手が胸に添えられた。ドレスの生地越しだというのに彼の熱が伝わってくる。

「ミスト、様……」

「君と俺の魂を結びつけたいんだ。先のことだが、死んだあとにも一緒にいられるようにね」

なぜとか、できるのかとか、訊き返すのは愚問だろう。ミストはきっといつの日か完成させる。仕方のない人だなと思っていると、ミストがこつんと額を寄せてきた。

「仕方ない人だと思ってるんだろう」

「……思ってません」

「君は嘘が下手だな」

返事に困って、ミストの唇の端に触れるだけのキスをする。何度しても慣れない。これよりもっとすごいことだって経験したというのに。そっとミストを窺うと、彼もまた目元を赤くしていた。いつも濃厚なキスをしてくるくせに、そんな反応をされると困る。

「……愛してるよ」

しどろもどろになっているところへ、大好きな人からまっすぐな想いを告げられた私は頭が真っ白になった。

「君は俺を愛してる？」

「……好き」

なんとか返事を返す。声が上擦らなくてよかった。

けれどミストはお気に召さなかったようで、焦れたような眼差しを向けてくる。

今度は瞼を降ろさずに唇を重ねた。乞われるまま彼の舌を口内に招き入れる。

「んっ……」

魔力を感じた。甘いとミストが言っていた意味がわかった気がする。もっとほしくて舌を絡めると、口づけが深くなった。唾液とともに注ぎ込まれるミストの魔力にふわふわしてくる。

いつの間にかドレスのボタンが外されていて、はだけた胸にミストが吸い付いていた。ぎゅっと瞑った目から涙がこぼれる。

「ココ、俺を見て」

だらしない顔を見られたくない私は緩く首を振って拒否した。

「なら俺の好きにさせてもらおう」

えっ……？

不穏な空気を感じて薄ら目を開けると、唇から舌を見せたミストと視線が絡んで、彼はそのまま私の胸の頂を咥えた。

「んっ……ふぅっ、ミスト……」

恥ずかしい声が次々漏れてしまうし、触れているのは胸だというのに下腹部が切なく疼く。ようやくミストが顔を上げて、息が乱れた私の頬を撫でた。

「前に君がキスで魔力をくれただろう。近いうちに応用したものを完成させる。今日のところは君と俺の魔力を溶け合わせてみようか」

ドレスのスカートを捲り上げ、露になった膝にミストが唇を寄せた。ついばむ間にもミストの手が内腿を這う。中途半端に乱された着衣が裸より恥ずかしいと知らなかった。執拗に舐められてツンと尖った頂が唾液で濡れ光っている。こんな明るい時間にいけないことをしているという背徳感に目眩がした。

トラウザーズの前をくつろげたミストが覆い被さってきて、私は彼がやろうとしていることがおぼろげながらわかってきた。どれくらいの魔力が注がれたのかはっきりわからないけれど、キスだけでうっとりしたのだ。これ以上は駄目というか、危険だと思う。

「ミスト様……」

「俺のココ」

私を見下ろす、左右で色合いが異なる双眸が愛おしげに細められた。わかってもらえたと緊張を解いた私の中へ熱い昂りが容赦なく叩きつけられる。

「ん……！」

「は――。ココ、君が溺れるくらい俺の魔力を注ぎ込むから」

恍惚として告げると、会えなかった時間を埋めるように奥へ奥へと入ってくる。まるで歓喜しているみたいに、私の中はざわついてミストのものを締め付けてしまう。肌をかすめる彼の吐息にさえ感じてしまうなんておかしい。

「ああっ……や、待って……」

もう駄目。もうやめて。ミストが腰を揺らすたび、私は寝台のカバーを濡らしていた。

「……ああ、ココ。愛してる、ココ」

「ミ、スト……ミスト！　っも、だめ……」

ぞくぞくとした甘い痺れがとめどなく這い上がってくる。

嘘だと思いたいけれど、私は達してしまったらしい。大きく見開いた瞳から涙がぼろぼろこぼれた。

「ひ、酷いわ。あなたが触るところ全部、感じちゃうから。駄目になるから、待ってと言ったのに
……」

すまないと謝りながらミストが私の瞼や目尻に優しくキスを落とす。機嫌を取ろうとしても許さないとばかりに、私はミストから顔を背けた。

「ココ、機嫌を直して？」

「知りません。私は怒ってるんです」

銀髪を指で梳いていたミストが耳元へ唇を寄せて、内緒話をするみたいに囁いた。

「俺はまだ君に魔力を譲渡していないよ」

「え……？」

私の顔をのぞき込んだミストが悪戯っぽく口角を吊り上げた。

「本当に君は可愛いな」

「う、嘘……。違うの、ミスト様……あんっ」

いきなり突き上げられて腰が震える。

そうだった。ミストはまだ達していない。私だけひとりで……。しかも魔力は関係なく。つい先ほどの自分の痴態を思い出して、かあっと頬が熱くなる。

私の考えていることなどお見通しのミストが真っ赤になっているであろう耳を食(は)んで、そしてとろけそうな甘い声で告げた。

「恥ずかしがることはない。時間はたくさんあるから、君が駄目になるところを俺に見せてくれ」


【◆】


やりすぎてしまった……。

華奢(きゃしゃ)な身体を投げやって無防備に眠るコゼットは酷く煽情的(せんじょうてき)で、傍にいるとまた無理を強いてしまいそうだ。そっと目尻の涙を拭って、ローブに包んだコゼットを上掛けでさらに包んだ。穏やかな寝息を立てる可愛い寝顔をこのまま見ていたいが、少し頭を冷やしたほうがいいだろう。

寝室を出て階段を降りたところで家令を見つけた。

「ご命令どおり、手入れいたしました」

「ご苦労」

大事なことを思い出し、歩みを止めて振り向いた。

「例の件がコゼットにバレた。今後は執務室を自由に使わせてやってくれ」

「ご愁傷様です」

コンサバトリーに向かうと、長らく伸び放題だった薔薇の木はコゼットの背丈よりも低く刈ってあった。知らせを受け取った時は生きた心地がしなかったが、これでもう大丈夫だろう。

綻び始めていた薔薇をコゼットのため手折ろうとして棘がかすめた。指先に滲んだ血をぼんやり眺める。

覚えのある痛みが、忘れていた過去の記憶を呼び覚ましていく――……

『君は何も悪くないだろう』

『いいえ、殿下の婚約者になりたいと思い上がった私が悪いのです。時間を戻せたらいいのに』

『時間を戻す……』

『愚かな女の戯れ言だとお忘れください』

困ったように微笑むと、俺に背を向け窓の外を眺める。もう帰れという合図だ。

彼女がどんな表情をしているのか。こちらを振り向かせる権利が俺にはない。華奢な後ろ姿を目に焼き付けるように眺めていると、不意に彼女が振り向いた。

『ブラッドショット公爵様？』

『また来るよ』

〝時間を戻せたら〟。現実感がない彼女の一言が心に刺さったままずっと忘れられない。

目の前の風景が、見慣れた執務室に変わった――……

『塔に立ち入るなど越権行為だぞ、ミスト。何度言ったらわかるんだ、お前らしくない』

『円滑に婚約の話が進んだそうだな。彼女を利用して自分の立場を優位にした皇女もお前も最低だ』

『……彼女と話したのか？』

ユージンが表情を険しくする。俺が彼女に近づくのが気に入らないのだろうが知ったことか。肩に置かれていたユージンの手を振り払った。

『彼女は文句の一つもこぼさない。俺が調べたことだ』

焦れったいくらいにまっすぐで、愚かしいくらいにひたむきで、どうしても放っておけない。

『疑わしい言動をしていた。証人もいる。後ろめたいことがあるから何も言えないのだろう』

『お前の意見などどうでもいい。皇女と話し合え。お別れだ、ユージン。俺は二度と王都に戻るつもりはない』

石階段の途中で立ち止まり汗を拭った。幾度となく往復したがそれも今日が最後だ。拒否されても、無理やり連れ出すと決めている。

追従する騎士が重い扉を開いた。こちらを振り向いた彼女のぼやけていた輪郭がくっきりと浮かび上がる。焦がれて止まなかった薄灰色の大きな瞳がまっすぐに俺を射た。

「……コゼット」

ああ、なぜ俺は忘れていたんだ。なぜ彼女を忘れて生きていられた？

西の塔から攫うように公爵領内にある修道院にコゼットを隠した。幽閉で憔悴しきった彼女の回復は見込めなかった。だからせめて残された時間を心穏やかに過ごしてもらうことが、何もできなかった俺にできる唯一だった。

『王都にお戻りください。皆あなたをお待ちでしょう』

『俺を待っている者などいないよ。君の他には誰もね』

『あなたもご冗談をおっしゃるのですね』

『いや。冗談ではないんだが』

俺のすべてはあの場所にあった。最期まで彼女の傍にいるつもりでいたのに。

棘で痛めた指が熱を持ち始める。

儚(はかな)げに微笑むコゼットの輪郭が深い霧に包まれるように消えていく。

早く手を伸ばさなければ。そうしなければ、俺はまた彼女を失ってしまう。だが縫い留められたようにどうすることもできない――……

『ブラッドショット公爵』

後ろから声をかけられ、振り向きざまに平手打ちをくらった。

『……キルシュヒース公爵令嬢。相手を間違えているのでは？』

黒いドレスに身を包んだキルシュヒース公爵令嬢が不快なものを見るように顔を歪めた。隣には、つい先日病気で臥(ふ)せっている父親から爵位を継いだばかりのアフィヨン侯爵が無表情で立っている。

『このクズ……！　せめて一時だけでも彼女の死を悼むことはできないの？　手を差し伸べて見捨て

るなんて、王家のあのクズより最低のクズだわ』

『彼女……？　悪いが皆目わからない』

今度は反対の頬をパチンと思いきり打たれた。脚を負傷してからは腫れもの扱いされてうんざりしていたが、キルシュヒース公爵令嬢には一切それがない。むしろ忌々しく思っていることを隠すつもりがないようだ。

『クズに何を言っても時間の無駄だったわ。グーで殴ってないことに感謝なさい。今後キルシュヒースは王家とは反対の立場に立つから覚悟しておくことね』

クズと連呼され理解不能のまま、彼女は去っていく。不意に目が合ったアフィヨン侯爵が軽く頭を下げた。

『生前、姉がお世話になりました』

『姉……。亡くなった、のか？』

『領地は様変わりしましたが、帰ることができて安心なさっておいでてでしょう。別れの会は一週間後、身内の者だけで行う予定です』

お前は来るなと冷たい目が告げている。

では、と横を通り過ぎようとした侯爵が足を止め、固かった表情を一瞬だけやわらげた。

『失礼。あなたから懐かしい魔力を感じたものですから。ああ、なるほど。すべてつながりました』

『待ってくれ』

説明できない焦燥感に突き動かされ、立ち去ろうとしたアフィヨン侯爵の腕を掴んでいた。だが彼は俺の手をやんわりと外した。

『あの方が望んだこと。僕からは何も話せませんが、ありがとうございました』

彼女の面影を探そうとしたアフィヨン侯爵が遠ざかっていく。面会を申し込んだが丁重に断られた。二度と思い出すなと突き放された気がする。

残されたのはどうしようもない喪失感だけだ――……


彼女。姉。あの方。

どうしても思い出せない彼女を偲ぶため、中庭に咲く白い薔薇を摘もうと手を伸ばした。鋭い痛みに手を引っ込める。

ああ、そうだ……。同じ過ちを繰り返して、いつも彼女に叱られた。

『鋏をお使いください』

『わかった。次からそうしよう』

だが俺は確信的にまた繰り返す。彼女が俺に触れるのは、指を治療する時だけだから。

穏やかな日が続いた。寝台で過ごす時間が次第に長くなるのは止めようがなかった。

『王都にお戻りになってください。あなたは王国に必要なお方です』

『君は必要としてくれないのか』

『困った方ですね』

ここ数日寝台から起き上がれなくなった彼女と、こんなやり取りを繰り返していた。

『……ブラッドショット公爵様』

彼女が差し出した細い手を凝視していた俺は我に返り、そっと包み込んだ。

『救ってくださって、ありがとうございました。もうあなたを独り占めはできません。お別れです』

『コゼット……？』

どんな宝石より美しいと思っていた。薄灰色の瞳に毅然(きぜん)とした光を宿す彼女から魔力を感じた。


『私を忘れてください』


そこから先の記憶がない――……

あの時コゼットは忘却魔術をかけたのだろう。彼女に関するすべてが記憶から消された俺は王都に戻り、何事もなかったかのように過ごした。

『ひとりで君を逝かせてしまった。なぜだ、コゼット……』

大事な時に傍にいてやれなかった。キルシュヒース公爵令嬢やアフィヨン侯爵が憤っていたのも頷ける。

『……時間を、戻さなければ』


長い夢から覚めたように立ち尽くしていた俺はコンサバトリーをあとにした。コゼットに会いたい。ただそれだけだった。

庭に佇んでいるコゼットを見つけ駆け出していた。足元にいるアドニスが俺に気づいたがふいと知らん顔した。コゼットを見上げて尻尾(しっぽ)を振っている姿は誇り高いフェンリルではなく忠犬そのものだ。

不意に歩き出したコゼットに手を伸ばす。ずっと触れたくて、叶わなかった彼女を後ろから抱きしめた。

「コゼット。ローブもなく出歩いてはいけない。身体を大事にしてくれ。ああ、冷えてしまって」

「ミスト様」

振り向いたコゼットを羽織っているローブの中へ導いて、もう一度しっかり抱きしめた。

「どうなさったのですか？」

「俺はクズだ。どうしようもないクズなんだ。君の気が済むまで俺を殴ってくれ」

「な……」

ぽかんと口を開けたコゼットの顔を見つめていると少しずつ落ち着いてきた。思い出した一度目の記憶に引きずられ、かなり混乱していたみたいだ。どこかに行ってしまうなんて二度とあり得ない。彼女は俺の妻なのだから。

「取り乱したりしてすまない」

「いえ。でも二度とあなたの口からクズなんて言葉は聞きたくありません」

「わかった。気をつけるよ」

冷静になると、あることが気になり始める。

コゼットは最期の記憶は曖昧だと話していたが、彼女が過ごした修道院がブラッドショット公爵領にあることを知っているのだろうか。

「今頃温かいお茶が用意されているはずです……ミスト様？」

「すまないがキャンセルだ。アドニス、俺とココは出掛ける」

過去を思い返すのはこれが最後だ。

呆気に取られたコゼットを抱えるようにして歩き出す。

「出掛けるって、どちらへ？」

「王城へ」

馬車に乗り込み行き先を告げると、コゼットの表情が強ばった。緊張を解くため彼女の肩を抱き寄せ説明する。

「もっとも近い転移ゲートがあるのが王城だからなんだ。俺がいるから心配いらないよ」

「転移ゲートでどちらへ向かうのです？」

「ブラッドショット公爵領だ」

薔薇の棘がきっかけとなり俺が過去を思い出したように、修道院を見たコゼットも過去を思い出すかもしれない。……思い出さないかもしれない。俺がずっと彼女を愛していたことを知ってほしいと思うのは傲慢だろう。修道院を訪れ、何も思い出さなければ二度と過去には触れない。

王城に着き早々に騎士団の庁舎に向かった。

転移ゲートの利用許可が下りるのを待っていると、騎士たちが入れ替わり挨拶に来る。

「君の美しさに皆が見惚れていた。彼らの気持ちはわかるが、フードがあるローブを用意しておくべきだったな。だがたとえ隠しても、滲み出る美しさは隠しようが――」

「指を、どうなさったのですか？」

コゼットが俺の手を凝視している。

「ああ……。薔薇を手折ろうとして棘が刺さってしまったんだ。これくらい大したことはない」

「あなたという方は……。鋏をお使いください。棘が原因で熱を出すこともあるのですよ。な、なぜ泣いていらっしゃるのです、痛いのですか?」

「行かないでくれ」

消毒する道具を借りてくると立ち上がったコゼットに抱きついた。縋(すが)りつく俺の髪をコゼットがあやすように梳く。

「どこにも行きません」

「うん……」

「あの、気になっていたのですが。先ほどはなぜ私が庭にいるとわかったのですか?」

「……ぐすっ。君の指輪に迷子探知の魔術がかけてあるんだ。だからどこにいても俺は君を探せる」

コゼットの手が止まり、重たい沈黙が垂れ込める。

さすがにやりすぎだったたか。謝ろう。顔を上げるとコゼットと視線が重なった。

「困った方ですね」

仕方ないなというように微笑んだ彼女の顔があの日と重なって、俺はまた泣いてしまった。

「ミスト様」

泣き止んでくれないミストの手を唇へ寄せて指先に口づけた。

「魔術をかけました。もうなんともないでしょう？」

もちろんふりをしただけだ。私が訊くと、ミストは濡れた瞳を瞬かせ、くしゃりと顔をしかめた。

泣き止ませるつもりが私は方法を間違えてしまったらしい。

「君の魔術は強烈だった」

嗚咽しながら言ったミストの頬を伝う涙を指で拭う。そうしていると控えめに扉を叩く音がして、準備が整ったと告げられた。

「怖いかい？」

「あなたがいるから平気です」

さすがに人目がある場所ではミストも冷静に振る舞っている。つい先ほどまで泣いていたのが嘘みたいだ。

ゲートの前に立った私はミストに肩を抱かれ転移ゲートをくぐった。強く身体を引っ張られる未知の感覚がしても、ミストの体温をすぐ傍に感じていたから怖くはなかった。

「ココ、目を開けて」

ミストに促され私はゆっくりと瞼を開けた。白を基調とした大きな領主館が目に映る。

「ようこそ、ブラッドショット公爵領へ。母に気づかれるとお茶だ話だと厄介だから、邸の案内はあとにしよう」

カリクステのあと前公爵夫妻は王都の邸には寄らず公爵領に帰ったそうだ。

転移ゲートをあとにして、よく整備された道をミストと並んで歩く。川に架かる橋を渡り緩やかな道を歩いていくと、右手に一つの建物が見えてきた。

歩みが速まり、やがて青い屋根の鐘楼の前で立ち止まった私は振り返って、信じられない面持ちでミストを見つめる。

「……あなただったのね」

青い屋根を見たその刹那に私はすべてを思い出した。そしてミストにも、一度目の記憶があることを理解した。

鐘楼を見上げていたミストが私へ視線を落とす。眼差しの強さに、思わず私はたじろいだ。

「ミスト様……」

「あれは、見事なお手並みだった。本当に君は俺の理解を超えてくれる……」

そこで言葉を切ると、痛みに堪えるようにミストはぐっと歯を噛み締めた。

その表情にはっとする。王城でミストが泣いていたのは私が原因だったのだ……。強烈だったとミストがこぼした一言。あれは子ども騙しのふりに向けてではなく、私が一度目にしたことに対して。

——ミストのために私が消えてしまえばいい。そう思った私は、昔アイオライトに使った忘却の魔術をミストにかけた。ただ彼を想って。

「……あなたの負担になりたくなかった」

「ああ、わかっている」

「あなたを束縛してはいけないと思ったの……」

「わかっているから」

項垂れる私をミストが抱き寄せた。何か言わなければいけないのに、涙しか出てこない。それでもなんとか声を絞り出した。

「……ありがとう、ございました……そして、すみませんでした」

幾度となく傷ついた脚で塔に会いに来てくれたこと。疲れ切っていた私を塔から連れ出してくれたこと。どうしようもない私に付き添ってくれようとしていたこと……。次々に浮かんでくるのに、何一つ伝えられない。

「ココ、もういいんだ。俺を想ってのことだったのだろう？　君は思い詰めると突拍子もないことをするんだな。だが、これからはひとりで悩まないで俺に相談してほしい」

どうかお願いだから、とミストの手が砂糖細工に触れるように私の頬を包み込む。そうして視線をしっかり重ねると、そっと告げた。

「君を愛していた」

大きく目を瞠った私に、もう一度ミストが同じ言葉を大切そうになぞった。

「ずっと君を愛していたよ。……やっと言えた。時間を戻したら君に伝えようと決めていたんだ」

……時間を、戻した？

さらっと告げられた言葉に涙がぴたりと止まった。

「え……？」

惚けている私に、ミストは「ああ、泣き止んだ」と、時間を戻したことなど別に大した問題ではないというようにうれしそうに微笑み、そして指で濡れている私の目尻を拭った。

どうしてそこまで。けれど疑問は言葉にならなかった。だって私を見つめるミストの瞳の中に、私が求める答えが溢(あふ)れている。

それから、とその瞳がやわらかく細められた。

「心から君を愛している。君を生涯愛すると誓おう。この先何が起きようと、必ず君を幸せにするよ。必ずだ」

過去と今、そして未来の分まで。揺るぎない想いをミストが告白する。私の完璧な夫はきっと叶えてくれるだろう。止まったばかりだというのに、また涙ぐみそうになり瞬きしている私をミストが軽々と抱き上げた。

「きゃ……」

「こうしたいとずっと思っていたんだ」

そうしてぐるりと回転する。目を丸くしている私に向かって、ミストが笑みを深めた。

「これで面目が立つ。少しは見直してくれたかい？」

「あなたはどうしようもない私を塔から攫ってくれました。かっこ悪いとか、一度も思ったことはありません。これからは私があなたを甘やかして差し上げます……！」

ここが王都ではなくてよかった。観客がいるとしたら小鳥くらいだろう。もし通りがかった人がいたとしても、婚姻したばかりの私たちに目を瞑ってくれるのではないかしら。

私はミストの首に腕を回して、彼の頬にキスをした。

「……顔が真っ赤だよ」

「あ、あなただって……」

「こういうのは唇にするんじゃないのか」

鼻が触れるくらい顔を近づけて、ミストが口元に微(かす)かな笑みを浮かべる。

顔を赤く染めながら不遜な感じを出してこないでほしい。どうしようもなく愛おしいのだけど、どうしたらいいのかしら。
私はミストの唇に触れるだけのキスをして、もう一度ゆっくりと唇を重ねた。

［エピローグ］

私が断罪された日が過ぎて、ハイアシンスに本格的な冬が訪れた。

ミストは魔術師団で補佐官を続けている。近々副団長に就任する王太子にかなりの政務を引き継いだのだとか。一度目と異なるのは、空いた時間にアカデミーで教鞭を執るようになったことだろう。

ミストによると、生徒たちからの評判は上々とのこと。最近ではこちらを本職にしようかなんて冗談を言っている。

それから王太子と皇女は婚約に至らず、家族が恋しくなった皇女は留学途中で帰国したそうだ。ふたりは運命の相手だったのに、結ばれなかったことを心から残念に思う。

「あなたが早々に舞台から去って背徳感を煽るものも、恋愛を盛り上がらせるものも、何一つなかったのだもの。当人たちの魅力があなたに及ばず大きく欠けていたことが原因でしょうね」

「……マリ、恋愛劇の観すぎだわ」

「ふふっ」

持っていたカップをテーブルに置くのを見届けて、私は気になっていたことをマリゴールドに尋ねてみることにした。

「それで、マリはどうするの？」

「どうって、家の問題だもの。わたくしの一存では決められないわ。クズを教育するのも愉しいかもしれないわね」

マリゴールドは使命感に瞳をきらきらさせている。

王家からキルシュヒース公爵家に婚約の打診があったことを聞かされた時は驚いた。冷静に考えてみると、彼女ほど適任者はいないだろう。大勢を跪かせている姿が想像できてしまったもの。

「コゼット、あなたは構わないの？」

「私に意見する権利はないわ。でも……」

私とマリゴールドは居間の片隅に飾られている赤い薔薇へ同時に目を向けた。

差出人は王太子。王家の紋章にも使われている薔薇を私に送りつけてくるとは理解できない。

「しつこいわね。あなたも律儀に飾ることないでしょう」

「一応、王太子殿下から贈られたものだから。少ししたら家令が片づけてくれるのよ」

私のことが好きすぎるミストが何を思っているか不安が募る。もしもこの状況が続けば、婚約者になるかもしれないマリゴールドも気分を害するだろう。

どうしたらいいか悩んでいると、家令が白い薔薇に差し替えてくれた。


年が明け、私はミストと新年を祝う会に出席するため王城を訪れた。

「ブラッドショット公爵夫人」

後ろから声をかけられた私は振り返って、しばらく考えたあと軽く頭を下げた。

「……はじめまして、だと思うのですが。もし違っていたら申し訳ありません」

「ユージン。コゼットは邸で倒れた際に頭を酷く打って記憶の一部が欠落している。彼女にとってどうでもよいことが記憶から消えてしまったんだ」

「なんだと……？　どういうことだ、ミスト」

私は記憶喪失のふりをすることにした。都合よく、王太子のことだけ。ミストが話した内容には事実も散りばめられているので、それらしく聞こえる。

訝しげな視線を王太子から向けられた私は、不安そうにミストの上着の袖をぎゅっと掴んだ。ここまでは事前にふたりで打ち合わせしていたとおりに進んでいる。

「……」

「……ミスト様？」

「あっ、ああ。大丈夫だよ、ココ」

惚けたように袖と私を交互に見ていたミストは我に返ると、表情を引き締めた。

「消えた記憶が戻るか戻らないかはっきりわからないが、現状お前を完全に忘れている。医師から心身に負担をかけないよう注意されているんだ。悪いがこれで失礼する」

「……コゼット。いや、ブラッドショット公爵夫人」

呼び止められた私は王太子に無感動な目を向ける。

「申し訳ありません。あなたを思い出せません。あなたも、取るに足らない私のことはお忘れください」

身体を硬直させた王太子を残して、私とミストはバルコニーへ向かった。

「ココ」

「んっ……」

愛おしげに呼ばれ振り仰いだ私の唇に、ミストが唇を重ねてきた。

「ミスト様、何を……」

「キスを続けて。絶対に向こうを見てはいけないよ、ユージンが見てる」

見ないでどう確認すればよいというのだろう。難しい指示に悩みながら、私はミストのキスに必死になって応える。気づけば窓の向こうにあった人影がなくなっていた。

「君は優しいから、これでよかったのか心を悩ませているのだろう。直に忙しくなってユージンも目が覚めるはずだ。キルシュヒース公爵令嬢に鍛えてもらえるだろうしな」

「でもお髪が……」

久しぶりに見た王太子の頭の上がかなり薄……さびしい感じになっていて驚かされた。マリゴールドを通してカミーユ様に相談してみようか。

と考えたところで、鼻先をきゅっと摘まれた。

「こら。君の愛しい夫が傍にいるのに、君は他の男の心配をするのかい？　もう放っておけばいい」

あんなにじっと見ることないだろうとか、目を覆いたくなったとか、ミストはぶつぶつ言い続けている。

未だにミストが私の夫であることが信じられない時がある。揺らぐ私の心を見透かすように、ミストは私を抱きしめてひとりにはさせない。不安なのは、きっとミストも同じ。

「ミスト様」

今日はまだ一度も伝えていなかった言葉を告げるため、私は愛しい夫を呼んだ。

「愛してるわ」

「俺も愛してるよ、ココ」

私を見る左右で色合いが異なる双眸（そうぼう）がやわらかく細められる。言葉なんていらない。ミストは全身で惜しみない愛を私に伝えてくれるから。

「どれくらい俺を愛してくれる？」

「こ、言葉では言い表せないくらいです」

「時間ならたくさんあるからゆっくり聞かせてくれ。言葉で足りないならふたりきりになれる場所に行こう」

「……困った方ですね」

かつて私は身勝手にもミストを遠ざけてしまった。これから一生をかけて。いいえ、その先もミストが望むように息つく間もないくらい甘やかして、溺れさせてあげるつもりだ。

王都に白い雪が舞い降りる昼下がりのことだった。

「ココ、もう一度言ってくれないか？」

聞き間違いかと思って確認すると、隣に腰を下ろしたコゼットが「はい」と頷いた。

きゅと眉を寄せて真面目ぶった顔が最高に可愛い。ツンと尖った愛らしい唇に引き寄せられるように目が釘付けになる。

口元をコゼットに手で覆われて、はっと我に返った。

……無意識とは恐ろしいものだ。どうやら俺は口づけようとしていたらしい。

コゼットは何事もなかったかのように話を続ける。

「ですから、記憶を失うふりをしようかと思いまして……」

「どういうことだい？」

また突拍子もないことをと思いながら優しく促すと、コゼットの視線が窓辺に飾られた赤い薔薇へと向く。

ああ、なるほど。

俺が不在の邸にユージンがコゼットを訪ねてきたことがあった。苦情を申し立ててからはさすがに邸を訪問するのは控えているが、代わりに薔薇や招待状の類いが届く。ユージンも俺がすべて把握しているのは承知の上だろう。

惚気になってしまうが、コゼットの俺への愛は揺らがない。ユージンの件は彼女の中でもう終わったこと。しかし、鬱陶しいとは思うので必要な手は既に打ってある。

ユージンとキルシュヒース公爵令嬢との婚約を王家に進言したのは俺だ。アフィヨン侯爵家が王家派から離れ、ロードナイト皇国との関係もぎくしゃくしている現状は完全にユージンの失態なので、今ならあいつも国王や王妃の意向に逆らえない。

顎を掬ってコゼットの視線を俺へと戻す。彼女の関心が俺以外に向けられるのは気に入らない。

「君が心を悩ませるまでもないよ」

「殿下は謝罪のおつもりなのでしょう。それにしては度が過ぎています。マリも気にするなと言ってくれましたが……」

ふたりの婚約に、キルシュヒース公爵令嬢をコゼットから引き離す思惑もあったことは内緒だ。王太子妃教育が始まれば、これまでのようにコゼットと頻繁に会えなくなる。

我ながら狭量だと思うが、俺は二回分の人生、コゼットを思う存分愛したいのだから他に邪魔されたくない。

俺の黒い思惑など知らないコゼットが甘えるようにやわらかい身体を寄せてきた。彼女は普段こういうことをしてくれないのでドキリとする。

「私はあなたが嫌なお気持ちになるのではないかと、心配なんです……」

「君のせいではないだろう」

わかっているよと理解を示して銀髪を撫でると、コゼットがほっとしたように微笑した。夫である俺だけに見せてくれる表情だ。堪らず細い腰に腕を回して唇を重ねる。

「んっ……」

いつも不思議に思う。コゼットはなぜこんなにやわらかくて甘いんだ。どこに触れても甘い砂糖菓子みたいにふわふわして可愛くて、俺を魅了してしまう。王城ではそれなりの地位にいる俺も彼女の前では頬が緩みっぱなしでなす術がない。

角度を変えて何度も唇を重ねていると、コゼットの瞳がとろけてきた。透けるように白い頬が色づいて、甘い吐息がこぼれる。

そうさせているのが自分だと思うと、腹の底から湧き上がってくる衝動を抑えられず、華奢な身体を膝上に乗せて、貪るように深く口づけていた。ドレスのスカートを捲り上げ、ためらうことなく下着へと伸ばした手にコゼットの手が重ねられた。

「は、ふ……待って、ミスト様……。お話が、まだ終わってません」

「ん……？」

話ってなんだ。……ああ、ユージンの件だったか。

構わず下着の紐を解こうとした俺を、コゼットが涙目で見据えてくる。濡れた薄灰色の瞳にぞくりとした。そんな可愛い顔をされたら、ますます抑えが利かなくなることを彼女は知らないのだろうか。

だが嫌われたくないので、乱してしまったスカートを形ばかり整えてやりながら冷静さを取り戻す。

徐にコゼットが指先で俺の唇に触れて、そっと拭った。目線で問うと、じっと俺を見つめていたコゼットが長い睫毛を伏せる。

「……私の、口紅が移ってしまったから」

色気ダダ漏れじゃないか。冷めかけていた劣情を無自覚で煽っておいて、お預けを食らわすのだから本当に酷い。以前彼女を男を弄ぶ妖精だと言ったことがある。あれは決して間違いではないだろう。

「俺に〝待て〟と命令できるのは君くらいだよ」

「え……？」

「それより話してごらん？」

こちらのことだと苦笑いして、コゼットに続きを促す。寝室に向かうのは、彼女の憂いを取り除いてからだ。

するとコゼットが俺の手をぎゅっと両手で包み込んで、彼女の胸に押し当てた。

「私はミスト様を愛してるんです……。ですから、私が思わせぶりな言動をしているとか、王太子殿下の気を惹こうとしているとか。あなたに疑われたらと不安で……」

「君がそんな人ではないとわかっているよ。だって君は俺を愛してるんだろう？」

「はい。ミスト様を愛しております」

なんだこれ。妻が……、俺の妻が可愛いすぎるんだが。

「破壊力が……」

空いている手で口元を押さえると、コゼットが首を傾げた。

「ミスト様……？」

「い、いや。それで、記憶を失くしたふりをするんだね？」

緩みそうになる頬を引き締めた俺に、コゼットが頷く。ようやく逸脱していた話に戻ることができた。

王家とブラッドショット公爵家、キルシュヒース公爵家の関係悪化は望ましくない。だからユージンのことを忘れたことにしてしまうのだとコゼットは淡々と説明する。

「マリは自慢の友人なんです。美しくて、教養もあって、誰にでも親切で、女神のようなすばらしい女性です。私が口を挟むことではありませんが、王太子殿下には婚約者として誠実でいてほしいと思います」

女神のような……の件はよくわからないが、キルシュヒース公爵令嬢は不誠実な男を殴りつける気概があるから心配いらない。かつて殴られた俺が声を大にして保証しよう。

とはさすがにコゼットに言えないので、曖昧に頷くに留めておく。

教養、血筋、人格。加えて強か。申し分のない相手との縁組をユージンには段取りしてやったんだ。どう関係を築いていくかは彼らに任せておけばいい。

――が、コゼットが自分の意思をユージンに伝えておくことには賛成だ。

「ちょうど新年を祝う会があるから練習してみようか」

「わかりました」

すぅと息を吐いたコゼットが俺に向き直った。少し緊張しているのだろうか。

「……も、申し訳ありませんが、あなたを存じ上げません」

「可愛すぎる。もっと冷たくあしらわないといけないだろう？」

「えっ……？」

冷たくあしらうというものがどういうものか、わからないコゼットが悩ましげな顔をした。目尻が下がって、ますます垂れ目がちになる。

口づけてしまいたい衝動をなんとか抑えて「もう一度」と冷静に告げた。

「お願いです。私に構わないでください……！」

ちらちらと俺を見て、これは煽っているのか？

全然ダメだと首を横に振ると、コゼットが次の台詞を口にした。

「もう、私のことは放っておいてくださいませんか！」

「放っておけるわけないだろう、ココ？」

「はい……？　いえ、ですから、これは練習で……」

「あ、ああ。そうだったな」

頭でそうとわかっていても、コゼットの演技がまったく迫力に欠けていても、投げかけられた言葉がショックで思わず本気で受け答えしてしまった。

これは、無理だ……。

俺とコゼットは顔を見合わせて、どちらからともなく額をコツンと寄せていた。

「あなたが相手だもの、冷たくできっこないんです」

「可愛いことを言う口を塞いでしまおう」

今のはきゅんと来た。

……はっ。俺は何を考えてるんだ。成人した男子がきゅんなどと、気持ち悪い。いや、コゼットといるとこうなってしまうのだから仕方ないだろう。もはや諦観している。

上を向かせて、俺をかき乱す唇に自分のものを重ねた。口づけるたび、コゼットは俺のものだと狂おしい愛おしさが込み上げてくる。綻んだ中へ舌を挿し入れようとしたところで、扉が開いた。

許可なく入ってくる者など限られている。案の定、母だった。

「お邪魔だったかしら」

「ええ。ご覧のとおり取り込んでいます」

腕の中に真っ赤になったコゼットを隠して退出を促す。すると母が表情を冷たくした。

「ミスト、コゼットにおかしな真似していないでしょうね？　あなたたちが言い争っているようだと相談されたのよ」

なんだって……？

扉のほうを見ると、家令と使用人が心配顔でこちらを窺っている。

まさか、コゼットが放っておいてと言っていた先ほどのアレのことか。俺に向けられた皆の視線が冷たいのは気のせいなどではない。

頼りないように見えて気丈なコゼットを、邸の者たちは慕っている。しかし、本気で危なっかしい時もあるので目が離せないというか、放っておけないのだろう。要するに俺を含めた全員がコゼットに夢中なのだ。

感情をどこかに捨ててきたんじゃないかと思う超現実主義者の家令エメリックでさえ、俺が不在中、コゼットに執務室へ立ち入らないよう告げるのが心苦しかったと懺悔するように話していた。

気難しい母までもコゼットに絆されている。領地でのんびりと暮らすと宣言していたのに、こうして王都にいてコゼットの世話を焼いているのだから。喜ばしい反面、コゼットを独占したい俺からすれば面白くない。

「誤解です。俺がコゼットに何かするはずないでしょう」

「そうかしら？」

にこにこと微笑みながら、俺に向ける眼差しは冷たいままだ。

すると、コゼットが立ち上がって母の手をぎゅっと握った。

「ミスト様のおっしゃるとおりです、お義母様」

「ほほほ！　よいのよ、コゼット」

母は俺を一瞥して、すぐにコゼットに向き直る。どうやら俺への疑いは晴れたらしい。

「では、そろそろ出掛けようかしら」

「お待ちを。コゼットをどこへ連れていくつもりですか」

当然のようにコゼットの手を引いて居間を出ていこうとする母に、待ったをかけた。

「コゼットにドレスを仕立てるのよ。何を着ても似合うから愉しみだわ。それからブレウ子爵家を訪問するの。絵画コレクションの鑑賞会に招待されていると話したわよね」

「不躾に俺の妻をじろじろ見るのはやめてください。説明されずとも、コゼットが妖精のように美しく愛らしいことはよく承知しています。ドレスが必要なら仕立て屋を邸に呼びましょう。ブレウ子爵家は王家派、行くならおひとりでどうぞ」

コゼットの実家、アフィヨン侯爵家は王家派を離籍した経緯がある。未だに一部の貴族たちから風当たりが強い。そんな連中がいる場所へ、コゼットを行かせるわけにはいかないだろう。

なぜかコゼットはぽかんと口を開き、隣にいる母は目頭を手で揉んでいる。

「……あなたのことだから冗談ではないのでしょうね。ミスト、なぜコゼットがこそこそと身を隠さなければならないの？　何も悪いことをしていないのだから、わたくしたちは堂々としていればいいわ」

　では俺も同行すると立ち上がると、母が呆れ顔で溜め息をついた。

「あなた、重症ね。あまり過保護が過ぎると嫌われるわよ。四六時中ベタベタされて、コゼットも息抜きが必要でしょう。ともかく女同士で話したいことがあるのだから、遠慮してちょうだい」

　俺はコゼットを見つめた。彼女が外出を嫌がる素振りを少しでも示したら、すぐ引き止めるつもりで。

　だがコゼットは俺に向かって、にこりと微笑んでみせた。

「行ってまいります、ミスト様」

「ああ、気をつけて」

　休日をコゼットと過ごす予定だった。特別なことをするわけではない。ただ一緒にいられるだけでよかった。

「……ミスト。いい加減、コゼットの手を放してあげなさい。困っているでしょう」

　離れがたい。……が、掴んだままだったコゼットの手の甲に唇を寄せて、今度こそ居間を出ていくコゼットを見送った。

『はぁ――……。コゼットに会いたい。ドレス、俺が選びたかった。コゼットは可愛いから選びがいがあるんだ』

「よせ、アドニス。俺の心の声を代弁するな」

　床上で丸くなっている従魔の背中が寂しそうだ。まさか俺もこんななのか……？

時計の音がやけに大きく感じる。

執務机の前に、座り心地のよい肘掛け椅子を用意したのはコゼットのためだ。いつもなら顔を上げると彼女がいて、恥ずかしそうに微笑みかけてくれる。それだけで満ち足りた心地だった。空っぽの椅子をぼんやり眺めていた俺は手元の書類に視線を落とす。

持ち帰っていた雑務を片付けたところで、時計を確認した。もう何度目だろうか。全然時間が進んでいない。

母のことだ、コゼットをあれこれと着飾るのを愉しんでいるはずだ。それを考慮しても、ブレウ子爵家にもう到着している頃合いだろうか。

「用事を思い出した。俺は出掛ける」

従魔は寝そべったまま興味なさそうにこちらを一瞥して、またすぐに顔を背けた。尻尾がブンブン揺れているから、喜んでいるのがバレバレだ。

執務室を出て少し歩いたところで、呼ぼうとしていたエメリックに出くわした。手にはロングコートを持っている。

「随分と用意がいいんだな」

「そろそろ我慢できなくなる頃かと思いまして。……奥様がいらっしゃらないと、邸が静かすぎて落ち着きません。馬車を待機させています」

「エメ、お前も来い」

素直ではない家令からロングコートを受け取り、一緒に馬車へ乗り込んだ。

ブレウ子爵邸へと告げ、逡巡してコゼットたちが向かったと思われる商会に行き先を変更した。

商会に着くと、ふたりは帰ったと告げられる。それならこの場所に用はない。踵を返そうとした俺に、オーナーである夫人が周囲を見回して声をひそめた。

「ブラッドショット公爵様。例のものはいかがでしたでしょうか……？」

「………とても満足している」

内容がデリケートなだけに聞かれたくない俺は、エメリックに先に出ているよう促した。

コゼットのまろい胸は俺の手にちょうど収まる。わざわざコルセットで高く持ち上げて強調する必要はないし、そもそも折れそうなくらい細く、俺から見れば完璧な曲線の腰をガチガチに締めるのは反対だった。全体的にやわらかい生地で仕立てるよう夫人に頼んだのがきっかけとなり、コゼットのための下着を用意してもらっている。

俺の返事に夫人は頷くと、一層声をひそめた。

「ご要望がありましたらレースやリボンで装飾したり、公爵夫人のお好きな色を揃えることもできますので。いつでもお声をおかけくださいませ」

「なんだと……？」

俺は下着の類いに興味などない。ただそれらで身を包んだコゼットを見たいと思うのは、男の純粋な願望だろう。彼女の下着の奥を暴くことは夫である俺だけに許されている特権だ……。

努めて冷静に、カタログを準備するよう伝えて外へ出ると、エメリックが遠い目をして立っていた。

「なんだ、エメ？」

「別に何も言っておりません」

「妙な顔をするな」

「これが地です」

不意にエメリックが後ろへと退き、近づいてきた人物に頭を下げた。

今日は誰もがドレスを仕立てたくなる日なのか？

俺が今、最も会いたくない人物が視界に映った。この距離だ。さすがに無視するわけにはいかない。

「ごきげんよう、ブラッドショット公爵」

ロイヤルブルーのローブをきっちり着込んだキルシュヒース公爵令嬢だった。

コゼットがいないことを告げた次の瞬間、キルシュヒース公爵令嬢の顔から、す……と笑みが消える。

「まぁ残念だわ。おかげさまで、とても忙しくしているものですから癒やしが必要なの。あなたのお姿が見えたので、コゼットも一緒かと期待したのですけど」

「なんのことだか皆目わからないな。疲れているなら甘いものを食べるといい」

ユージンとの婚約の件が俺の企みだとわかっているのか。まあ、後ろめたいことは何もない。

冷えた視線と視線が絡む。

キルシュヒース公爵令嬢が「甘いもの？　可愛いことをおっしゃるのね」と淡々と言った。

可愛いことを言うのは俺ではなく、コゼットだ。そもそも俺は甘い菓子など好まなかったのだが、彼女の影響で嗜むようになった。

ひりつく空気のなか、商会の扉を開けてやる。侍女を伴い商会へ足を踏み入れようとしたキルシュヒース公爵令嬢に声をかけた。

「ユージンを頼む」

「随分と勝手ですこと。でも、そうね、あの頭が固い男と会話するのは愉しいわ」

何か思い出したのか、彼女は悪戯っぽい笑みを浮かべる。

「おあいにくさまですけど、コゼットとはこれからも親しくお付き合いしますから」

「……そうしてもらえると妻も喜ぶ」

「あら、あなたも変わったのね。コゼットの影響かしら」

近いうちに邸を訪ねると言い残し、商会へと入っていったキルシュヒース公爵令嬢と別れ、馬車に乗り込んだ。


ブレウ子爵邸に着くと、子爵が出迎えた。急な訪問を詫びて、美術に造詣が深い子爵に肖像画を依頼する画家を紹介してもらいたいと、予め用意しておいた台詞を告げる。大事なことを失念していた。流行りだろうが、新進気鋭だろうが、若い男の画家は絶対に駄目だ。

「美しい妻に懸想されたら困るからな」

職業上のことだとしても、若い男にコゼットをじろじろと眺められるのは許せない。未だに信じられないが、俺は嫉妬深かったらしい。

「仲がよろしくて、羨ましい限りです」

歯切れ悪く子爵が答えた。エメリックはまた遠い目をしている。

絵画はサロンに飾っているため自由に観てくれと子爵が案内した。ほとんどの招待客は応接間で歓談中だそうだ。

扉を開けてすぐ、見知った後ろ姿が目に映る。掃き出し窓の傍（そば）に、コゼットはいた。

「入らないのですか?」

足を止めて立ち尽くす俺に、エメリックが後ろから控えめな声をかけてきた。肩越しに待機しているよう伝えて室内へ入る。

絵画に見入っているのか、コゼットは俺に気づかない。

ふと既視感を覚えたのは、かつて時間を戻る前の人生で、西の塔にいる彼女の背中を目に焼き付けるように見つめ続けたから。振り向いてほしくて、だが俺には振り向かせる権利がなかった。

「……魔力切れで朦朧（もうろう）としているブラッドショット公爵に婚姻を迫ったのだそうよ」

「……嫌がるミスト様に、無理やり魔力を譲ったと聞いたわ……」

コゼットをじっと見つめていた俺は、耳障りな声がしたほうへ視線をやった。

興味がないため感知していなかったが、室内には他の招待客もいたようだ。会話に夢中で、令嬢たちは後ろに俺が立っていることに気づかないらしい。

俺のことであれば黙っていたが、コゼットに関することはやり過ごせそうになかった。

「ご令嬢方。長年恋焦がれていた妻に婚姻を迫ったのは俺のほうだ。魔力に関しても、俺が譲ってほしいと懇願した」

コゼットは熟考を重ねろと何度も言った。待てなかったのは俺だ。誰かに奪われてしまう前に、彼女のすべてを俺のものにしたかった。

顔を強（こわ）ばらせゆっくり振り向いたふたりが口々に謝罪するのを無視して、コゼットのもとへ一直線に向かう。

「ミスト様」

唖然とした面持ちで俺を見つめているコゼットの腰に腕を回した。腕の中に収まった彼女に安堵を覚えて、ぎゅっと抱きしめる。

「この絵が気に入ったのかい？」

「ええ、先々代子爵ご夫妻だそうです」

俺は芸術のことはまるでわからないが、絵画の中のふたりは満ち足りた表情で微笑んでいる。やはりコゼットと俺のものを数枚描いてもらうかと思案していると、おずおずと声をかけられた。

「……あ、あの……ブラッドショット公爵」

大人げないとは思うが、鎮まったはずの苛立ちが再燃する。

腕の中のコゼットを見ると、いつもと変わらぬ様子だ。心配になり尋ねてみた。

「君はアレが聞こえなかったのか？」

「彼女たちの言い分もわかる気がします」

「……は？」

どういうことだ？

「憧れの存在だったあなたが急に婚姻してしまったので、きっとショックだったのでしょう。あなたを夫として独り占めできる私は幸せです」

……今、コゼットは幸せと言ったか？

言葉を失う俺に向かって微笑むと、コゼットは縮こまっているふたりに向き合った。

「おふたりにも、すてきなご縁があることを願っております」

行きましょうとコゼットに促されて我に返り、扉へと向かう。背後から「待ってください」と声をかけられたが、振り返らずにサロンをあとにした。

「それで、ミスト様はなぜこちらにいらっしゃったのですか？」

もちろん迎えに来たのだが、それを言うと鬱陶しがられるのではないか。

「……それより母はどうした？　俺から取り上げておいて君をひとりきりにするなど」

「こちらへお伺いしたいと、私がお義母様にお願いしたんです」

「そうか、君が……。君が？」

訊き返すと、恥じらうようにコゼットが頬を染める。

「じ、実は……」

ちょうどその時、廊下の向こうから話し声がして、コゼットに手を引かれ、どこかの部屋に入った。

扉横の壁を背にした俺をコゼットが見上げる。

「ブレウ子爵夫人は四人のお子様がいらっしゃるでしょう？　末の子は昨年生まれたばかりで……。ですから、子育てのこととか、夫人のお話を色々聞きたくて、お義母様に相談を……」

次第に声が尻すぼみになり、コゼットが俺から視線を逸らした。

「夫人と話はできたのかい？」

「え、ええ」

「……ココ、つまり君は子どもがほしいのか？」

そういうことだろう？

ぶわっと耳まで赤くなったコゼットに、返事を訊くまでもない。可愛すぎる反応に、彼女の両頬を手で包み込む。

「ココ……」

「――何をなさってるんですか？」

おい最悪だな。さすがに俺も他所様の邸でどうこうなど考えていないが、なぜこのタイミングなんだ。

わずかに開いた扉の隙間から、エメリックが胡乱な眼差しを寄越す。

「何もしていない」

睨み合っていると、コゼットが明るい声を上げた。

「まぁ、エメリックも一緒だったのね！」

「奥様もこのような場所で何をなさっておいでです」

エメリックの奴、コゼットに会えてうれしいくせに素直じゃないな。というか、いつまで隙間から覗いているんだ。

扉を開いて、コゼットと廊下へと出た。

「俺はココと帰る。頼んだぞ、エメ」

「あ、では帰る前に子爵ご夫妻にご挨拶を」

「挨拶ならもう済ませてある。行こう」

母のことはエメリックに任せよう。このために彼を連れてきたのだ。

馬車が走り出し、ようやくふたりきりになれた俺はコゼットを抱きしめた。

「君は俺といて、幸せか……？」

一定の婚約期間を置くのが貴族の慣習なのに、俺の我が儘で攫うように邸に連れてきて婚姻を承諾させた。

「サロンでの中傷は俺のせいだ。だとしても、俺は君を放してやれない」

「では放さないでください」

真意を探るように俺を見つめていたコゼットが唇をやわらかく俺の唇に重ねた。

「もう一度してくれ」

「あなたはいつも自信に溢れているのに、どうなさったのですか……？」

「君のことになると自信がないよ」

黒髪を撫でつけるように手で梳いているコゼットを焦らすなと見据える。クスッと笑って唇をついばむ彼女を膝上に抱えた。

「愛してる」

ただの言葉が、コゼットに囁くと特別な意味を持つ。それは当然だ。彼女は俺の特別なのだから。

「私も愛しています」

頬を手で包み込んで、わずかに開いた俺の唇をコゼットが塞ぐ。溶けそうな甘い唇だ。戯れのような触れ合いはすぐに熱がこもったものに変わる。

「ココ、子どもがほしいなら俺に言えばいいだろう……？」

「は、ふっ……」

愛を確かめたくて幾度も身体を重ねた。コゼットはその先を考えてくれていたのだ。

ローブの前を緩めてドレスのスカートを捲り上げる。いつも思う。コゼットの真っ白な肌に白いストッキングとガーターは目に毒だ。欲望をくすぐられてしまう。

「声を我慢できるか？」

頷いたコゼットの腰を浮かせて、俺の膝を跨ぐように座らせる。固くなった俺のものを押し付けるように腰を揺らすと、コゼットが甘い吐息をこぼした。互いを隔てる生地が煩わしくて性急に下着の紐を解く間に、コゼットも俺のベルトを緩める。慣れていないため時間がかかり、焦らされているみたいな心地で待つ。

ようやくトラウザーズの前をくつろげ、勢いよくまろび出た昂りにコゼットが大きく目を瞠った。

「…………仕方ないだろう。君に触れるだけで、こうなってしまうんだ」

よくわからない言い訳をする俺に、コゼットは薄灰色の瞳を潤ませながら優しく笑んだ。

きゅんと胸に来た次の瞬間、心臓が大きく跳ねた。

「……っココ、何を」

コゼットの手が昂りを包み込むように触れている。

「硬くて熱い……」

こんなものに触らなくていいと止めたいのに、そっと撫で上げられて呼吸が止まるかと思った。

「こう、したら気持ちいいですか……？」

「……うん」

遠慮がちに問われて、ためらいがちに頷く。

上下にゆっくりと動くしぐさはもどかしくて拙い。だが頬を上気させているコゼットにずくんと下腹が疼いた。

彼女には美しいものだけ見ていてほしい。汚れた世界から守ると心に誓ったのに。無垢なものを穢している後ろめたさを覚えながら、身体は欲望に忠実だ。先端からは透明な先走りが溢れてくる。

「は……。もう少し強く、してくれ」

「これくらい……？」

「ん、そう。気持ちいいよ、ココ……」

強く擦られて、コゼットの手の中にあるものが硬さを増した。持て余した熱をこのまま放ってしまいたくなる。だが、ふと冷静になった。

「俺は君に教えていない」

こんないやらしい行為をどこで覚えたんだ。コゼットの交友関係は限られている。今日会った例の彼女か。それとも、俺が知らない一度目か……。

嫉妬を揺らめかせる俺にコゼットがまじろいだ。

「あなたがいつもするから。だから、私も口で……。お嫌ですか？」

手を動かしながら俺のものを濡れた瞳で凝視している妻に、芽生えていた嫉妬はどこかに吹き飛び、危うく思考が停止しかけた。

嫌じゃない。嫌なわけないだろう。……ではなくて、俺がしていることを真似ただけか。

「ミスト様……？」

「それは次の機会に。今は余裕がないんだ」

軽々とコゼットの腰を抱き上げて内腿に手を這わせ、俺しか知らない場所にたどり着く。無意識に口角が吊り上がっていた。

「俺のを触りながら感じていたのか?」

「意地悪、言わないで……」

濡れたそこへ埋め込んだ指をゆっくり動かす。車輪の音に消されているが、そうでなければ淫靡な音が聞こえるはずだ。

「ここにほしい……?」

「はっ、ん……」

中をかき混ぜると、きゅっと指を締め付けられた。上目遣いで懇願され、理性が溶けていく。指を引き抜いて、代わりに勃ち上がったものを宛てがった。

「君が上に。前に教えただろう?」

「……ふ、あぁっ」

腰に回していた手を外すと、コゼットの自重で俺のものが中へ沈んでいく。隙間がないくらい満たされて、コゼットの身体がびくびくと震える。彼女の腕を俺の首へと導いて、下から突き上げた。本当は彼女に腰を振ってほしいが無理そうだし、それに俺も朝からずっとお預けを食らって、もう待てない。

「あっ、ミスト……おく、だめぇ……」

頼むからこれ以上煽らないでほしい。目尻の涙を吸ってから、可愛い声を聞けないのは残念だがコゼットの唇を塞いだ。彼女のすべては俺のもの、誰にも聞かせたくない。

「ん、ふっ……ミ、スト……」

「はぁっ、ココ……」

めちゃくちゃに感じている時、俺を〝ミスト〟と呼んでいることを彼女は知っているだろうか。一度それとなく指摘してみたが、首を傾げていたのできっと気づいていないだろう。

だから今、コゼットはわけがわからないくらい感じてくれているということだ。それは俺も同じ。

ひときわ大きく突き上げると、コゼットの喉から音にならない悲鳴が上がった。ぎゅっと抱きついてくる彼女をきつく抱きしめる。

「ん、んぅ……っ」

「く……！」

俺の子を孕めばいい。吐精しながら子種を馴染ませるように、ゆるゆると腰を揺らす。乱れていた呼吸が落ち着いたコゼットと俺は顔を見合わせ、そっと唇を重ねた。

「馬車で、こんなこと。信じられません……」

「なら続きは邸に帰ってからにしよう。俺を独り占めしてくれるんだろう？　それに口でもしてくれるって」

「……ミスト様」

顔を覆った両手の隙間から睨まれても、可愛いしかないんだが。

思わず頬が緩んでしまう。コゼットといる時の俺はまったく別人のようだと、両親やエメリックから指摘されたことがある。甘ったるくて気持ちが悪いのだそうだ。もう自覚している。

「ああ、また戻ってしまったな」

「え……？」

「こちらのことだよ」

いつ気づくだろうか。ドレスを整えてやりながら、しっとりと汗ばんだコゼットの頬にキスをした。


年が明け、俺はコゼットと新年を祝う会に出席するため王城を訪れた。

私を忘れてください――。

声をかけてきたユージンに、コゼットはかつて俺に魔術をかけた時と同じ台詞を告げた。決別と彼女の優しさだ。コゼットは前を向いて歩き出している。だからユージンも終わった過去に引きずられず前を向くべきだ。

バルコニーから騎士の間へと戻ると、ユージンと一緒にいるキルシュヒース公爵令嬢の姿が見えた。

「あのふたりはお似合いだと思わないか？」

「ええ、本当に」

キルシュヒース公爵令嬢は日を置かず王城に通っている。ふたりの婚約が公示されるのも遠くないだろう。

「あ、お義父様とお義母様がいらっしゃいます」

コゼットの視線をたどった先で両親が手を振っている。領地でのんびり過ごすなどと言っていたがこうして王都にいるのだ。

「ココ、君は父を見すぎじゃないか？」

以前から気になっていたことを尋ねると、目に見えてコゼットが動揺した。

クソ、やはり領地に引っ込んでもらうか。

「ミスト様がお年を召したら、お義父様のようになるのかと想像してしまって……」

「は……？」

思いがけない返事に、じわじわと頬が熱くなっていくのがわかる。

「今よりもっとすてきになってしまったらどうしようかと不安で。あ、何を話していました……？

そう、今後は気をつけます」

「いや、いいから。君にはまいった」

十年後、その先もずっと、俺はコゼットに敵わないだろう。

あとがき

はじめまして、みつき怜と申します。

このたびは『私を忘れてください』をお手に取ってくださって、ありがとうございます。

魔法、逆行、溺愛。ほかにも個人的に好きなものをたくさん詰め込んで書かせていただきました。


物語ですが、ヒロインのコゼットが時間を逆行する場面から始まります。

あの時、ああしていればどうなっていたか――。

誰にでもそういう瞬間があるのではないでしょうか？

私の場合ですと、出産をきっかけに帰国したこと。小説を書いてみたこと。そして、書籍化のお声がけをいただいたことなど。わずかでもあの時の選択が違っていたら、まったく別のことをしていたのだろうなと、改稿作業中も、こうしてあとがきを書かせていただいている今も思い返しています。

子どもたちを見ていたらその連続といいますか、「なぜ、そうなったの？」と日々驚かされます。悩んで、決断して、思い通りにはいかなくて凹むこともあるけれど、彼らなりに一歩ずつ前に進んでいって経験値を上げていくのを見守っています。

作中でコゼットは回帰して、悩みながら失敗してしまった一度目とは違う選択をしようと奮闘。そして、過去には接点がなかったはずのミストと深く交わっていくようになります。

少しずつ距離を縮めていくふたりを描きたかったので、デレる描写は作品後半に集中してしまいました。溺愛を期待してくださった読者の皆さま、遅くなってしまい申し訳ございません。

よく考えてみたら、ミストの矢印は完全にコゼットに向かっているのに、周囲の人たちもわかっているのに、本人だけが気づかない……。それも回帰前の失敗を引きずって、自己評価が低くなっていること故なのですが。

もどかしいふたりの恋の行方を温かく見守ってくださって、本当にありがとうございました。

ミストには、大好きな女の子の言動一つ一つに振り回されて、「まいったな」とぜひ溜め息をつかせたくて。そんな場面を散りばめました。番外編は彼らしいお話になったかと思います。

実は『私を忘れてください』は、「俺が君の運命だ」というようなセリフを言わせたくて、プロットを立てたのが始まりでした。本当に、始まりはかなりふわっとしたものでした。

　というわけで、作中には「運命」という言葉が度々出てきます。なんと、本書の発売日は三月。……と伺いました。三月は私のペンネームでもあります。それから登場人物のひとり、ヒロインの弟であるアイオライトは三月の誕生石。出版していただくに当たって、不思議な運命のようなものを感じています。

　もちろん、ミストは無事任務を完遂してくれました。私が好きな場面の一つになっています。読んでくださった皆さまにも「あ、好きだな」と、少しでも心に残る場面を見つけていただければうれしいです。


　イラストを担当してくださったのはwhimhalooo先生。キャラデザを拝見した時は呼吸が止まるかと思いました。もういい大人ですので、担当編集者さまに連絡する際も、「はい、よろしくお願いします」という感じで平静を装いましたが。世界中に「みんな、見て……！」と叫びたい勢いでした。

　コゼットが可愛くて。ミストが麗しくて。すべての挿絵が溜め息がでるほど美しくて、もうずっと眺めていられます。

　魔術師仕様のミスト、本当に最高でした……！　仕事できそう。強そう。難しい任務も淡々とこなしそう。そして、カッコよすぎるのですが……！

　邸で待っているコゼットが心配で、用事を最速で終わらせて、同僚の誘いを振り切って直帰するところまで想像してしまいました。

whimhalooo先生、すてきなイラストを本当にありがとうございました。

担当編集者さま、見通しが不透明にも拘わらず、このような機会をいただき深く感謝しております。ご指導ありがとうございました。

この本に携わってくださった、すべての皆さまに心からお礼を申し上げます。

最後に、こうして書籍にしていただくことができたのは、投稿していた頃から応援してくださった皆さまのおかげです。本当に、本当にいつもお付き合いいただきありがとうございます。

感謝の想いを込めて。

みつき怜

王太子妃に
なんてなりたくない!!
王太子妃編
著▶月神サキ　イラスト▶蔦森えん

大好評発売中！

晴れてフリードと結婚し、王太子妃となったリディ。
とある休日、デリスを訪ねた彼女は、先客であった結びの魔女メイサに『あなたとフリードに、いずれ大切なお願いをする』と予告される。
不思議に思いながらもいつもと変わらないのんきなリディだったが、穏やかな生活も束の間、イルヴァーンの王太子ヘンドリックが、彼の妻イリヤを伴いヴィルヘルムを訪ねてきて――？

悪役令嬢と
鬼畜騎士
著▶猫田　イラスト▶旭炬

私を忘れてください

みつき 怜

2025年3月5日 初版発行

著者 みつき 怜

発行者 野内雅宏

発行所 株式会社一迅社
〒160-0022 東京都新宿区新宿3-1-13 京王新宿追分ビル5F
電話 03-5312-7432(編集)
電話 03-5312-6150(販売)
発売元:株式会社講談社(講談社・一迅社)

印刷・製本 大日本印刷株式会社

DTP 三協美術

装丁 AFTERGLOW

ICHIJINSHA

ISBN978-4-7580-9670-6

●本書は「ムーンライトノベルズ」(https://mnlt.syosetu.com/)に掲載されていたものを改稿の上書籍化したものです。
●この作品はフィクションです。実際の人物・団体・事件などには関係ありません。